KB062415

로크미디어가
유혹하는
재미있는 세상

ROK
MEDIA
로크미디어

이것이 법이다

이것이 법이다 73

2019년 10월 17일 초판 1쇄 인쇄
2019년 10월 22일 초판 1쇄 발행

지은이 자카예프
발행인 이종주

총괄 김정수
경영 지원 배진경 임혜솔 송지유

기획 이기헌 왕소현 박경무 이승제
책임 편집 최전경

발행처 (주)로크미디어
출판등록 2003년 3월 24일
주소 서울시 마포구 성암로 330 DMC첨단산업센터 3층 318호, 319호
Tel (02)3273-5135 **편집** 070-7863-8592 **Fax** (02)3273-5134
홈페이지 rokmedia.com **E-mail** rokmedia@empas.com

ⓒ 자카예프, 2015

값 8,000원

ISBN 979-11-354-3712-0 (73권)
ISBN 979-11-255-9575-5 04810 (세트)

이 책의 모든 내용에 대한 편집권은 저자와의 계약에 의해
(주)로크미디어에 있으므로 무단 복제, 수정, 배포 행위를 금합니다.

작가와의 협의에 의해 인지는 생략합니다.
잘못된 책은 구입처에서 바꾸어 드립니다.

이것이 법이다

73

자카예프 장편소설

로크미디어

이 소설은 픽션입니다.
등장하는 인물 및 지명 등은 현실과 연관이 없습니다.
또한 소설 내에 나오는 법이나 법리 해석의 경우에도 대
중문학의 극적 전개를 위하여 일부분 과장되거나 변형된
것이 존재하니 실제 법과 혼동하지 않으시길 바랍니다.

CONTENTS

천재들의 전당

"위탁 교육을 시행할 겁니다."

"위탁 교육?"

"그렇습니다."

노형진은 그들을 어떻게 자연스럽게 모을까 고민했다.

반일 감정이야 어떻든 간에 일본은 놓칠 수 없는 시장이고, 미래를 위해서라도 그들과 대동이 멀어지면 곤란하다.

"하지만 마이스터는 좀 다르지요."

투자자로서 도리어 일본에서 돈을 빼면 일본이 난리가 난다.

그리고 마이스터의 투자는 전문가들의 세계의 문제라, 일본의 극우 세력이 반마이스터를 주창한다고 한들 한 줌의 위력도 발휘하지 못한다.

자본주의 시장에서 돈의 위력은 절대적이니까.

"그러니 마이스터가 방패가 되어야 합니다."

"그래서 위탁 교육을 하겠다는 건가?"

"네. 평계는 좋으니까요."

이미 마이스터는 천재들에 대한 교육을 하고 있다.

하지만 그 지원이 비효율적인 것도 사실이다.

"천재들은 사방에 퍼져 있고, 무엇보다 개개인에 대한 지원이니까요."

"으음……."

"그들을 모아서 지원한다면 자연스럽게 대룡은 뒤로 빠지면서 학생을 모을 수 있을 겁니다."

노형진의 계획은 간단했다.

마이스터에서는 이미 천재들을 후원하고 있다.

그러니 그들과 함께 묶어서 통째로 위탁한다는 것.

"물론 공식적으로는 경쟁해야겠지요."

"경쟁이라……. 이런 말 하기는 뭐하지만, 그걸 지원하는 기업이 없을 것 같은데?"

설사 있다고 한들 아주 극소수일 것이다.

"그게 중요한 거죠. 이건 돈이 안 됩니다."

위탁일 뿐이다.

그러니 기업은 아무런 생색도 내지 못한다.

"보통 사학이라고 하면 한국에서는 돈 되는 사업으로 유명

합니다. 하지만 위탁을 받으면 티도 안 나죠. 더군다나 그 정도의 운영을 할 수 있는 기업은 결국 대기업뿐입니다."

하지만 대기업들이 자기가 돈 들여서 폼을 잡을지언정 남의 위탁을 받아들여 주지는 않을 것이다.

"하지만 대룡이 나서면 어떨까요?"

"일단 모든 화살이 마이스터로 쏠리겠군."

"그럴 겁니다."

일본과 대동이 발끈하겠지만, 아무리 그들이라고 해도 마이스터에 항의 이상의 뭔가를 하지는 못한다.

마이스터에는 그들을 공격할 수단이 무궁무진하지만, 그들에게는 마이스터를 공격할 수단이 없다.

그들은 생산 회사고 마이스터는 자본 회사니까.

"상성으로는 최악이군."

"네. 그 후에 조용히 넘어가는 거죠."

"조용히 넘어간다……."

"지금 민족고등학교가 개판된 걸 아는 사람이 얼마나 됩니까?"

"하긴, 그렇군."

민족고등학교가 생길 당시 많은 사람들이 관심을 가지고 그 기업인을 찬양했다.

아이디어 자체는 좋았으니까.

그러니 시간이 흘러 민족고가 부자들의 사학으로 변한 것에 대해 아는 사람이 얼마나 되겠는가?

"대부분 모르죠."

"그렇지."

"그만큼 첫인상이라는 게 중요합니다."

만일 시장으로 나가서 민족고에 대해 물어본다면, 대부분의 사람들은 그곳이 한국의 인재를 양성하는 곳이라고 대답할 것이다.

개교 이후 상황에 대한 정보가 없으니까.

"처음에는 대리로 들어가지만, 나중에는 아니라는 거군."

"네. 자연스럽게 우리가 넘기는 거죠."

3년만 지나면 사람들의 관심에서 멀어진다. 그때 사람들이 생각하는 것은 입학 조건이지 학교의 주인이 아니다.

"우리가 조용히 명의를 변경하면 됩니다."

"좋은 생각이군."

자신들이 딱히 언론에 떠들지 않는다면 학교의 주인이 바뀌는 것을 국민들이 알 이유는 없다.

"그러니 일단 제가 나서서 천재의 모집과 그 위탁 교육을 할 곳을 찾아보려고 할 겁니다."

"대동이 나서지 않을까?"

"나서겠지요."

노형진은 씩 웃었다.

"그리고 그걸 노리는 거죠, 후후후."

이것이 법이다

"끄응……."

신동우는 생각지도 못한 사태에 당혹감을 감출 수가 없었다. 지금까지 겪어 보지 못한 일이어서 어떻게 대처해야 하는지도 모를 정도였다.

"대부분이 빠져나갔다고?"

"그렇습니다. 우리가 후원하던 사람들이 대부분 다른 곳으로 넘어갔습니다."

"얼마나?"

"70% 이상입니다."

"빌어먹을……."

아무리 공부에 필요한 돈을 지원해 준다고 하지만, 어떤 부모가 자기 자식을 매국노로 키우는 데 동의하겠는가?

거기에다 〈21세기의 친일파〉라는 영화 때문에 일본의 지원을 받으면 매국노라는 이미지가 생겨 버렸다.

"우리 쪽에서 하는 거라고 주장해 봤어?"

"봤습니다만 들어 처먹지를 않습니다. 대동이 일본 기업인 것은 다 알고 있고 영화에도 언급된 사실인지라……."

"끄응."

그는 머리를 부여잡았다.

"아버지가 화내시겠군. 백년지계가……."

저들이 성장해서 권력을 잡으면 한국의 정치와 경제를 손아귀에 넣을 수 있다.

물론 현 권력자들에게 돈을 줘도 되지만, 그건 돈이 훨씬 많이 들뿐더러 서로의 이익이 맞아야 할 수 있는 거지 권력자들을 부하처럼 부리려는 목적으로 할 수 있는 게 아니다.

그들은 한국을 지배하고 싶은 거지 한국과 거래하고 싶은 게 아니니까.

"전에는 제대로 대응하지도 못하던 놈들이 어째서 이런 거지?"

다른 기업들이 이런 사실을 몰랐다?

아니다.

알고 있었지만 당장 돈이 안 된다는 것을 아니까 신경을 쓰지 않은 거다.

20년씩, 30년씩 기다리고 싶지 않으니까.

"대룡에서 장난을 친 건가?"

"그런 징후는 보이지 않습니다. 대룡은 이번 일과 관련하여 전혀 움직인 게 없습니다."

"영화관은? 대룡 영화관에서 시작된 거잖아?"

"엄밀하게 말하면 그건 대룡 소관이 아닙니다. 대룡은 일종의 후원사 개념일 뿐이니까요. 작은 영화관들이 뭉친 겁니다."

"하지만 그렇다고 해도 대룡이 가지는 영향력이 장난이 아닐 텐데?"

"그건 그렇습니다만, 영화를 만드는 건 대룡이 아니니까요. 대룡이 만든 영화도 아닌 데다가, 압력으로 영화를 강제로 상영했다는 증거가 없습니다."

그들은 설마 대룡이 영화 제작비를 현금으로 지원해 줬을 거라고는 생각도 못 했다.

애초에 이런 식의 다큐멘터리형 영화는 그다지 많은 돈이 들어가는 게 아니니 현금으로 지원해 주는 것이 어렵지 않았다.

"망할 영화쟁이 때문에 이게 무슨……."

일본에서라면 어렵지 않게 묻어 버릴 수 있는 독립 영화감독이다.

그런데 한국에서는 그게 안 된다.

자신들의 힘도 부족하고, 한국의 언론도 이런 문제에 예민하기 때문이다.

"언론에 재갈을 물렸다 싶었더니 다른 데서 터지는군. 자네는 어떻게 생각하나?"

신동우는 이제 부사장이 된 전관서를 바라보며 물었다.

지금까지 자신이 봐 온 사람 중 그가 가장 능력이 뛰어났으니까.

"일단 우리가 영화 제작을 예측하지 못한 것이 실수입니다."

물론 알기는 했다. 몇몇 학부모가 연락했으니까.

하지만 그때는 이미 영화의 제작이 거의 끝난 상황.

그런 상황을 예측한 노형진이 인터뷰 부분을 가장 뒤로 빼 버린 탓이다.

"그리고 그 영화의 흥행에는 대룡의 힘이 들어갔을 거고요."

"만든 건 아니지만 기회는 노렸다 이건가?"

"그렇습니다. 그렇지 않다면 이 정도로 영화가 파급력을 가지지 못합니다."

"미화원 그 미친년만 아니었어도…….."

"미화원의 일은 생각지도 못한 변수니까요."

자신들도 내놓은 또라이들이 헛소리를 해 댈 줄 누가 알았겠는가?

다만 아직도 그들이 쓴 돈이 어디서 나왔는지는 알 수가 없었다.

'대룡인가.'

하지만 대룡은 그럴 이유가 없다.

그녀가 개소리를 하든 말든, 대룡에는 어떠한 영향도 없다.

'찝찝하지만 그건 나중에 생각하자.'

그에 매달리면 지금 일을 해결할 수가 없다.

그러나 그는 그 선택이 큰 실수가 될 거라고는 꿈에도 생각하지 못했다.

"일단 우리가 대동으로서 지원해 주는 것은 여기까지인 듯합니다."

"뭐? 그럼 후원을 하지 말라는 건가?"

"후원을 하지 말자는 게 아닙니다. 살짝 발을 빼자는 겁니다. 어차피 조센징은 냄비입니다. 2년만 지나면 이번 사건을 아무도 기억하지 못할 겁니다. 그때 이름을 바꾸고 접근하면 아이들은 좋다고 할 겁니다."

"아하!"

"다만 일본으로 데리고 가는 것은 좋은 생각이 아닙니다. 세뇌를 하기에 가장 좋은 방법이기는 하지만, 같은 방법을 또 쓰면 우리의 일이 수면 위로 드러날 수 있으니까요."

"그러면?"

"다른 곳으로 바꾸면 됩니다. 미국이나 캐나다로 말입니다."

"하지만 학교에서 세뇌 작업을 할 순 없지 않은가? 거기는 수업하는 곳이라 다른 사람들도 있으니까."

"그건 걱정하지 않으셔도 됩니다. 어차피 세뇌에 필요한 것은 학생들을 공동생활로 묶어 두는 거니까요. 미국이나 캐나다 같은 곳으로 간다면 결국 기숙사에서 같이 살게 될 겁니다."

"그렇군."

눈 가리고 아옹이다.

하지만 어차피 세뇌 작업은 사람이 하는 거니 좀 더 돈을 쓰고 사람을 보내면 그만이다.

"역시 자네는 믿을 만해."

"감사합니다."

한국의 국민들이 잠깐 끓어올랐다가 순식간에 식어 버리는 것을 신동우도 숱하게 봐 왔다.

'일본이 달리 선진국이 아니지.'

똑같은 짓을 했지만 일본에서는 한 기업이 망했는데, 한국은 그해 최고의 매출을 뽑아냈다.

적당히 사과하는 척하고 사은 행사를 한다고 하니 사람들이 마치 벌 떼처럼 달려들었던 것.

그 후 그들은 똑같은 짓거리를 다시 시작했지만, 국민들은 관심도 없었다.

그만큼 한국인들은 생각이 짧은 것이다.

'그래, 이번 일로 확실하게 자리를 잡는 거야. 어차피 2년만 수그리고 있으면 되니까.'

그 정도는 충분히 기다릴 수 있기 때문에, 신동우는 앞으로 펼쳐질 자신의 미래를 확신할 수 있었다.

'한국 사람들은 기업을 잠시 거쳐 가는 곳으로 생각하지. 평생직장으로 대하는 우리와 달라. 그러니 그들이 그사이에 사람들에 대한 뭔가를 할 가능성은 낮아.'

그는 그렇게 자신하고 있다.

하지만 그가 실수한 것은 두 가지였다.

하나는, 누군가는 그처럼 한국의 고질적인 문화를 알고 있다는 것.

다른 하나는 그 누군가가 한국의 그 문화를 뜯어고칠 힘을 가지고 있을 수 있다는 것.

"사장님!"

"뭔가?"

갑자기 달려 들어오는 부하를 보고 신동우는 고개를 갸웃했다.

특별한 일이 아니면 회의 시간에 들어오지 않도록 이야기했기 때문이다.

"마이스터가 우리의 뒤통수를 쳤습니다!"

"마이스터? 마이스터라니? 뜬금없이 그놈들이 왜 나와?"

"그놈들이, 자신들의 천재 교육을 대신할 기업을 모집하고 있습니다!"

"모집이라니?"

"이런 게 날아왔습니다."

공문으로 날아온 서류를 재빠르게 넘기는 부하.

신동우는 그걸 보고 눈썹을 꿈틀거렸다.

"크윽……."

그의 눈에 천천히 분노가 차올랐다.

⚖

"반응이 없네."

손채림은 어이가 없다는 듯 말했다.

몇 곳에 공문을 보냈지만 대부분 답신이 없거나 부정적이었다.

"그럴 수밖에 없지. 돈이 안 되니까."

돈도 안 되는데, 심지어 자기 사학도 아닌 관리인이다.

"너 사학들이 학교에서 빼돌리는 돈의 규모를 생각하면 기가 막혀서 말이 안 나올걸."

"그 정도야?"

"그래."

그런데 대리인이라는 특성상 돈을 빼돌리거나 할 수는 없다.

"게다가 좋은 일 한다는 광고효과도 거의 없다고 봐야 해. 자존심도 상하고."

노형진은 어깨를 으쓱했다.

"미리 이야기가 된 대룡이 아니면 다른 곳은 지원자가 없을 거라고 봐도 무방해."

"아예 없는 건 아닌데?"

"어찌 되었건 사업이니까. 손해만 안 보면 하겠다는 사람이 있을 수도 있지. 그리고 슬슬 눈치 보면서 빼돌릴 수 있지 않을까 하는 놈들도 있을 테고."

"끄응."

"원래 사학이라는 곳이 곶감 같은 거야. 빼먹는 놈이 임자야."

손채림은 입맛을 다셨다.

"어?"

"왜?"

"대동인데? 긍정적으로 생각하겠다는데?"

손채림은 당황했다.

대동이 설마 그걸 받아들일 거라고는 생각도 못 했다.

"어째서 지원한 거지? 대동이 여기에 지원할 이유는 없잖아."

"그럴 이유는 없지. 하지만 그걸 관리하면 천재들의 연락처를 알 수 있지. 생각해 봐, 우리가 빼 온 아이들이 누구?"

"아······."

자신들은 대동에서 키우던 아이들을 빼 왔다.

만일 그들이 아이들의 연락처를 알게 된다면?

당연히 학교에서 배우던 아이들 중 상당수를 빼돌릴 수 있을 것이다.

"공식적으로는 아이들이 학교에서 졸업하고 나면 관련이 없지. 그 후에 대동이 접근할 수도 있고, 유학 지원을 핑계로 세뇌 작업을 할 수도 있고."

"허."

"그들의 집요함은 칭찬을 받아야 마땅해."

물론 그 집요함이 한국의 몰락을 바란다는 것이 문제일 뿐.

"그러면 이 사람들한테 안 줄 거야?"

"줄 거야."

"응?"

노형진이 피식 웃었다.

"일본 것만."

"으엥?"

당황스러운 말에 그녀는 어리둥절했다.

"대동은 물러나라!"

"대동은 꺼져라!"

일본 극우 세력은 상당히 분위기가 좋지 않았다.

그럴 수밖에 없다.

대동이 한국에서 인재를 키우겠다고 했다.

정확하게는 대동이 마이스터를 대신해서 인재를 키우는 학교를 관리하는 것이지만, 외부적으로 봤을 때는 대동이 만드는 것이나 마찬가지였다.

"와, 개판이네."

노형진은 시위하는 극우 세력을 보면서 씨익 웃었다.

그는 언론을 통해 해당 사업에 지원한 기업을 공개했다.

대룡이 지원했다는 사실은 일본에서는 전혀 문제가 되지 않는다.

하지만 대동이 지원한 것, 그게 문제였다.

"와, 진짜 뻔뻔하다."

"내가 무슨 거짓말이라도 했나?"

"아니."

"그러면 내가 협박했나?"

"아니."

"그런데 내가 왜 뻔뻔해?"

"그런 면이 뻔뻔하다는 거야."

노형진은 대동이 접촉해 올 거라는 것을 예상했다.

그래서 그들이 빠져나갈 수 없는 함정을 만들었다.

바로 언론.

"그들이 한 행동은 외부적으로는 한국에 이득이 되는 거지."

문제는 대동이라는 기업은 공식적으로 일본 기업, 그것도 극우 계열이라는 것.

"그래서 온갖 미사여구를 써 준 거냐?"

"어."

한국에서는 돈도 안 되는 그러한 사업에 참여한 두 기업, 대동과 대룡에 대해 언론이 극찬했다.

나라의 미래를 위해 인재를 양성한다는 게 절대 나쁘게 보일 수는 없는 일이니까.

"내가 한 건 그저 번역뿐이야."

노형진은 그걸 그대로 번역해서 일본의 극우 세력에 뿌려 버렸다.

한국이라고 하면 이를 가는 일본의 극우 세력은 당연히 눈이 돌아가 버렸다.

철천지원수인 한국의 발전을 위해 투자를 한다?

그들이 발끈하지 않을 수가 없다.

"하지만 대동은 사실을 말할 수 없지."

대동 입장에서 '한국의 지배를 목적으로 어린 인재들을 세뇌하기 위해 지원합니다.'라고 발표할 수는 없는 노릇 아닌가?

그 덕분에 대동은 일본에서 가루가 되도록 까이고 있었다.

"큭큭, 본진에서 털리는 기분이 제법 고소할 거야."

노형진은 히죽 웃으면서 시선을 바깥으로 돌렸다.

시위하는 사람들을 지나, 드디어 약속을 잡은 곳에 도착한 것이다.

"자, 그러면 들어가자고."

일본에 있는 대동의 본사.

노형진이 이곳에 온 것은 대동의 관리 문제 때문이었다.

"반갑습니다. 노형진입니다."

회의실로 들어가자 기다리고 있던 남자가 고개를 숙이며 명함을 건넸다.

"하시모토라고 불러 주십시오."

"반갑습니다, 하시모토 상."

서로 간단한 인사가 끝난 후 노형진은 슬슬 떡밥을 던졌다.

"대동이 지원할 줄은 몰랐습니다."

"하하, 인재를 키우는 데 가릴 것이 무엇이 있겠습니까? 소중한 사람이야말로 인류의 보배 아니겠습니까?"

"그렇지요, 하하하."

"그래서 우리는 옛날부터 인재를 키우는 데 돈을 아끼지 않았습니다. 당장은 돈이 되지 않지만, 우리 대동에서는 미래를 위해 인재를 키우는 일에 한손 보태는 것을 결코 주저하지 않습니다."

"맞는 말씀입니다."

다만 그들이 키우는 것이 똑똑한 노예라는 점이 문제일 뿐.

노형진은 그걸 알고 있다.

그렇기 때문에 저들이 자신의 함정에 빠질 거라 예상하고 있었다.

아니, 함정에 빠질 수밖에 없다.

'뭘 선택하든 함정이니까.'

노형진은 씩 웃으며 말했다.

"그런데 안타까운 말씀이 있습니다."

"안타까운 말씀이라 하시면……?"

"아무래도 한국은 역시 한국 기업이 담당하는 것이 좋다는 것이 상부의 의견입니다."

"아……."

하시모토의 얼굴이 구겨졌다.

안 그래도 그 소식이 극우 세력에 퍼져서 가루가 되도록 까이고 있는데 그나마도 떨어졌다고 하면 무척이나 손해이기 때문이다.

"그런데 왜 여기까지 오신 겁니까? 고생이 많으실 텐데."

하지만 일본인 특유의 미소를 잃지 않으면서 소심한 항의를 하는 하시모토.

'이런 떡밥을 남을 시켜서 던지면 예의가 아니지.'

노형진은 속으로 웃음을 삼키며 말을 이어 갔다.

"우리 마이스터에서는 여러분들의 열정에 감동받았습니다."

"네?"

"그래서 마이스터에서는 일본에도 동일한 학교를 세우기로 했습니다. 대동이 일본 기업인 만큼, 원하신다면 당연히 대동이 일본 학교의 관리를 담당하게 될 것입니다. 오늘 제가 여기에 온 것도 그에 대해 협의하기 위해서입니다."

"일본 학교의 관리요?"

"그렇습니다. 사실 일본은 한국보다 인구가 더 많습니다. 당연히 천재적인 사람들도 많지요. 노벨상도 훨씬 많이 탔으니까요. 그러니 한국에도 있는 인재 개발 학교가 일본에 없다는 건 말이 안 됩니다. 그래서 우리는 대승적 차원에서 인재 개발 학교를 세우기로 했습니다."

"그…… 그런……."

"아시다시피 마이스터는 인재에 대한 전폭적인 지지를 하는 곳입니다. 인재에 대한 투자, 그게 마이스터의 가치를 높이지요."

반박할 수 없는 말이다.

실제로 기업이 아닌 인재에 투자한 투자회사는 마이스터가 처음이고, 한국뿐만 아니라 인도나 중국, 미국 등지에서 천재라 불리는 사람들에게 적잖은 투자를 하는 곳 역시 바로 마이스터다.

어떤 목적이 있다고 보기에는 기존에 이룩한 일이 너무 많았다.

"하지만 아직 일본은 그런 지원자가 없더군요. 그래서 우리는 두 번째 천재들의 전당을 일본으로 정했습니다."

"천재들의 전당요?"

"이번 프로젝트의 이름입니다. 학교 이름은 각국에 맞게 하겠지만요."

"그 말씀은?"

"다른 나라에도 세울 거라는 거죠."

그럴듯한 계획이다.

한 치의 문제도 없는 그런 계획.

문제는…….

'일본은 그런 걸 싫어한다는 거지.'

일본에 천재는 많다.

하지만 사회적으로 영향을 줄 수 있는 천재는 없다.

노벨화학상 같은 이공계는 적극적으로 밀어주지만 문과 쪽, 특히 사회 쪽으로는 철저하게 배척한다.

'기득권을 위협할 만한 사람들은 철저하게 배제한다.'

그게 일본의 정책이다.

그래서 이공계 천재는 대우를 받지만 사회적 천재는 철저하게 왕따, 즉 이지메의 대상이다.

문제는 마이스터의 지원 정책.

'마이스터의 지원 우선순위는 사회적 천재.'

이공계 천재는 성적과 실적으로 구분이 되니 다른 곳에서도 지원하기가 쉽다.

하지만 사회적 천재는 지원이 어렵다.

세상을 바꾸기 위해서는 올바른 사회적 천재가 필요하다.

그러니 사회적 천재에 대한 지원이 우선시된다.

'그리고 그건 일본 정부의 기조에 정면으로 충돌한다.'

노형진은 싱글싱글 웃으며 하시모토를 바라보았다.

"그래서 우리는 일본에 그러한 학교를 세우고자 합니다."

"아니, 그건 좀…….."

"결국 천재를 양성하는 게 목적이라면 일본에서 키우는 게 대동 입장에서도 유리한 것 아니겠습니까?"

상식적으로는 당연한 말이다.

대동의 본진은 어디까지나 일본.

그러니 천재를 키워서 자기 회사에 넣어야 한다.

'하지만 그건 안 될 말이겠지.'

노예로 쓸 수 있는 사람들의 지원 정책은 이미 충분하다.

그런데 천재들의 전당이라는 곳이 생긴다면, 노예가 되지 않을 사람들에게까지 기회가 갈 수밖에 없다.

"그건 좀 곤란합니다."

"네?"

"갑자기 그렇게 말씀하셔서…….

"물론 강제는 아닙니다. 하지만 여러분들이 지원해 주신 다면 수많은 사람들이 목숨을 구할 수 있을 겁니다."

"목숨이라니요?"

"당장 잘못된 정치인들이 많지 않습니까? 사회적으로 완성된 천재들이 그들을 대체한다고 생각해 보십시오. 일본이 얼마나 살기 좋은 나라가 되겠습니까?"

얼굴이 사색이 되는 하시모토.

한국이라면 으레 할 수 있는 말일 뿐이지만, 일본에서는 절대 인정될 수 없는 금기다.

기존 기득권층에 대한 저항이라니.

그러나 노형진은 대놓고 말하는 것이다, 일본을 바꾸겠노라고.

봉건시대와 다름없을 정도로 기득권에 대한 충성을 중요시하는 일본으로서는 나라가 뒤집어질 만한 행동이다.

'자, 과연 네가 받아들일 수 있을까?'

노형진이 눈을 반짝반짝 빛냈다.

아니나 다를까, 하시모토는 거절했다.

"그건 좀 곤란하군요. 미안합니다."

"당장 결정하시라는 게 아닙니다. 생각해 보시고 하실 의향이 있다면 우리가 충분히 지원을…….

"그런 일은 우리가 할 수 없는 일입니다."

"네?"

"그런 일은 할 수 없습니다."

하시모토는 확실하게 선을 그었다.

일본 사람들의 확실하게 말하지 않는 성향을 고려하면 이례적인 일이었다.

'그만큼 두렵다는 건가?'

기득권에 대한 저항.

그건 일본 정부가 가장 두려워하는 것이다.

당장 일본 정부의 망언만 봐도 문제라는 걸 알 수 있다.

물론 한국에 대한 망언이 문제가 아니다.

어차피 국가가 다르고 사이가 안 좋으니까, 한국에 대한 망언은 일본에서 인기를 끄는 요소다.

안중근 의사를 한국에서는 영웅으로 보지만 일본에서는 테러범으로 보는 것처럼.

'문제는 일본인 스스로에 대한 망언이지.'

툭 까놓고 말해서, 일본은 정치인이 공중파에서 국민들보고 대놓고 개돼지라고 해도 반항하는 사람이 없는 수준이다.

모 공중파에서 정치인이 출연해서 생방송 중 아나운서의 엉덩이를 주물럭거렸어도, 징계는커녕 도리어 아나운서가 유혹했다는 이유로 퇴출되는 것이 일본이다.

'그런 곳에서 너희가 사회적 천재를 받아들인다? 하, 웃기

는군.'

절대 그럴 리 없다.

이미 알고 있었다.

"그래요? 아쉽군요."

노형진은 자리를 털고 일어났다.

"그러면 다음번에는 좋은 일로 만나길 기원하겠습니다."

"그러지요."

두 사람은 악수를 하고 헤어졌다.

"자, 그러면 두 번째 폭탄을 터트려 볼까?"

노형진은 나오면서 씨익 웃었다.

⚖

얼마 후 언론에는 다른 뉴스가 나갔다.

그리고 그건 일본 대동에 심각한 타격을 안겨 줬다.

　대동, 일본 천재 학교 지원 거절

　대동, 천재들에 대한 지원을 거절한 이유는?

대동은 일본 기업이다.

그래서 한국의 천재를 지원하는 걸로 잔뜩 욕을 먹었다.

그런데 그 여파가 가시기도 전에 자국 내 천재 학교에 대한 지원은 거부했다는 뉴스가 나가 버렸다.

"얼씨구나. 킥킥킥, 아주 생쇼를 하는구나."

손채림은 뉴스를 보면서 키득거렸다.

대동은 다급하게 변명을 하려고 했지만 쉽지 않았다.

일본에 있는 언론사들은 입을 다물고 있었지만, 노형진이 한국에 보도된 뉴스를 잘 번역해서 일본에 뿌리고 있었던 탓이다.

"이걸 노린 거야?"

"그래. 그들은 절대 받아들일 수 없는 조건이거든. 내가 괜히 심심해서 그 자리에서 정치인들을 바꾸자고 한 게 아냐."

저들이 그걸 받아들이지 못하도록 하기 위해서였다.

그리고 노형진의 예상대로 그들은 그걸 받아들이지 못했다.

"한국도 그렇지만 일본에서 정치인과 기업의 카르텔은 공고한 정도가 아니라 거의 콘크리트라고 봐도 무방하거든. 대동쯤 되는 기업이 그걸 뒤집을 이유가 없지."

"하지만 언론에는 자세한 이야기를 할 수 없고?"

"없지. 이걸 어떻게 설명해?"

거절한 이유가 일본의 정치를 발전시키려고 해서라고 발표한다?

"그건 그대로 또 문제거든."

안 그래도 유사 민주주의국가라는 소리를 듣는 일본이다.

한데 그런 소리를 하면 대놓고 일본 국민들보고 '너희는 노예다.'라고 하는 결과가 된다.

"대동 입장에서는 그걸 인정할 수 없지."

당연히 대동 입장에서는, 한국의 천재들은 지원하려 들면서 일본의 천재들은 지원하지 못하는 이유를 말할 수가 없다.

진실을 말하자니 양쪽 다 망하는 거고, 거짓말을 하자니 마땅한 핑곗거리가 없기 때문이다.

"문제는 일본 사람들은 의외로 화가 나면 쉽게 가라앉지 않는다는 거야."

"응?"

"너 밀어내기 사건 알아?"

"알지."

성화가 수익을 내기 위해 물건을 강매한 사건.

그 사건으로 노형진은 피해자들을 이용해서 역습하면서, 성화의 과자 쪽 라인에 괴멸적인 피해를 줬다.

"일본에서도 그런 사건이 있었어."

"뭐? 진짜?"

"그래. 다만 한국과 다른 점은, 성화는 내가 준 피해 말고 는 큰 피해가 없었지만 일본은 그 기업이 망했다는 거지."

"망했다고?"

"그래. 일본 사람들은 착하기만 한 게 아니거든. 일본인이 웃으면서 등 뒤에서 칼을 간다는 말이 괜히 생긴 말이 아니야."

그들은 앞에서는 웃는다.

하지만 원한은 뼈에 새긴다.

"대동은 이에 대한 마땅한 변명을 하지 못하고 있어. 그만큼 매출은 상당히 떨어질 거야."

노형진은 히죽거리면서 웃었다.

손채림도 키득거리다가 문득 이해가 안 간다는 듯 되물었다.

"그런데 받아들였으면 어쩌려고 했어?"

"응?"

"생각해 보니 그렇잖아. 그들이 받아들이지 않을 거라는 생각으로 판 함정이잖아. 그런데 그들이 받아들였다면 어쩌려고 했던 거야?"

"어쩌긴, 해야지."

"그래도 되는 거야?"

"되는 거지."

"어째서?"

"그들은 위탁 관리를 하는 거지 그곳을 직접 운영하는 게 아니잖아. 그 말은, 우리에게 커리큘럼 운영에 대한 권한이 있다는 뜻이지."

"어? 그런 거야?"

"그래."

커리큘럼 운영 권한이 자신들에게 있다면 그들이 원하는 세뇌 과정은 하지 못한다.

도리어 수업에서 자유와 민주주의에 대해 배우면서, 지금

까지 대동이 키웠던 천재들이 자연스럽게 대동에서 벗어날
수 있게 된다.

"우리로서는 손해 볼 게 없다는 거지."

"헐퀴."

그들이 어떤 선택을 하든 양쪽 다 함정이다.

그러니 노형진은 다급할 게 없었다.

"그리고 그걸 인터넷에 뿌리고?"

"그래. 물론 언론을 통제하고 있으니 아주 심각한 타격이
가지는 않을 거야."

그 정도로 넘어갈 대동이 아니다.

타격이야 가겠지만, 10% 이내일 것이다.

"그러면 그 타격으로 끝인 거야?"

"아니."

노형진은 어깨를 으쓱했다.

"끝나기 전에는 끝난 게 아니야."

"우리가 일본에 진출하라고?"

"네. 역습을 해야지요."

"음……."

"일본은 한국의 인재를 빼내서 노예로 키우려고 했습니

다. 우리라고 그러지 말라는 법 있습니까?"

"그래서 일본에서 거절 뉴스를 터트린 건가?"

"그렇습니다."

일본에서 거절했다.

하지만 이미 진행 중인 사업이라고 뻥친 상태이니, 그걸 거절했다고 그만둘 수는 없다.

"누군가는 거기에서 그곳을 관리해야 한다는 거지요."

"그게 우리 대룡이로군."

"맞습니다."

그들이 했던 그대로, 대룡이 들어가서 인재들을 빼 오는 것이다.

"다른 점은, 그들은 몰래 했지만 우리는 당당하게 한다는 것뿐입니다. 그들이 먼저 거절했으니까요."

"허…… 자네 무섭군."

단순히 인재를 빼앗기는 게 싫어서, 그리고 그 힘으로 자신들을 공격하는 게 걱정되어 해결책을 물은 것뿐이었다.

하지만 그들의 공격을 막아 냄과 동시에 도리어 일본으로 진출하고 그곳의 학생들을 빼낼 수 있게 된 것이다.

"그곳을 나온 아이들은 장차 일본을 뒤흔들 겁니다. 설사 아니라고 해도, 그들은 대룡을 위해 일하겠지요. 다른 건 몰라도 일본의 이공계 기술은 잘 이룩되어 있으니까요."

그리고 대룡은 그걸 그대로 집어삼키는 것이다.

유민택의 입가에 미소가 절로 번졌다.

"우리는 손해 보는 게 없고 말이지?"

"네."

어차피 위탁 관리이니까 수익이 안 나는 선에서 운영하면 그만이다.

마이스터 같은 경우는 그 정도 돈이 별로 부담되지 않는 데다가, 어느 나라를 가나 교육에 대한 투자는 세금 공제를 해 준다.

'사학이 괜히 돈 벌려고 운영하는 곳이 아니지.'

세금은 안 내는데 돈이 들어오는 사업이 사학이니까.

"아마 대동 쪽에서는 눈깔이 돌아가고 있을 겁니다."

"그 어린놈의 새끼를 어서 보고 싶군, 후후후."

유민택은 느긋하게 미소를 지었다.

⚖️

"젠장."

같은 시간, 신동우는 이를 빠드득 갈았다.

"한국도 모자라서 일본도 털려?"

긴 시간도 아니다.

단 몇 달.

그 몇 달 사이에, 자신들이 몇 년간 이룩한 인적 개발 라인이 그대로 다 털렸다.

"어떻게 이런 일이……."

물론 아예 다 털린 것은 아닐 것이다.

하지만 전처럼 선점해서 노예 키우듯이 할 수는 없게 되었다.

"아무래도 이건 기업인의 솜씨가 아닙니다."

"아니라고?"

"그렇습니다."

전관서는 결과를 보고 심각한 표정으로 말했다.

"기업인이라면 이득을 노립니다. 하지만 이건 상대방의 몰락을 노렸습니다. 이건……."

그는 일단 한국에서 오래 근무한 한국인이다.

그리고 기업을 운영하면서 많은 이야기를 들었다.

"노형진의 솜씨에 가깝군요. 아니, 그가 아니면 할 수 없는 일입니다."

"노형진? 그게 누군데?"

신동우는 노형진이 누군지 몰랐다.

지난번에는 우연이라고 생각했으니까.

그러니 낯선 이름이 나오자 그가 누군지 물어볼 수밖에 없었다.

"말은 많습니다. 하지만 확실한 건, 그는 기본적으로 변호사고 유민택의 지혜주머니 같은 존재라는 겁니다."

"지혜주머니?"

"네. 성화와의 전쟁에서 굵직굵직한 작전은 그가 담당했다는 이야기가 있습니다."

전관서는 노형진에 대해 차분히 이야기했다.

그 말을 들은 신동우는 눈을 찌푸렸다.

"그러니까 상대방에게 엿을 먹이는 데에는 천재적이라는 거군."

"네."

"우리 쪽으로 포섭하는 건?"

"불가능해 보입니다."

성화에서도 시도하지 않았을 리 없다.

하지만 그들도 실패했다.

"으음……."

"아무래도 조심해야 할 것 같습니다."

"노형진이라……."

한국 진출의 계획이 틀어지기 시작하자, 신동우는 그 이름을 계속 곱씹을 수밖에 없었다.

갓댐 아메리카

"돈이 필요해, 마이 프레셔스."

노형진의 말에 옆에서 듣고 있던 손채림은 미친놈을 바라보듯이 쳐다보았다.

"얼마나 더 가지려고? 만수르라도 되려고 그러는 거야?"

"그 정도는 되어야 하지 않을까? 모 정치인은 금괴만 200톤을 가지고 있다잖아. 거기에 비하면 새 발의 피지."

"허어?"

반쯤 농담으로 던지는 듯한 노형진의 말에 기막혀하는 손채림.

"진짜로 하는 말이야?"

"농담이지."

"그런데 왜 갑자기 돈을 외쳐?"

"그냥, 슬슬 돈을 쓰기 시작하니까 걱정이 되기는 하네."

전과 다르게 노형진은 개인 자금을 쓰면서 싸우는 데 인색하지 않았다.

애초에 돈을 모은 이유가 외부의 압력에 저항하기 위함이었으니까.

권력은 가질 수 없지만 돈은 가질 수 있고, 권력도 결국 돈을 목적으로 한다는 점에 착안한 것이다.

"하지만 상대방이 대동이라면 이야기가 달라지지."

"아아…… 대동……. 그렇지, 대동."

노형진의 말에 손채림은 눈을 찌푸렸다.

대동.

일본의 대기업이자 한국에 진출하는 기업.

"내가 한국에서 상당한 힘을 가진 것은 사실이야. 뭐, 세계적으로 상당하다고 볼 수도 있지. 하지만 그건 개인으로서야. 대동이 가진 힘에 비하면 아직은 부족해."

"그건 그러네. 하지만 그건 너무 오버 아닐까? 그렇잖아? 우리는 미국보다 약하니까 미국보다 강한 힘을 가져야 한다, 뭐 그런 것처럼."

하지만 한국이 미국보다 강한 힘을 가지는 것은 사실상 불가능하다.

"그건 나라끼리의 이야기이고. 결국 대동도 개인으로부터 시작된 거잖아. 기업의 문제에서 그런 건 문제가 안 된다고."

"끄응."

"그리고 이번 일로 대동이 나라는 존재에 대해 눈치챘을 가능성이 높아."

지금까지야 노형진을 무시해서 그다지 파고들지는 않았을 것이다.

하지만 노형진을 견제하기 시작하면 분명히 그에게 알게 모르게 불이익을 주려고 할 것이다.

그게 그들의 스타일이고.

"더군다나 대동은 성화랑 완전히 달라. 성화가 즉흥적이고 감정적이었다면, 대동은 끈질기게 파고들고 집요해."

그들이 한국에 진출하기 위해 마련한 모든 카드들이 한두 해 준비해서 만들어 둔 게 아니다.

당장 그들의 카드 중 한 명인 홍안수 대통령 역시 대동의 장학생 출신으로, 그가 소위 장학금이라는 것을 받은 것은 30년 전이다.

"30년 전부터 준비한 일에 대항하려면 힘이 더 있어야 해."

노형진은 걱정스러운 말투로 말했다.

돈, 돈 노래를 부른 건 사실이지만, 사실 그 이면에는 현실적인 문제가 있었다.

"대동이 그렇게 노릴까?"

"노릴 거야. 대동은 성화와 다르다니까."

즉흥적이고 뇌물과 범죄로 성장한 성화와 달리 지능적인 대동이라면, 자신을 어떤 식으로든 찍어 누르려고 할 가능성이 높다.

"그건 성화 때도 마찬가지 아니었어?"

"그때는 대룡이 성화를 막을 수 있는 힘이 있을 때였지. 그리고 그들이 나에 대해 알았을 때는 사실상 승패가 난 상황이었어."

그제야 성화는 어떻게 해서든 노형진을 말려 죽이려고 했지만, 이미 그 힘이 다한 후였다.

"하지만 대동은 아니야. 아마 성화와의 싸움에 대해 조사했을 테고, 나라는 존재에 대해 알았겠지."

"복잡하네."

"원래 싸움은 복잡한 거야. 사실상 전쟁이잖아. 전쟁에서 가장 먼저 하는 것 중 하나가 바로 상대편 장군에 대한 조사지."

전쟁에서는 적의 장군이 전면전을 좋아하는지 기습전이나 매복전을 좋아하는지를 알아야 그에 대한 대비책을 만들 수 있다.

"마찬가지야. 변호사라는 존재는 전쟁터에서의 장군이지. 아마 저쪽에서는 내가 어떤 스타일로 방어하고 공격하는지 조사하고 있을걸."

노형진의 주특기는 법적인 약점을 찾아내서 공격하는 것, 그리고 아래로부터 치고 올라가는 것이다.

그걸 알고 있는 이상, 저들도 쉽게 당하지는 않을 것이다.

"그에 반해 나는 대동에 대해 잘 알지 못하지. 알 수도 없고."

그들은 각 지역에 맞게 전략을 짜고 움직인다.

동남아에서 했던 행동을 한국에서 해 보고 안 먹히면 바로 다음 작전으로 넘어간다.

"대표적인 게 바로 장학생이야. 동남아에서는 장학생에 대해 그다지 신경 쓰지 않아. 그곳은 부패도가 심하거든. 그에 비해 환율은 낮아서, 차라리 돈을 주는 게 싸게 먹히지."

"한국은 아니라는 거구나."

"그래. 그러니 그들의 행동에 저항하기 위해서는 그들이 모르는 힘이 필요해."

"마이스터라는 힘이 있잖아?"

"그건 선불리 쓸 수 없는 힘이지."

정치인들이 돈을 달라고 하는 문제 같은 것에는 마이스터의 힘을 쓸 수 있다.

그 피해가 그대로 투자자들에게 가니까.

"그러니 그때는 마이스터도 도와주지. 하지만 대동과 나, 대룡의 싸움은 그들과 상관없어. 그들의 돈을 쓰는 건 엄밀하게 말하면 심각한 업무상 배임이라고."

"아이고, 복잡하다."

"원래 그런 거야."

그런 일 처리가 흐리멍덩한 한국이 문제인 거지, 사실 그렇게 하는 게 맞다.

자기 싸움에 남의 돈을 끌어들이는 것은 잘못된 행동이다.

"그랬다가는 도리어 징벌적 손해배상을 처맞을걸."

"그럼 어쩌려고? 그래도 그거 빼고도 돈 많잖아."

"하지만 대동과 싸울 정도는 아니지."

물론 비트코인과 현물로 묶여 있는 모든 것을 팔아 버리면 대동과 일대일로 겨루어 볼 정도는 되겠지만.

'순수한 현금으로는 싸움이 안 된단 말이지.'

그리고 기업 간 전쟁에서 중요한 것은 현금이다.

"그러면 어쩌려고?"

"미국에 가려고."

"뭐? 미국에 진출하려고 하는 거야?"

노형진은 머리를 흔들었다.

그럴 거라면 애초에 한국에 남아 있지도 않았다.

이미 벌써 미국으로 떠났지.

"반은 맞고 반은 틀려."

"응?"

"진출하지는 않아. 하지만 그곳에서 사건을 물어 올 수는 있지."

"응?"

"미국은 판례 국가거든."

"그런데?"

"그리고 그게 내 가장 강력한 무기지, 후후후."

노형진은 눈을 반짝거렸다.

⚖

노형진의 무기, 그건 다름 아닌 판례였다.

'내가 왜 그 생각을 하지 못했지?'

미국은 한국과 다르게 판례법 국가이다.

이게 무슨 뜻이냐면, 판례가 법적인 능력을 발휘한다는 것이다.

예를 들면 한국은 형법상의 살인이나 강도 등 처벌 규정이 없으면 그 죄를 처벌하지 못한다.

하지만 미국은 그런 규정이 없다고 하더라도 기존 판례상 해당 행위가 범죄로 인정된다면 처벌할 수 있다.

'그리고 난 판례를 알고 있지. 내가 왜 그 생각을 못 했지?'

노형진은 미국에서도 변호사 자격증을 땄다.

그리고 그걸 따기 위해 공부하면서, 그리고 변호사가 된 후에도 수많은 판례들을 조사하고 공부하면서 싸워야 했다.

그래서 대부분의 판례들은 머릿속에 있었고, 그중에서 특히 굵직굵직한 판례는 선명하게 기억하고 있었다.

"엠버, 오랜만이에요."

"갑자기 연락받아서 놀랐어요, 미스터 노."

엠버 브라운은 노형진의 얼굴을 보면서 반가운 기색을 드러냈다.

자신을 시궁창에서 구해 준 사람이니 고마울 수밖에 없다.

"이야기는 들었습니다. 또 한국에서 시끄럽다고 하더군요."

"미국까지 소문이 났습니까?"

"상대방이 재벌 아닙니까? 한국의 재벌은 미국에서도 유명하지요. 더군다나 그걸 잘라 낸 것이 처음이니까."

엠버는 노형진의 도움을 받아서 드림 로펌을 만들었고, 그곳에 부자들이 연결되어 있으니 그 소식을 들었을 수밖에 없다.

"뭐, 어쩌다 그렇게 되었습니다."

"가끔 보면 미스터 노는 모든 걸 다 알고 있는 것 같아요."

"하하하."

"이번 사건도 그렇습니다. 이번 사건, 확실한 겁니까?"

"확실합니다. 브라이언 윈터스, 그 사람은 무죄입니다."

"그렇다면 심각한 문제인데요."

골똘하게 생각하는 엠버.

그러자 옆에 있던 손채림은 고개를 갸웃했다.

"그게 그렇게 심각한 문제야?"

"그래."

"어째서?"

"미국은 징벌적 손해배상이 엄청나게 심하거든."

"그건 알지."

"그건 국가를 대상으로도 마찬가지야. 그리고 브라이언 윈터스 사건은 명백하게 그런 대상이지."

브라이언 윈터스.

14년 전 한창 잘나가던 투자 전문가다.

44세의 나이에 연봉이 30억이 넘을 정도로 그의 실력은 뛰어났다.

"옛날에는 시중의 관심이 브라이언 윈터스가 어떤 주식을 사고파느냐에 몰려 있었어."

"지금으로 보면 미다스 같은 존재구나?"

"맞아. 그는 투자계에서 신이나 마찬가지였지."

그런 그의 몰락은 한순간 찾아왔다.

미성년자를 강간하고는 감옥에 간 것.

미국은 미성년자 범죄에 대한 처벌이 어마어마하기로 유명했기에, 그는 무려 18년 형을 언도받고 14년째 감옥에 갇혀 있었다.

"으음…… 그러니까 미국 정부에 대한 징벌적 손해배상 청구가 가능하다는 거구나?"

"맞아."

"하지만 징벌적 손해배상이 인정되려면 고의성이 있어야 하잖아."

단순한 수사 중의 오류라면 징벌적 손해배상의 대상이 되지는 않는다.

물론 그 배상금도 적지는 않겠지만.

"내가 볼 때 이건 단순한 수사 중의 오류가 아니야. 인종 차별이 들어간 최악의 사건이지."

"인종차별?"

"그래. 그 브라이언 윈터스는 동양인이거든. 정확하게 말하면 미국계 필리핀인."

"허?"

"보통 미국의 인종차별이라고 하면 백인과 흑인의 문제일 것 같지? 천만에. 미국의 인종차별에도 급이 있어."

가장 존중받는 인종은 백인이며, 그다음이 흑인이다.

그런데 흑인은 히스패닉을 무시하고, 히스패닉은 아시아인을 무시한다.

그리고 아시아인도 동남아인을 차별하는 문화가 있다.

"뭐 그따위야?"

"그래서 미국을 천국의 가면을 쓴 악마의 국가라 하는 거야. 외부에 드러나지 않는 차별이 어마어마하거든."

예를 들어서 미국에서 한국인의 이미지는 세탁소 또는 슈퍼마켓이다.

그쪽으로 많이 진출하기 때문이다.

그런데 내면을 들여다보면 그쪽으로 많이 진출하는 이유는, 거기에 진출하고 싶어서가 아니라 그런 일이 아니면 거의 일이 나지 않기 때문이다.

"동남아 계열의 이미지는 택시 운전수나 버스 운전수 같은 거지. 박봉에 힘든 일들."

자신이 알고 있었던 사실과 달랐던지라 손채림은 상당히 놀란 표정이었다.

"독일은 그 정도는 아니었는데?"

"독일은 2차대전 문제로 그러한 인종차별을 극도로 경계해."

그 당시 히틀러는 어마어마한 숫자를 학살했다.

그런데 사람들의 기억과 다르게 그가 죽인 것은 유태인만이 아니다.

집시라고 불리는 떠돌이부터 다른 인종까지, 다양했다.

"거기서는 지금도 장난삼아 나치식 인사를 하면 잡혀가서 3년 형씩 나오는 동네야."

그러니 대놓고 인종차별을 못 한다.

그 처벌이 어마어마하니까.

실제로 거기서 다른 국가 출신이 시위를 할 때 어떤 남자가 장난삼아 나치식 경례를 했다가, 바로 경찰에 끌려가서 1년 3개월 형을 언도받았다.

해를 끼친 것도 아니고, 인사를 했다는 이유 하나만으로 말이다.

"하지만 미국은 아니지. 차별하지 말자고 하지만, 여전히 차별이 심해."

"무슨 뜻인지 알겠어. 그런데 그 브라이언 원터스라는 사람의 사건은 어떻게 된 거야?"

"그건 제가 설명하는 게 좋겠네요."

엠버는 그 사건에 대해 간략하게 설명해 줬다.

브라이언 윈터스라는 남성이 8세의 소녀를 강간했다.

언론에서는 사정없이 물어뜯었고, 그는 한순간에 나락으로 떨어졌다.

"그 당시 브라이언 윈터스는 끝까지 아니라고 했지만, 증거가 너무 넘쳤어요. 증언도 확실했고요."

엠버는 심각한 표정으로 말했다.

"사건은 이슈화되었고 언론에도 나갔죠. 심지어 지금 변호사들이 공부할 때 필수적으로 배우는 사건 중 하나가 브라이언 대 뉴욕시예요."

"엥? 그건 또 뭐야?"

"표기 방식의 차이지."

한국은 사건에 따라 번호를 붙인다.

물론 그건 미국도 마찬가지다.

하지만 대표적인 사건의 경우, 미국은 당사자의 이름을 표기한다.

"그런데 미스터 노의 말에 따르면 그 사건이 조작된 거라고 하니……."

"맞습니다, 조작된 거."

브라이언 윈터스 사건은 조작된 것이었다.

나이가 어린 아이를 세뇌하는 건 어려운 일이 아니니, 사진을 이용해서 세뇌시키고 돈을 뜯어내기 위해 거짓말을 시킨 것이다.

'문제는 그 후지.'

지금도 그렇지만 14년 전의 인종차별은 어마어마했다.

더군다나 그때만 해도 투자금융 쪽은 아예 백인판이라고 해도 과언이 아닐 정도였다.

그런데 천재적인 투자자가 가장 천대받는 동남아시아인이라는 사실이 그들의 자존심을 건드렸다.

"내가 봐서는, 그 사건은 그 당시 투자 전문가들이 뇌물로 조종한 것 같아."

"뭐라고? 확실한 거야?"

"아마도?"

말은 '아마도'라고 했지만 사실 확실한 거다.

판례가 있으니까.

'결국 진실이 밝혀졌지.'

사건의 진실이 밝혀진 건 우연이었다.

그 사건을 공부하던 변호사가 뭔가 이상한 점을 발견한 것이다.

많은 이들이 무심하게 넘어간 부분이었지만, 그는 그러지 않았다.

그리고 그 사건을 조사하면서 숱하게 위험한 고비가 닥쳐오자 그는 그게 더욱 이상하다고 생각해서 더더욱 파고들었다.

안전을 위해 1년간 바닥에 숨어 살면서 말이다.

'그 배경은 어마어마했지.'

바로 브라이언 윈터스의 투자에 피해를 입은 홀릭스타팅이라는 기업이 그를 묻어 버리기 위해 모든 작전을 짰던 것.

홀릭스타팅은 백인 우월주의 기업이고, 대표도 미국의 백인 우월주의 단체인 KKK단의 멤버일 만큼 백인 우월주의가 심했다.

'그들이 사건의 상당 부분을 조작했지.'

그들은 사건을 조작하고 그 당시 부패한 경찰들과 부패한 언론인에게 돈을 주면서 사건을 공론화시켰다.

그리고 그렇게 천재 투자자였던 브라이어 윈터스는 나락으로 떨어졌다.

'그 사건으로 뉴욕주가 난리가 났지.'

경찰과 언론, 기업인이 사건을 조작한 희대의 악행으로 인해, 뉴욕주와 언론, 기업인에게 징벌적 손해배상이 들어갔다.

뉴욕주는 그 사건으로 무려 1억 달러를, 언론은 5천만 달러를, 주범이었던 홀릭스타팅은 100억 달러라는 어마어마한 금액을 물어 주면서 결국 역사에서 사라졌다.

'여러 의미로 변호사들이 꼭 공부해야 하는 사건이었어.'

전에는 아동 성범죄 사건으로 공부했다면, 나중에는 부패가 불러오는 최악의 사건으로 공부해야 했다.

"미국도 그런 사건이 많아?"

"많아. 결국 미국도 한 나라일 뿐이야. 썩은 인간은 어디에나 있고."

엠버는 씁쓸하게 웃었다.

"저만 해도 그렇잖아요. 아메리칸드림처럼 허망한 게 없지요."

"아……."

엠버만 해도 노형진을 만나기 전에 학비를 갚기 위해 변호사임에도 불구하고 매매춘을 해야 했다.

그 정도로 극단적인 자본주의국가가 미국이다.

'그리고 나는 그런 사건들을 다 알고 있지.'

노형진이 노리는 것들은 그런 거다.

미국에서 징벌적 손해배상이 나오는 모든 사건들.

십수 년에 걸쳐 지불해야 하는 그 금액은 어마어마하다.

그런데 그 판례를 알고 있으니 그런 사건에서 이기는 것은 손쉬운 일이다.

'내가 왜 지금까지는 그 생각을 못 했지?'

자신도 모르게 히죽 웃는 노형진.

"미스터 노, 그 사건을 맡는 건 어렵지 않습니다. 미스터 노의 부탁이라면 제가 직접 할 수도 있어요."

"감사합니다, 엠버."

"하지만 여전히 증거가 없습니다."

"증거는 있습니다."

"어떤 증거죠?"

노형진은 눈을 반짝거렸다.

"바로 그 피해자였던 아이지요."

브라이언 윈터스는 초췌한 얼굴로 입을 열었다.

"브라이언이라 불러 주십시오."

"반갑습니다. 노형진입니다. 이쪽은 담당 변호사인 엠버 브라운 양입니다."

"반갑습니다."

감옥에서의 14년.

사람이 변할 만하건만, 그는 여전히 젠틀함을 잃어버리지 않았다.

물론 피로감은 숨길 수 없었지만.

"감옥에서의 생활은 하실 만한가요?"

"좋다고는 말 못 합니다. 독방 생활을 하고 있거든요."

"아……."

"그래도 다행입니다. 맞지는 않으니까요."

외부에 있는 인종차별이 여기라고 없을 리 없다.

"고생이 많으시겠군요."

"때로는 차라리 죽었으면 싶더군요."

감옥에서도 나름의 규칙은 있다.

물론 그 규칙이 교도소의 규칙은 아니다.

교도소 수감자들의 일종의 룰이다.

"아동 성범죄자에 대한 괴롭힘이 장난이 아닐 텐데요?"

"그래서 독방 생활을 합니다, 후우……."

미국의 감옥에서 아동 성범죄자들에 대한 린치는 흔하게 일어나는 수준이며, 살인도 심심찮게 벌어진다.

"특히나 백인 우월주의 범죄자들은 저를 죽일 기회만 노리고 있지요."

씁쓸하게 웃는 브라이언의 입에는 이 몇 개가 없었다.

뻔하다.

두들겨 맞다가 부러진 것이다.

"그런데 이야기는 들었습니다. 저의 무죄를 믿어 주신다고요?"

"그렇습니다."

"감사합니다만…… 의미가 있나 싶네요."

이미 인생의 황금기는 끝났다.

자신이 저지르지도 않은 죄로, 그는 나락으로 떨어졌다.

"의미가 있을 겁니다. 우리가 돈을 받아 낼 수 있으니까요."

"돈이라니요? 무슨 말씀이신지?"

"저희가 조사한 것에 따르면, 그 사건은 조작된 겁니다."

"그건 저도 압니다. 저는 안 했으니까요."

"그러면 홀릭스타팅이라는 기업에 대해 기억하십니까?"

"홀릭스타팅이라고 하신다면?"

노형진은 자신이 아는 한도 내에서 그에 대해 이야기해 줬다.

물론 이야기하는 중에 그런 것 같다는 식으로 말을 덧붙여서, 의심하지 않도록 주의했다.

그 이야기를 들을수록 브라이언은 분노로 얼굴이 붉어졌다.

"그…… 망할 놈들이…….."

"그들이 왜 그런 짓을 했는지 아십니까?"

"끄응…… 그게…… 저 때문에 그들이 큰 피해를 입었습니다. 아니, 사실 자기들이 자초한 겁니다만…….."

홀릭스타팅은 백인 우월주의자로 이루어진 인종차별 기업이다.

그곳에 어떤 기술에 대한 투자 요청이 들어왔다.

"그런데 그들은 그걸 거절했습니다. 연구자가 흑인이었거든요."

"그래요?"

"네. 그 후에 그는 저를 찾아왔지요."

브라이언은 그 기술이 충분히 가치가 있다고 판단하고 막대한 투자를 했다.

그리고 성공했다.

"그런데 같은 기술을 연구하던 사람들이 있었더군요."

"아…… 그런 경우가 종종 있지요."

당장 전화기를 개발한 사람도, 사람들은 알렉산더 그레이엄 벨만 기억하지만 단 몇 시간 차이로 엘리샤 그레이라는 발명가가 전화기를 특허 신청하려고 했다는 건 잘 모른다.

심지어 최초로 전화기를 발명한 사람은 안토니오 메우치라는 사람이었다.

그러나 불행히도 그는 돈이 없어서 임시 특허를 낸 뒤 정식 특허를 내려다가 특허를 벨에게 빼앗겼고, 소송을 통해 자신이 먼저라는 것을 인정받으려다가 결과가 나오기 전에 심장마비로 죽고 말았다.

"그리고 홀릭스타팅은 거기에 어마어마한 돈을 투자했지요."

"아."

이런 경우 후자는 투자한 돈을 그대로 날리는 수밖에 없다.

더군다나 문제가 된 건, 개발 진행 속도가 더 빠른 쪽이 투자를 요구하러 갔는데 거부하고 뒤쳐져 있던 백인에게 투자했다는 것.

"아마 제가 투자하지 않았다면 개발이 그렇게 빨리 진행되지는 못했을 겁니다."

하지만 브라이언은 투자했고, 그게 개발 진행에 날개를 달아 준 셈이 되었다.

"그로 인한 원한이군요."

"그런 것 같습니다."

노형진은 그제야 진실을 알 수 있었다.

그가 아는 것은 단순히 피해를 입어서 복수했다는 수준의 정보였으니까.

'그 정도면 원한을 가질 만하네.'

이런 건 단순히 빈정거림의 문제가 아니다.

인종차별로 인해 명백하게 피해를 입힌 거니까.

그러니 투자자들이 난리가 났을 테고, 상당한 투자금이 빠져나갔을 것이다.

"그놈들이……."

자신의 인생을 망친 자들이 누군지 알게 되자 브라이언의 눈에서 불꽃이 튀었다. 모르면 포기할 수 있지만, 알면 포기하지 못하는 게 사람이다.

"의뢰하겠습니다."

"조건이 좀 까다롭습니다."

승소한 경우 수익의 30%. 노형진의 조건이었다.

금액이 작다면 모를까, 크다면 그만큼 받아 내는 것이 노형진의 계획이었다.

그래도 충분히 남을 정도니까.

아니나 다를까, 브라이언은 순순히 고개를 끄덕거리면서 계약서에 사인을 했다.

"어차피 여기서 나가면 끝이니까요. 살아서 나갈 수 있을지는 모르겠지만."

그가 여기서 나간다고 해도 끝이 아니다.

성범죄자, 그것도 아동 성범죄자를 쓰는 곳 따위는 없다.

거기에다 그가 어디에 정착하든 주변에는 아동 성범죄자가 살고 있다는 경고장이 발송되고, 그의 정원에는 아동 성범죄자의 집이라는 푯말이 박히며, 그는 평생 발에 전자 발찌를 차고 살아야 한다.

"가족들은 모두 저를 버리고 갔습니다. 지금의 제게 남은 건 노숙자의 삶뿐입니다."

노형진은 씁쓸한 미소를 지었다.

'나중에는 찾아가지만.'

그를 버렸던 아내와 아들은 그의 억울함이 풀리고 배상을 받자 돌아왔지만, 그는 그들을 내쫓았다.

기다리다가 지쳐서 버린 것도 아니고, 감옥에 가자마자 자신을 버리고 전 재산을 들고 도망간 사람들을 받아 줄 만큼 착한 사람은 별로 없으니까.

"저는 손해 볼 게 없지요."

어차피 독방에서 살다 출옥 후에는 노숙자가 될 거, 마지막 기회를 잡아 볼 생각이었다.

"부탁드립니다."

브라이언은 노형진과 엠버의 손을 잡고 행운을 빌었다.

"그 어느 때보다 제 행운이 필요할 때이군요."

그의 노안은 격하게 흔들리고 있었다.

추억은 길고 증거는 더 길다

"확실히 수사는 깔끔하게 된 것 같아요."

엠버는 정식으로 사건을 수임하고 관련 자료를 확실하게 조사했다.

하지만 기록만 봐서는 딱히 이상한 게 없었다.

"그렇게 티가 났다면 벌써 누군가 사건을 수임했겠지요."

"그렇겠네요. 미스터 노는 뭐가 이상하던가요?"

"인종요."

"네?"

"사건 기록을 다시 한 번 보세요. 인종이 모두 백인입니다."

"어? 그러네요."

"보통 사람들은 조사할 때 사람을 보지 인종은 잘 보지 않죠.

웃기게도 이럴 때 인종을 보는 건 인종차별주의자들이니까."

"으음."

최초에 이 사건의 진실을 밝혀낸 사람도 그랬다.

그는 오로지 백인으로만 이루어진 그 모든 과정이 이상했던 것이다.

"경찰과 검찰, 판사, 배심원까지, 모든 사람이 다 백인이에요."

"이건 말이 안 되는데요."

경찰이나 검찰, 판사까지는 이해가 간다.

하지만 배심원은 이해가 안 간다.

"알다시피 배심원은 인종적 문제를 감안해서 짭니다. 흑인 사건에 모조리 백인으로만 배심원을 채우면 흑인 시민들은 공신력을 의심하니까요."

그런데 이번 사건은 이상하게 모든 관련자가 다 백인이다.

"더군다나 피해 아동이 여덟 살짜리 금발에 벽안을 가진, 전형적인 백인입니다. 딱 백인이 분노할 만한 일이지요."

"묘하네요."

"앰버 경고 사례, 아시죠?"

"네, 알죠."

앰버 경고.

납치가 의심되는 아동의 실종 경고다.

앰버 경고가 발동되면 지역의 모든 방송에서 아이의 사진을 내보내면서 찾으려고 노력한다.

"그런데 백인 아동이 사라진 경우, 앰버 경고는 더 빨리 더 자주 뜹니다. 그리고 그 아이가 금발에 파란 눈이다? 거의 100% 뜨지요."

"미국의 더러운 단면이지요."

앰버는 씁쓸하게 웃었다.

백인이 아닌 유색인종 아이가 실종되면 앰버 경고는 잘 작동하지 않는다.

"더군다나 그 증거라는 게 아이의 증언뿐이었고요."

결국 그 사건은 여러모로 의심스러운 부분이 많았다.

"그건 그렇다고 치고, 이제 이 사건을 어떻게 추적할 거야? 사건 기록 자체는 흠잡을 데가 없다고."

"있으면 이상하지. 막대한 돈을 들여서 조작한 사건인데. 하지만 전에 말했다시피 서류는 조작해도 아이는 조작하지 못해."

"응?"

"그 당시 여덟 살이던 아이, 지금은 몇 살일까?"

"어?"

"그렇게 아이를 속여서 거짓말을 시킨 부모가, 정상적인 부모일까?"

"어?"

"과연 그 아이는 어떤 삶을 살고 있을까?"

"……?"

노형진의 말에 다들 어리둥절한 표정이 되었다.

"추적은 거기부터야."

⚖️

원래 회귀 전에도 거기서부터 시작되었다.

의심을 품은 변호사가 그 당시 피해자 아동을 만나러 갔을 때 말이다.

"이게…… 그 아이의 집이라고?"

"아이는 아니지, 정확하게는. 이제 스물두 살이니까. 성인 이야."

"그래도 그렇지, 그때 20억을 받았다면서?"

집이라고 부르기도 애매하다.

정확하게는 거주용 트레일러니까.

미국의 빈민들이 사는 곳.

"저도 놀랐습니다. 그 당시 20억이면 어마어마한 돈이니 까요."

무려 14년 전의 20억이다.

지금으로 치면 거의 30억에서 35억 이상 되는 돈이다.

그런데 사는 집이 트레일러라니?

"그 돈 다 어디다 썼지?"

"보면 알겠지."

노형진은 그 트레일러로 향하려고 했다.

하지만 먼저 문이 열렸다.

"에일라! 당장 안 돌아와! 당장 돌아와!"

"뻑큐!"

젊은 여자 한 명이 나오다 말고 몸을 돌렸다.

그리고 곱상한 외모와 다르게 안쪽으로 가운뎃손가락을 세우면서 소리를 질렀다.

"입 닥치고 마약이나 하고 있어!"

"에일라!"

"이 망할 집구석, 내가 나가고 만다!"

소리를 버럭 지르던 에일라는 자신의 앞을 가로막고 선 세 사람을 보고 눈을 찌푸렸다.

"당신들 뭐야?"

이런 상황이면 일단 조심스러운 모습을 보일 텐데 전혀 그러지 않는 걸 보니 깡이 보통이 아닌 듯했다.

"이쪽은 엠버 브라운. 변호사입니다. 저는 노형진이라고 하고 이쪽은 손채림입니다. 업무 보조인이지요."

"그런데 왜? 뭐? 어쩌라고? 밀린 돈이라도 받으려고? 아, 배 째! 왜 저 잡년 돈을 내가 갚아야 하는데!"

버럭버럭 소리를 지르는 에일라.

손채림은 그 '잡년'이 누군지 알고 어이가 없어졌다.

"저분, 부모님 아니에요?"

"부모는 개뿔, 싸지르면 다 부모인가?"

와락 눈을 찌푸리는 에일라.

"잠깐 이야기를 할 수 있을까요?"

"오, 당연히 안 되지. 나 비싼 몸이야."

"네?"

"내 아르바이트 빵꾸 나면 당신이 돈 줄 것도 아니잖아? 잡년 돈은 잡년이랑 해결해."

쿨하다 못해 신경질적으로 떠나 버리는 에일라를 보던 엠버는 기가 막혔다.

"우리가 모르는 뭔가가 터진 건가요?"

"그런 거죠."

노형진은 고개를 끄덕거렸다.

에일라가 일하는 곳은 작은 식당이었다.

영화에 나오는, 커피를 팔고 토스트가 나오는 그런 식당.

노형진 일행이 들어오자 그녀는 신경질적으로 말했다.

"말 안 한다고 했지!"

"당신과 할 이야기가 있습니다."

"조 까."

이것이 법이다

"뭐냐, 에일라. 또 스토커냐?"

"아니야, 아저씨. 아, 좀 꺼져 줄래?"

"흠."

노형진은 주변을 스윽 둘러봤다.

'그 변호사는 닷새나 찾아가서 끝날 때까지 기다렸다지?'

하지만 자신은 그럴 이유가 없다.

"주인이십니까?"

"그런데?"

"여기 통째로 빌리겠습니다."

"뭐?"

"500달러면 되겠습니까, 하루 동안?"

남자는 눈을 데굴데굴 굴리다가 노형진의 손에 들린 지폐를 잽싸게 채 갔다.

"그러면 마음대로 하쇼."

"아저씨!"

"너 같으면 포기하겠냐, 이 망할 것아?"

"아, 씨."

남자는 히죽 웃으면 문에 걸린 팻말을 '닫힘'으로 바꿔 걸었다.

"우리와 이야기해야 당신도 손해를 보지 않을 겁니다."

"뭐라고?"

"당신이 여기서 벗어날 수 있게 될 테니까요."

에일라는 잠깐 눈을 찌푸리더니 결국 한쪽 빈자리에 앉았다.

"어디 한번 말해 봐."

"여덟 살 때 사건, 기억납니까?"

"아, 또 그럴 줄 알았어. 안 난다니까."

보아하니 이런 경우가 종종 있었던 모양이다.

"그 사건을 조사 중입니다."

"나보고 어쩌라고! 엉? 고작 여덟 살 때 일인데 무슨 기억이 남아 있겠어?"

아무래도 거친 삶을 살아온 건지, 그녀는 상당히 거칠게 대답했다.

'확실히 뭐가 있군.'

무려 20억이다.

그 정도면 결코 한순간에 날아갈 돈이 아니다.

"그때 받은 돈이 20억인 거 아시지요?"

"알지. 그 연놈들이 싸그리 날려 먹었지만."

"어떻게요?"

"내가 어떻게 알아?"

그녀가 기억하는 건, 돈이 없어서 철이 들자마자 아르바이트로 연명해야 했다는 것뿐이다.

"우리는 그 사건이 조작되었다고 생각합니다."

노형진이 훅 치고 들어가자 엠버는 깜짝 놀랐다.

"미스터 노!"

"괜찮아요. 어차피 에일라는 기억 못 하는 사건입니다. 아마 심적으로는 제삼자일 겁니다."

"흥."

그녀는 부정하지 않았다.

사실이니까.

'역시 이야기대로군.'

"그래서 뭐 어쩌라고? 조작된 거니까 이제 와서 나한테 돈을 토해 내라고?"

"그럴 리가요. 그때는 어릴 때인데요."

노형진은 어깨를 으쓱했다.

"우리가 진실을 찾는 것을 도와주십시오."

"진실? 무슨 진실?"

"진짜 범인이 누군지 압니다. 그들을 추적할 겁니다."

"그런데 내가 왜? 이제 와서 법원에 가서 내가 거짓말했다고 인정하라고?"

짜증스럽게 말하는 에일라.

노형진은 그녀를 보면서 미소 지었다.

단순히 그런 거라면 그녀를 만나러 오지도 않았다.

'어차피 그녀의 증언은 효과가 없어.'

고작 여덟 살 때라 기억도 거의 못 하는 시절이다.

그때 한 말을 지금 와서 부정한다고 한들 법원에서 받아들여지지도 않는다.

"아니요. 다른 이유 때문입니다."

"다른 이유?"

"이곳을 벗어나고 싶다고 했지요?"

"그래. 이 염병할 곳에서 나갈 수만 있다면 뭐든 하겠어."

"그러면 영화 판권은 어떻습니까? 200만 달러는 거뜬하게 나올 것 같은데."

"뭐? 200만 달러!"

그녀의 눈이 어느 때보다 커졌다.

그리고 상황을 이해하지 못한 두 사람의 눈도 따라 커질 수밖에 없었다.

⚖

"200만 달러라니⋯⋯. 그게 되리라고 생각해?"

"충분해, 그녀가 받아들인다면."

"아니, 난 이해가 안 간다. 엠버, 뭐라고 말 좀 해 봐요."

"충분히 가능합니다."

엠버마저 진지한 표정으로 고개를 끄덕이자 손채림은 질려 버렸다는 얼굴이 되었다.

"난 모르겠다."

"그렇지 않아. 이게 터지면 200만 달러? 그 정도는 우습게 받을걸. 난 최소치로 이야기한 거야."

이것이 법이다

"허? 도대체가……."

"물론 그녀가 받아들여야 하지만."

"끄응."

노형진이 말한 내용은 간단했다.

그녀가 직접 이번 사건을 추적할 것.

"어차피 이건 위증 사건이야. 그것도 심각한 사건이지."

회귀 전에는 이 사건으로 인해 그 당시 뉴욕 주지사가 물러나고, 경찰서장이 해임당하고, 뉴욕시는 폭동 직전까지 몰렸다.

"이런 문제는 예민합니다. 그리고 한편으로는 미국인들이 좋아하는 내용이 담겨 있지요."

"생각해 봐. 범죄에 이용당한 소녀가, 나이를 먹고 그 진실을 캐고 다니는 이야기. 미국 할리우드에서 딱 좋아하는 스타일이야."

"거기에다 저쪽에서는 죽이려고 덤빌 테고."

"그래."

노형진은 고개를 끄덕거렸다.

그건 사실이다.

물론 그 부분도 그녀에게 말했다, 목숨을 걸어야 한다고.

"그녀가 진실을 찾아내면, 그녀 역시 징벌적 손해배상을 청구할 권한이 생기지. 200만 달러? 그건 우스울걸."

"허."

현실에서는 이 정도로 큰돈이 되지는 못했다.

의심은 했지만, 그 변호사가 능력이 뛰어난 건 아니었기 때문이다.

그래서 터무니없는 돈에 판권이 넘어갔다.

'그리고 초대박 쳤지.'

물론 그때는 변호사가 같이 낀 영화지만.

스토리 자체가 극적인 덕이었다.

"와, 넌 진짜 몇 수 앞을 보는 거냐?"

"돈을 뽑으려면 머리 좀 굴려야지."

변호사비로 한 번, 판권비로 또 한 번 돈을 뜯어내면 상당한 수입이 생길 것이다.

그러면 그 돈으로 많은 일을 할 수 있다.

"그런데, 올까요?"

엠버는 걱정스럽게 말했다.

"아무리 그래도 위험한 사건입니다. 그녀가 온다고 해도 우리가 같이 움직여야 하는데요."

"그래야지요. 물론 영화에서는 우리는 쏙 빠지겠지만."

어차피 그런 걸 바라고 하는 변론이 아니니까.

"그런데 나도 같이 움직이는 거야? 이런 말 하긴 그렇지만, 난 이번 사건에서 할 수 있는 게 없는 것 같은데. 완전 들러리잖아."

미국 법을 아는 것도, 경호 실력이 뛰어난 것도 아니다.

그렇다고 여기에서 정보를 캘 수 있는 것도 아니고.

"사건만 보면 그렇지."

"사건만 보면?"

"잊고 있나 본데, 홀릭스타팅은 투자사야. 그곳이 날아가면 주식시장이 어떻게 될 것 같아?"

"아⋯⋯."

노형진이 노리는 건, 개개인 수임료도 수임료지만 사실 그쪽이다.

홀릭스타팅이 날아갈 정도의 사건.

아마 주식시장이 난리가 날 것이다.

"그게 어떻게 움직일지 아는데 그 기회를 날릴 수는 없지."

"나보고 주식을 하라고? 어려운 건 아닌데. 마이스터가 있잖아."

"마이스터는 안 돼. 마이스터는 너무 유명해."

까딱 잘못하면 이 모든 사실을 미리 알고 있었던 거냐는 의심을 받기 쉽다.

"누군가 차명으로 조용히 뒤에서 움직여야 해."

"으음⋯⋯."

"거기에다 마이스터는 투자회사야. 그러니 같은 투자회사인 홀릭스타팅에 친한 사람이 없으라는 법은 없어."

보안 때문에라도 그런 건 조심해야 한다.

그러니 지금으로써는 손채림이 조용히 움직이는 게 최선

이다.

"와…… 알뜰하게도 부려 먹네."

"미국은 총기 자유국인데. 그래도 같이 갈래?"

"역시 그쪽이 나을까? 나도 영화에서처럼 막 악당을 잡고……."

"꿈 깨셔."

그럴 수 있다면 좋겠지만, 그건 영화일 뿐이다.

"일단 네가 제대로 움직이면 홀릭 쪽도 우리 쪽에 신경 못 쓸 거야."

"오호, 이중 작전?"

"그래."

노형진은 고개를 끄덕거렸다.

이런 사건을 허술하게 할 수는 없다.

"알았어. 좀…… 들러리 같은 느낌이기는 하지만."

손채림은 마음 같아서는 같이 가고 싶었다.

하지만 안다, 같이 움직여 봤자 자신은 짐만 될 뿐이라는 것을.

"네가 하는 것도 중요한 일이야."

노형진에게 소송은 방법일 뿐, 이번 사건의 최종 목적은 돈이다.

그리고 그걸 해야 하는 사람이 손채림이고.

"차명으로 내가 말한 주식들을 다 긁어모아. 그리고 조용히 해야 할 일이 있어."

노형진은 그녀의 귀에 대고 뭔가를 조용히 말했다.

그 말을 들은 손채림의 얼굴이 황당하다는 표정으로 변했다.

"그 말이 사실이야?"

"아마도."

"이런 말도 안 되는……. 그거 증명할 수 있어?"

"증명할 수 있으니 내가 너한테 말하겠지. 그런데 내가 만나고 싶다고 해서 그쪽에서 만나 줄 리 없잖아? 내가 그들과 협상할 시간도 없고. 그러니까 네가 자리를 좀 만들어 봐, 그쪽이랑 이야기해서."

"알았어."

"그리고 나와 엠버는 그녀가 오는 대로……."

그 순간 '똑똑' 하고 노크 소리가 들려왔다.

"누구지?"

"잠시만요."

엠버는 누구인지 슬쩍 바깥을 살펴보고는 고개를 끄덕거렸다.

"에일라네요. 그런데……."

"무슨 일 있습니까?"

"잠시만요."

엠버가 문을 열어 주자 에일라가 모습을 드러냈다.

그런데 그녀의 모습은 오전에 본 모습과 많이 달랐다.

한쪽 뺨이 퉁퉁 부어 있었다.

"에일라, 무슨 일입니까?"

"아까 말한 거 사실이야?"

"네?"

그녀는 노형진의 질문에 대답하는 대신에 다짜고짜 물었다.

"이 망할 집구석에서 확실하게 벗어날 수 있어?"

"네. 목숨을 걸어야 합니다만."

"흥."

그녀는 코웃음을 쳤다.

그리고 쇼핑백에서 권총을 꺼내 들었다.

"그 빌어먹을 동네에서 아직까지 총 맞아 죽지 않은 게 우연이거나, 뭐 운이 더럽게 좋아서라고 생각해?"

"아…….."

미국 슬럼가의 치안은 상당히 나쁘다.

눈만 돌리면 도둑들이 활개를 친다.

하물며 그곳에서 금발의 백인 아가씨가 다니는데 멀쩡하게 구경만 할까?

"여기에 있으면 어떤 놈팡이한테 강간당해 죽든가, 갱단한테 총 맞아 죽든가, 아니면 나중에 마약 주사기를 팔에 꽂고 죽겠지."

너무나 뻔한 결말이 자연스러운 동네.

에일라는 이곳을 떠나는 게 목적이었다.

"어차피 죽을 거라면, 차라리 발악이라도 해 보고 죽겠어."

이것이 법이다

노형진은 미소를 지었다.

"환영합니다, 에일라."

에일라가 그렇게 극단적인 선택을 한 것은 다름 아닌 그녀의 아버지, 그녀의 표현을 빌리자면 '그 놈팡이' 때문이었다.

"돈에 대해 물어보니까 다짜고짜 두들겨 패더라. 그런데 이거 정말 효과 있는 거야?"

그녀가 계란으로 퉁퉁 부은 뺨을 문지르며 묻자 노형진은 고개를 끄덕거렸다.

"그럴 겁니다. 한국의 민간요법이지요."

"한국이라······. 당신, 거기 변호사라며? 그런데 이런 거 믿어도 되는 거야?"

"뭐, 효과가 있으니 쓰는 거 아니겠습니까? 지금 병원에 갈 수도 없고요."

"끄응······ 퍼킹 아메리카."

단순한 타박상이지만 병원에 가면 수백 달러가 순식간에 날아간다.

돈이 없는 에일라는 그럴 수가 없다.

"이런 거 보면 한국이 참 살기 좋아."

"좋다니?"

"한국은 치안이 좋거든. 총도 없고, 거기에다 마약도 거의 없고. 결정적으로 이런 건 몇 달러면 치료해 주고."

"허? 한국이라는 나라는 천국인가?"

손채림이 그녀에게 한국의 좋은 점을 설파하고 있는 사이, 노형진은 다음 계획을 짜기 시작했다.

"에일라가 동참했으니 이제 사건을 추적해야겠네요."

"하지만 경찰의 기록은 너무 확실해서……."

에일라가 달라고 해도 결국 엠버가 받은 것과 별반 다를 게 없는 자료가 들어올 것이다.

아니, 똑같은 자료가 올 게 뻔했다.

"그랬지요. 하지만 그래도 요구해야 합니다. 물론 우리는 빠지고요."

"어째서요?"

"우리가 청구할 가능성은 애초부터 있었습니다. 저들도 충분히 예상할 수 있습니다."

미국이 달리 '소송의 천국'이라 불리는 게 아니다.

뭐든 소송으로 해결하려고 하는 편이니까.

"브라이언이 억울하다는 걸, 그들은 그 누구보다 잘 압니다. 그러니 브라이언이 변호사를 사서 대항하려고 하는 건 예상하기 힘든 일이 아니지요."

"즉, 우리는 변수가 아니라는 거군요."

엠버의 말에 노형진은 고개를 끄덕거렸다.

"하지만 에일라는 변수입니다."

"어째서? 아하! 사건 피해자가 굳이 진실을 찾으려고 하지는 않을 테니까?"

"네."

원래 역사에서도 에일라가 경찰에 자료를 요청하고 나서 저들이 반응하기 시작했다.

"이런 일에 변수가 생기면 그들은 뭉쳐서 해결책을 찾으려고 할 겁니다."

"그런데 그걸 어떻게 알지요?"

"부모죠."

"부모?"

"생각해 보십시오. 여덟 살짜리에 대한 세뇌를, 부모의 동의 없이 다른 사람들이 마음대로 할 수 있을까요?"

"아……."

"결국 그들은 부모에게 자극을 줄 겁니다."

그리고 그게 자신들을 이끌 것이다.

"에일라의 행동에 부모가 어떻게 반응하는지, 두고 보자고요."

⚖️

에일라는 집에 가자마자 자신에게 날아오는 주먹에 깜짝

놀랐다.

다행히 노형진이 미리 경고했기 때문에 아버지의 공격을 피하는 것은 어렵지 않았다.

더군다나 아버지는 술에 취해서 제대로 몸도 못 가누는 상태였으니까.

"너 이 개잡년이 뭐 하면서 다니는 거야!"

그 모습에 에일라는 기가 막혔다.

'어떻게?'

노형진이 그랬다, 만일 부모가 걸리는 게 있다면 자신이 자료를 요구한 것을 알 거라고.

당연하다면 당연하다.

그녀는 사건의 당사자고, 개인이며, 성인이다.

그녀 본인이 사건에 대해 알아보고자 하는데 부모에게 연락이 갈 이유가 없다.

단순 자료의 확인이니까.

연락이 갔다는 것 자체가 일이 틀어졌다는 뜻이다.

"너 이 개 같은 년! 먹여 주고 재워 줬더니 도대체 무슨 짓을 하고 다니는 거야!"

처음부터 죽이려고 하지는 않을 것이다.

그건 위험하고, 또 그러기 위해서는 부모도 죽여야 하니까.

따라서 노형진은 당연히 그녀를 통제하고 있는 부모에게 연락하리라 예상했던 것.

"내가 내 돈 찾는다, 왜!"

"돈? 도오온?"

"내 돈! 20억이나 받았다면서! 그런데 그 돈 다 어디 갔어! 어디 갔느냐고!"

에일라는 에일라대로 화가 나서 소리를 질렀고, 이윽고 그들이 싸우는 소리가 바깥에까지 흘러나왔다.

바깥에서 그걸 듣고 있던 노형진은 한숨이 나왔다.

"예상대로군요."

"충격적이네요."

사실 엠버는 이번 일이 좀 말이 안 된다고 생각했다.

그러나 파고들수록 진짜일 가능성이 높아지니 더더욱 걱정이 앞섰다.

그 당시 기록에 따르면 홀릭스타팅은 그 사건으로 무려 3천만 달러의 투자금이 빠져나가는 바람에 수익은 200만 달러 이상 줄어들어서, 그해에 최악의 적자를 봤다.

"에일라의 부모님은 어떤가요? 접점은 찾았습니까?"

"에일라의 부모님이 KKK단입니다."

"그때는 몰랐고요?"

"아동 성범죄의 피해자였으니까요. 거기에다 그때에는 홀릭스타팅에 대해 알지 못했으니까."

"그 말은, 그들이 거기서 만나서 작전을 짰다는 거군요."

"네. 그런데 KKK단은 이제 세력이 얼마 없는 줄 알았는데요."

"겉으로 보이는 게 다가 아닙니다."

외부적으로 추적당하지 않는다고 해서 그들이 없는 건 아니다.

그리고 숫자가 적다는 것이 도리어 드러나지 않는 이유가 되곤 한다.

"더군다나 지금은 그들이 세력을 늘리고 있습니다."

"그건 그렇지요."

이주민들이 일자리를 빼앗아 간다는 핑계는 서민들에게 강력한 무기가 되었고, 그들은 지금 한창 세력을 불리고 있었다.

"중요한 건 접점이 있다는 거죠."

"하지만 그것만 가지고 의심할 수는 없습니다."

엠버는 걱정스럽게 말했다.

"자금의 흐름도 추적할 수가 없고요."

"투자회사입니다. 자금 흐름 추적 정도는 쉽게 눈치챌 수 있을 겁니다."

"그러니까요. KKK단이라는 것 말고는 그들의 공통점이 없어서, 터트릴 만한 증거가 없습니다."

부모들이 가지고 갔던 돈은 이미 확인이 끝났다.

대부분의 돈은 흥청망청 파티와 마약, 술로 날려 버렸다.

"걱정하지 마세요. 지금 중요한 건 그게 아니라 저들의 통신 라인이 살아났다는 겁니다."

14년이나 된 과거이니 서로 연락도 하지 않고 지냈을 것이다.

하지만 이번 일로 그들은 다시 연락을 시작했다.

"그리고 그 연락은 에일라가 적극적으로 행동할수록 더 빈번하게 이루어질 겁니다. 그리고 미국은 자본주의 천국이지요."

노형진은 씨익 웃었다.

그때 집 안에서 에일라와 약속된 말이 터져 나왔다.

"뭔가 이상해! 내가 그 사람을 만나 봐야겠어!"

"뭐?"

"그 사람 말이야! 날 강간했다는 사람! 만나서 이야기를 들어 봐야겠어!"

"너…… 너……."

"난 기억에도 없다고! 그런데 내가 그런 말을 했다는 게 이해가 안 가!"

"넌 어려서 그래! 충격받아서! 정신이 온전치 않았어서 그래!"

"옛 먹어! 그렇게 내 정신을 걱정했으면, 언제 상담이라도 한번 받게 해 줬어?"

에일라의 목소리가 점점 커졌다.

처음에는 연기였을지 모르지만 지금은 진심이었다.

"씨발! 나 치료하라고 받은 돈이라며! 근데 난 정신과 한번 가 본 적 없고! 상담 치료 받아 본 적도 없어! 그런데 뭐? 어쩌라고! 이제 와서, 어려서 까먹은 거라고? 씨발, 그럴 거면 돈은 왜 받았어? 뽕쟁이 노릇 하려고 받은 거야?"

"에일라!"

"당신들은 내 부모도 아니야! 입 닥쳐! 내가 만나 봐서! 그 새끼가 무슨 짓을 했는지, 도대체 그 돈을 다 주기나 했는지 다 물어볼 거야!"

쾅 소리를 내며 박차고 나온 에일라는 도로를 쉬지 않고 내달렸다.

"에일라! 잠깐!"

부모들은 다급하게 그녀를 잡으려고 했지만 술과 마약에 찌든 그들의 몸은 100미터도 가기 전에 바닥을 나뒹굴었다.

"에일라!"

"돌아와! 이야기하자!"

자신들의 통제에서 벗어났다는 생각에 창백해진 두 사람.

그러나 에일라는 멈추지 않고 내달렸다.

그들이 사라진 후에, 노형진은 코너를 돌아서 멈춰 선 에일라에게 다가갔다.

"괜찮아요?"

"좆 까라 그래."

노형진을 보자마자 가운뎃손가락부터 올리는 그녀.

"씨발, 좋냐? 좆같은 집안 박살 내니까 좋아?"

"그게 당신이 사는 유일한 길입니다."

"알아! 안다고! 씨발! 저 새끼들은 내가 벌어 준 돈으로 마약이나 하고 술이나 처먹으면서 살았겠지! 평생! 그놈의 좆 같은 돈 때문에!"

악다구니를 하는 그녀를 보면서도 노형진은 부정하지 않았다. 그녀가 하는 말이 사실이니까.

"망할 약쟁이 가족 같으니라고! 좆 까라 그래! 난 여기를 떠날 거야! 다시는 이 엿 같은 동네로 안 올 거야!"

"그래도 됩니다."

"망할! 엿 같은 동네!"

고래고래 소리를 지르는 그녀를 노형진은 말리지 않았다.

이런 상황에서조차 주변의 창문은 열리지 않았다.

"돈? 그래, 돈! 벌게! 당신이 하라는 대로 할 테니까 그 염병할 돈이라는 것 좀 만져 보자!"

눈물을 흘리며 절규하는 그녀의 모습에 노형진은 그저 안아 주는 것 말고는 아무것도 하지 않았다.

때로는 백 마디 말보다 한 번의 행동이 더 진심을 전해 준다는 걸 알기에.

"으어허헝! 염병, 씨발! 엿 같아! 엿 먹어! 뻑큐!"

에일라는 그저 끝없이 욕과 함께 울부짖을 뿐이었다.

⚖️

"에일라는 어때요?"

"지쳐서 잠들었습니다."

호텔로 돌아온 에일라는 그대로 침대에 쓰러졌다.

우는 것은 생각보다 힘든 일이다.

그리고 사실상 가족의 배신을 알아 버린 그녀는, 힘이란 힘은 다 쥐어짜인 느낌이었다.

"그쪽은 어때요?"

"어디론가 다급하게 전화하더군요."

"어딘지 알아내지는 못했고요?"

"알아내기는 했습니다. 하지만 일회용 전화기더군요."

결과적으로 누구의 소유인지 알 수 없다는 소리다.

노형진은 예상했던지라 고개를 끄덕거렸다.

"중요한 건 그들이 에일라의 목적을 알았다는 겁니다. 에일라가 돈을 다시 손아귀에 넣기 전에는 멈추지 않을 거라 생각하겠지요."

저들이 적극적으로 방해하도록 하는 것.

노형진의 계획은 바로 그것이었다.

"좀 미지근하네요."

'미지근하기야 하지.'

물론 증거는 있다.

그걸 손에 쥐기만 하면 상황은 바뀐다.

하지만 갑자기 '그 증거가 여기에 있습니다.'라고 말할 수는 없지 않은가?

'내가 미래를 안다는 걸 빼면 말이지.'

결국 방법은 하나뿐이다.

원래 사건대로 추적해 가면서 그 증거를 찾아내는 것.

"일단 만나서 이야기하지요. 그러고 보니……."

노형진은 묘한 표정이 되었다.

"두 사람, 처음 만나는 거였던가요?"

침묵이 흘렀다.

한쪽은 가해자, 한쪽은 피해자.

그런데 양쪽 다 서로를 처음 보는 황당한 사건.

"날 기억하나?"

"아저씨가 누군데?"

"하긴, 기억 못 하겠지."

그 당시 브라이언은 에일라를 본 적도 없다.

누명을 뒤집어쓴 데다가 피해 아동의 2차 피해를 막는다는 이유로, 만날 기회조차 없었다.

에일라 역시 세뇌에 따라 그를 지명했을 뿐 제대로 본 적이 없다.

지명도 직접 보거나 유리창 너머로 보면서 한 게 아니라 사진을 보고 했다.

2차 충격을 막기 위해서였다.

"허, 기가 막히군."

브라이언은 왠지 어이가 없었다.

자신의 인생을 망친 사람이 눈앞에 있는데, 그 사람과는 처음 만난다니.

"난 미안하다는 소리 안 할 건데. 난 기억도 없는데 뭐가 미안해?"

"나도 그런 걸 요구할 생각 없다."

에일라는 그저 도구로 이용당한 것뿐이다.

"두 사람이 만난 게 중요합니다. 일단은 첫걸음이니까요."

"뭐 아는 게 있어야지!"

짜증을 부리는 에일라, 그리고 고개를 끄덕거리는 브라이언.

"나보고 어쩌라는 거죠? 처음 보는 아가씨를 보고 분노라도 하라는 건가요?"

"그게 아닙니다."

"그러면요?"

"만남 자체가 중요한 겁니다."

"만남 자체가?"

"네. 저들은 두 사람이 자주 만날수록 의심하고 걱정할 겁니다."

두 사람이 서로 할 이야기가 없다면 만날 이유도 없다.

하지만 그들이 자주 만난다는 것은 뭔가 진행된다는 느낌을 준다.

"그들의 조바심을 자극하는 작전인 셈이지요."

"하지만 그런다고 그들이 움직일까?"

"물론 그걸로는 움직이지 않을 겁니다."

노형진은 그런 걸로 움직이길 바랄 만큼 행운을 바라지 않았다.

"하지만 두 사람이 뭔가를 안다는 식으로 이야기가 나오기 시작하면 상황은 달라지지요."

"뭘 아는 건데?"

"에일라는 어려서 기억을 못 할 테지만, 아마 사진 같은 게 있었을 겁니다."

"사진요?"

"네."

"무슨 사진요?"

"고작 여덟 살짜리가 아무 사전 정보 없이 덥석 이 사람이라고 가리킬 수는 없을 테니까요."

"에?"

그들의 부모가 에일라를 세뇌시키기 위해서는 필수적인 것이 사진이다.

그 사진을 보여 주면서 이 사람이라고 세뇌를 시켰다.

"그게 집 어딘가에 있을 겁니다."

"그런 게 있다고요?"

"네."

그게 원래 사건에서 첫 번째 증거였다.

부모들의 지문이 덕지덕지 묻어 있는 사진들.

브라이언과 비슷하게 생긴 수십 장의 사진들과, 그 속에 있는 브라이언의 진짜 사진.

'서로 만나서 이야기하다가 그 존재를 알아차렸지.'

여덟 살이면 많은 것을 배우고 기억하며 또 잊어버릴 나이다.

실제로도 에일라는 몇 번의 만남 중에 어렴풋하게 그런 일을 기억해 냈고, 집으로 가서 사진을 찾아낸다.

'그 증거를 인멸했어야 했지만……'

마약중독자였던 부모는 증거인멸에는 관심이 없었다.

그저 쓸모가 다한 그 사진은 아무 데나 처박아 두고 잊어버린 채 흥청망청 돈 쓰기에 바빴다.

갑작스러운 돈에 어쩔 줄 몰라 하다가 큰 실수를 한 것이다.

"기억나는 거 있나요?"

엠버는 에일라를 보며 물었다.

확실히 여덟 살이면 뭔가 기억을 할 수 있을지도 모르는 나이였다.

"사진, 사진. 사진이라……. 잠깐만요……. 뭐가 잡힐 듯 말 듯 한데……."

때때로 머릿속에 강렬하게 남는 게 추억이다.

그리고 그건 평생을 이어 간다.

그런데 세뇌를 당하다시피 했으니 기억에 남을 수밖에.

"사진……. 잠깐…… 아, 사진인가?"

"네?"

"그냥 그림 맞추기 놀이 했던 건 기억나는데."

"그림 맞추기?"

"아, 맞아요! 기억났다! 엄마랑 같이 그림 맞추기 했는…… 썅."

별안간 에일라의 입에서 욕이 툭 튀어나왔다.

"왜 그래요?"

"좆같네, 아주."

"뭐가요?"

노형진은 한숨이 나왔다.

그녀가 왜 저러는지 알 것 같았다.

"좋은 추억이었군요."

"……."

"좋은 추억?"

말을 잇지 못하는 에일라와 다르게, 이해가 안 가서 다시 물어보는 엠버.

노형진은 그때 벌어진 일이 어떤 것인지 알 것 같았다.

"아이들은 집중력이 떨어지지요. 아이들을 교육할 때 가장 좋은 건 놀이를 통한 숙달입니다."

"설마……."

"그림 맞추기라…… 참 좋은 방법이네요."

그림 맞추기.

그림을 섞어 두고 그 안에서 짝을 맞추는 놀이.

아이가 학습하기에 가장 좋은 방법.

"개 같은 년."

"아……."

엠버는 그제야 알 것 같았다.

빌어먹을 집안이지만, 그래도 어린 시절 행복한 추억 하나 없지는 않았을 것이다.

그리고 그 그림 맞추기 놀이는 아버지와 어머니가 어린 그녀와 놀아 주던, 에일라에게는 얼마 안 되는 좋은 추억들 중 하나였을 것이다.

"그런데 그게 세뇌를 목적으로 한 것이었다니……."

안타까운 시선으로 바라보는 엠버.

그러자 에일라는 신나게 외쳤다.

"차라리 다행이네!"

"뭐가요?"

"그 개 같은 연놈들이 어려서부터 그랬으니, 내가 더 정 떨어트리고 그 개잡놈들 얼굴을 안 봐도 되니까."

부모에 대한 실망이 너무 커서 그런지 실망의 빛도 거의 내비치지 않는 에일라.

"그거 찾아보면 분명히 있을 거예요. 그 새끼들, 청소라는 걸 모르고 살았으니까."

"하지만 그걸 트레일러에 아직 두고 살 리는 없을 것 같은데요."

트레일러 집에 삶의 기반 시설이 다 들어간다고 하지만, 그건 어디까지나 기반 시설이다.

삶을 살아가기 위해 거기서만 살 리 없다.

더군다나 사람은 돈이 생기면 일단 집부터 사는 게 보통이다.

그리고 그 돈을 다 쓰면 집을 팔고.

"그런 경우라면……."

노형진은 잠깐 고민에 빠졌다.

확실히 엠버의 말대로 그곳에 아직 그 사진이 있을 가능성은 낮다.

'그런데 어디서 찾은 거지?'

자신이 아는 것은 그 사진을 찾아서 결정적 의심을 하기 시작했다는 것.

하지만 그걸 어디서 찾았는지는 알지 못했다.

"창고."

"네?"

"창고가 있어."

"아니, 집 살 돈도 없는데 무슨 창고가 있다는 말씀이신지?"

노형진이 고개를 갸웃했다.

그러나 엠버는 고개를 흔들었다.

"임대용 창고 말이야. 그 망할 놈의 집구석은 옷을 놓을 자리도 부족하니까."

"아! 임대용 창고!"

미국이 한국과 다른 문화 중 하나가 바로 임대용 창고다.

한국에서는 커다란 건물 하나를 창고로 쓰지만, 미국에서는 작게는 1평, 크게는 5평 정도의 임대형 창고에 안 쓰는 물건을 보관하곤 한다.

"우리가 전에 살던 집에서 가지고 오지 못한 건 그곳에 다 처박아 놨으니까."

"그걸 어떻게……?"

"두 사람이 마약쟁이인데 그거 임대비를 누가 내겠어?"

눈을 찡그리는 에일라.

"안쪽에 뭐가 처박혀 있는지는 모르지만, 보통은 옷만 바꾸니까."

여름에는 여름옷을, 겨울에는 겨울옷을 꺼낼 뿐 안쪽에 쌓여 있는 물건에는 관심도 안 가졌다고 한다.

"버릴 생각은 하지 않았습니까?"

"그 염병할 물건들? 버리고 싶었지. 그런데 버리게 해야 말이지."

자신들의 화려했던 시절을 상기시켜 주는 물건들.

그래서 그런지, 에일라의 부모는 그 물건들을 절대 버리지 못하게 했다.

"거기를 찾아보죠."

자신들이 찾는 물건이 어쩐지 거기에 있을 거라는 생각에 노형진은 눈을 반짝였다.

"B-345번요."

그들이 찾아간 창고는 그리 크지 않았다.

8평 정도 되는 창고.

그 안에는 온갖 잡동사니가 잔뜩 쌓여 있었다.

"더럽게 크네."

인원이 부족해서 끌려온 손채림의 투덜거림.

"이게 크다고요? 이건 작은 사이즈인데."

"허?"

"미국과 한국은 땅의 규모가 다르잖아. 미국은 차가 없으면 못 다닌다는 게, 단순히 편의의 문제가 아니야."

땅이 엄청나게 넓어서, 차가 없으면 진짜로 못 다니기 때문이다.

물론 대중교통이 있기는 하지만 빙빙 돌아서 가니까 어쩔 수가 없다.

"마트에 한번 가려면 차 타고 한 시간은 기본인 동네야, 미국은."

"그래서 이렇게 넓다고?"

"당연한 거지. 땅이 넓으니 집도 넓게 짓지. 집이 넓으면 물건도 많아지고."

"아, 그렇구나. 그거 하나는 부럽네."

당장 서울에서 아파트 하나 팔고 가면 미국에서 수영장 딸린 저택을 살 수준이다.

그만큼 물건이 많으니 그것들을 보관할 공간도 더 필요할 수밖에 없다.

"더군다나 이런 창고는 아예 외곽 쪽의 싼 땅에다가 만들거든."

그러니까 큼직큼직하게 만들어 둘 수 있는 것이다.

"그게 마냥 좋은 건 아니네."

"그러게."

잔뜩 쌓여 있는 물건을 보고 한숨을 쉬는 노형진.

에일라는 그걸 보고 끼고 있는 장갑을 팡팡 두들겼다.

"이 염병할 물건들. 내가 언제 끌어낸다 끌어낸다 했는데 드디어 하네."

"시작합시다, 다들."

보안이 중요했기 때문에 어쩔 수 없이 한숨을 쉬고는 물건들을 뒤지기 시작하는 네 사람.

"이건…… 옷이야? 구멍이 다 났는데, 이거 왜 가지고 있는 거야?"

"앨범? 아니, 앨범은 보통 집에 두지 않아?"

"으아, 도대체 왜 먹다 만 빵이 상자에서 나오는 거야? 다 썩었잖아!"

각양각색의 온갖 잡동사니와 쓰레기가 넘쳐 났다.

에일라는 과거를 지우려는 것처럼 물건이 손에 잡히는 대로, 닥치는 대로 버리는 걸로 분류하고 있었다.

"이것도 버리고, 저것도 버리고."

"이건 쓸 만한 것 같은데?"

"내 알 바 아님. 없으면 그 새끼들이 사든가 하겠지."

노형진은 왠지 미안한 기분이 들었다.

딱 봐도 그녀와 부모는 더 이상 돌아갈 수 없는 강을 건넌 듯했다.

'뭐, 자업자득이지.'

딸을 도구로 사용한 것도 모자라서 딸의 등골을 빼먹으면서 사는 마약쟁이 중독자들의 인생을 불쌍하게 생각할 이유는 없다.

"이거 뭐지?"

한참을 뒤적이던 손채림이 상자 안쪽에서 뭔가를 꺼내 들었다.

오래된 양철 과자 통이었다.

"안에 과자가 지금까지 들어 있을 리 없으니……."

노형진은 과자 통을 받아서 뚜껑을 열었다.

그리고 그 안에 있는 물건을 보고 눈을 찌푸렸다.

"역시나 사진이군."

수십 장의 사진이었다.

손채림은 무심결에 그걸 잡으려고 손을 내밀었다.

그러자 노형진이 막았다.

"아, 왜?"

"지문이 있을 거야."

"지문?"

"그래."

"에일라와 그 부모 거라면서? 그러면 이상한 게 없잖아."

"그래. 하지만 다른 사람 지문이 있다면 이야기가 달라지겠지."

"어?"

"생각해 봐. 그 인간들이 이 사진을 찍었을까?"

사진의 상태는 양호했다.

단순히 양호한 정도가 아니다.

사진 속의 사람들은 비슷한 인상착의의 이들로 구성되어 있었다.

그리고 그 사진들은 일일이 하나씩 코팅되어 있었다.

"아! 다른 사람 지문이 아직 남아 있을 수도 있겠군요!"

엠버는 노형진이 뭘 노리는지 알아차렸다.

"네, 이 사진에는 다른 사람의 지문이 있을 겁니다. 상식적으로 이 사진이 왜 여기에 있었는지도 이상한 일이지만, 이 사진에 왜 그 사람의 지문이 묻어 있는지 확인하는 것도 상당히 곤혹스러운 일이지요."

과연 그 부모가 뭐라고 할까?

"일단 들고 가 보면 알 겁니다."

물론 답은 나와 있었다.

⚖

"우리는 모른다!"

"진짜 몰라? 이걸로 그림 맞추기 하면서 얼굴을 외운 기억이 있는데!"

"우리는 몰라!"

"계속 그렇게 말한다면……."

에일라는 주저하지 않고 말을 이었다.

"경찰에 가지고 가겠어."

"뭐라고?"

"이 사진에 지문이 있겠지."

지문은 본디 미끄러운 부분에 많이 묻는다.

그리고 과자 통도 코팅된 사진도, 상당히 미끄러운 표면을 가지고 있다.

"그러니 그 지문이 누구 건지 알아내야겠어."

"에일라!"

"시끄러워! 당신들은 인간도 아니야!"

눈을 찡그리고 말하면서 일어나는 에일라.

그녀는 문을 박차고 나왔지만 부모는 따라 나오지 않았다.

에일라는 무서운 얼굴로 집을 바라보다가 좀 떨어진 차에 올라탔다.

"망할 놈팡이들."

"역시나 부정하는군요."

"당연한 거지."

에일라의 말에 엠버는 곤혹스러운 표정이 되었다.

"지문이 있을까요?"

"있겠지요."

"하지만 너무 오래되었는데."

상자도 사진도, 너무 오래되었다.

그래서 지문이 있을 가능성은 낮다.

설사 있었다고 해도, 지금까지 수십 번씩 꺼내서 붙잡고 썼으니 뭉개졌을 가능성이 높다.

"상자 안쪽이라면 있을 겁니다. 그쪽은 그다지 신경 안 쓰니까."

"확률이 낮은데."

'아니, 100%지.'

실제로도 상자의 뚜껑 안쪽에서 지문이 나왔다.

이것이 삶이다

물론 그 지문이 누구 건지 그때는 몰랐다.

나중에 일이 터지고 나서야 알아차렸지만.

"중요한 건 우리가 결정적 증거에 접근했다는 겁니다. 저들은 어째서 이 사진을 가지고 있는지, 그 이유를 해명하지 못해요."

"그래서요?"

"이걸 경찰에 가지고 갈 겁니다. 경찰은 이걸 보고 반응을 할 수밖에 없지요."

"어떤 식으로 반응할까요?"

노형진은 씩 웃었다.

"미국은 자본주의국가 아닙니까?"

⚖

에일라는 이번 사건에 대해 재수사를 요청했다.

피해자, 그것도 여덟 살 때 강간당했던 피해자가 재수사를 요청하는 초유의 사태에 경찰도 술렁였다.

"그러니까 그 당시 사건에 대한 재수사를 요청한다 이거죠?"

"네."

"그건 좀 그런데요."

"사건 자체에 대해서는 저도 기억이 안 나요. 제게 남은 돈도 없고."

"배상금으로 받은 돈을 어디에 쓰든, 그건 저희 책임이 아니라서요."

"하지만 제가 그 사건이 조작되었다는 결정적인 증거를 찾았어요."

"결정적인 증거요?"

접수하는 경찰의 눈이 움찔했다.

그렇다면 이야기가 달라진다.

"네. 지금 변호사가 가지고 있어요."

"변호사가 가지고 있단 말이지요."

"네. 변호사의 말로는, 그 당시 그 사건이 조작되었을 가능성이 100%라고 했어요."

"음……."

접수하는 경찰은 심각한 표정이 되었다.

그럴 수밖에 없는 게, 그녀가 말하는 '조작'이 진짜라면 그 조작에는 경찰도 끼어 있을 수밖에 없기 때문이다.

"진심입니까?"

미국의 좋은 점은 이상한 의견이라도 일단 받아들인다는 거다.

한국에서는 다급한 상황에서 신분을 속이기 위해 전화를 걸면 전화기의 전원을 꺼 버리지만, 미국에서는 일단 말하지 못할 상황이냐고 물어본다.

이번 사건도 마찬가지.

"이건 제가 접수할 수가 없겠네요."

그녀는 깔끔하게 말했다.

"이 사건은 제가 관할할 수 있는 게 아닙니다. 감찰부로 가서 직접 신고하셔야 합니다."

"감찰부요?"

"네. 경찰의 부정직한 행동이 포함된 사항이라면 더더욱요."

"알겠습니다."

"부디 잘 해결되길 바라겠습니다."

기다리고 있던 손채림은 신기한 듯 바라보았다.

"우리나라랑 다르기는 하네. 우리는 일단 받아서 관련자에게 이야기하고 무마하게 해 주는데."

"'소송 천국'의 좋은 점이지."

한국에서는 그런 식으로 했다가 걸려 봤자 기껏해야 정직이나 벌금 또는 감봉 정도겠지만, 여기에서는 말 그대로 인생이 날아간다.

그러니 어지간히 친한 사이가 아니면 감춰 주지도 않고, 혹시나 엮일 가능성이 보이면 차라리 자기가 알기 전에 책임자에게 떠넘긴다.

"감찰부로 가나요?"

"일단 감찰부에 가세요. 증거는 넘기지 말고."

"하지만 반응이 올까요?"

"올 겁니다. 무려 14년이 지났습니다. 그 당시 담당자들은 충분히 승진했을 테고요."

"그러면 그 자료를 볼 만한 자리에 있겠군요."

"네."

사실 감찰부 정보는 직급과 관련 없이 빠져나가지 않는다.

하지만 그 당시 담당 형사 중 한 명이 그 감찰부에 있었던 것이 문제였다.

'아직 없다고 해도 상관없어.'

일단 의심을 하게 되면 사건은 저절로 굴러갈 테니까.

"우리는 기다리기만 하면 되는 겁니다."

"뭐라고요?"

에일라는 전화기 너머에서 들려오는 말에 얼굴이 멍해졌다.

그리고 침을 꿀꺽 삼켰다.

"그 말이 사실인가요? 네…… 잠시만요……."

에일라는 일어나서 바깥으로 나갔다.

한참 후 돌아온 그녀는 표정이 좋지 않았다.

"얼마나 준다고 하던가요?"

"그런 얘기를 했는지는 어떻게 알았어? 설마 내 전화기에 도청기라도 단 거야?"

"도청기 없어도 그건 당연히 알 수밖에 없는 겁니다. 당신은 증거를 가지고 있습니다. 그게 터지면 다칠 사람이 한두 명이 아니지요."

"그건 그렇지."

"그러면 남은 건 그걸 막는 것뿐입니다. 방법은 두 가지죠. 첫째, 돈으로 회유한다. 두 번째, 죽인다."

"……."

"돈으로 한다면 금액이 중요하겠지요."

노형진은 에일라를 물끄러미 바라보았다.

"내가 그쪽을 선택한다면?"

"그러면 어쩔 수 없겠지요."

하지만 안다.

그녀는 말은 거칠지언정 심성까지 나쁜 사람은 아니었다.

그리고 금액도 알고 있었다.

'10억.'

회귀 전 그들이 제시했던 금액.

그리고 그 금액을 에일라는 거절했다.

그 당시에는 노형진처럼 돈을 약속한 사람도 없었고, 판권은 생각도 못 할 때였다.

그런 상황에서 입만 다물면 10억을 준다는 약속.

하지만 그녀는 그걸 거절했다.

"10억……."

역시나 예상대로였다.

"거절했어. 내가 바보야? 더 큰 돈이 생길 일인데 고작 10

억에 팔아먹게? 홍!"

마치 돈 때문인 것처럼 말하는 그 모습에 노형진은 피식 웃었다.

'나쁜 여자는 못 된다니까.'

일본식 표현을 빌리자면 '츤데레' 같은 개념일 것이다.

"그러면 일은 이제부터로군요. 확실하게 말하지요. 지금 부터는 진짜 목숨을 건 싸움이 될 겁니다."

에일라는 침을 꿀꺽 삼켰다.

엠버 역시 깊게 심호흡을 했다.

변호사 일을 하면서 이런 사건이 많은 건 아니기 때문이다.

목숨을 걸어야 한다니.

"우리는 거절했습니다. 그리고 멈추지도 않을 테고요. 그 들에게 선택을 강요할 겁니다."

"후우, 전에도 말했다시피 어차피 내 목숨 걸고 하는 거 야. 여자 인생은 한 방이지!"

당차게 말하는 에일라.

"그러면 이 증거는 다른 제삼의 기관으로 넘기겠습니다."

"잠깐만요! 어째서요? 그러면 돈을 우리가 내는데요?"

엠버는 이상하다는 듯 말했다.

경찰에 넘기면 자기들이 알아서 다 조사한다.

그런데 왜 제삼의 기관으로 넘긴단 말인가?

"우리가 신고한 게 누군가에게 넘어갔고, 우리와 협상하자는 자가 나타났습니다. 즉, 내부에 누군가가 있다는 거죠."

갑자기 온 전화이고, 추적해 봐야 그 배경이 누군지 알 수
는 없을 것이다.

하지만 그들의 목적은 확실하다.

수사를 멈추는 것.

"그래서 경찰에 가서 신고만 하고 기다리자고 한 거군요!"

엠버는 탄성을 질렀다.

"네. 우리가 가진 증거는 과학수사 팀에 직접 넘길 겁니다."

이유는 상당하다.

신고했는데 회유성 전화가 왔다는 것.

"경찰 입장에서는 상당히 곤혹스럽겠네요."

엠버는 눈을 찡그렸다.

이런 식이면 저들이 선택할 수 있는 카드는 하나뿐이다.

엠버가 봤을 때, 노형진은 그쪽으로 상대방을 몰아붙이는
것 같았다.

"차라리 자수를 시키고 하는 게……."

"자수를 시킨다면 누가 할 것 같나요?"

"네?"

"엠버, 엠버도 알지 않습니까? 가진 게 많은 사람들은 절
대 자수하지 않아요."

"그건 그렇죠."

14년 전 사건을 일으킨 것은 홀릭스타팅의 현 대표다.

그리고 지금의 홀릭스타팅은 그때와 비교도 못 할 만큼 성장했다.

"그가 자수할까요? 아니면 그 아래에 있는 누군가에게 뒤집어씌울까요?"

"……."

"자수를 권하는 건 결국 다른 피해자를 만드는 겁니다."

"후우, 생각이 짧았네요."

"그리고 엠버, 폴슨이라는 사람 압니까?"

"왜 모르겠어요? 우리 주의 주지사잖아요."

"그러면 그 당시 검사 이름은 아십니까?"

"그거야 폴……."

'설마.' 하는 생각에 그녀는 멈칫했다.

보기는 했지만 동명이인이라 생각해서 그냥 무심하게 넘어갔다.

사진이 없었으니까.

하지만 노형진이 그에 대해 말을 꺼냈다는 것은…….

"설마 그 당시 사건을 조작한 검사가 지금 뉴욕주 주지사라는 건가요?"

"네."

노형진이 왜 이 사건을 골랐겠는가?

단순히 배상금 때문이 아니다.

'정치적으로도 경제적으로도, 심각한 혼란이 오니까.'

주지사가 밀어주던 모든 사업은 취소되고, 차기 주지사가 진행한 사업들이 막대한 이권을 차지한다.

"주지자…… 주지사……. 미치겠네요."

미국의 주지사는 한국의 도지사와 다르다.

그 주에서는 사실상 대통령이라고 봐야 한다.

"잠깐…… 그게 무슨 소리야? 현 주지사가 연관된 거라고?"

"설마 할리우드가, 어중이떠중이 깡패가 따라다니는 걸 영화화하겠다고 덤비겠습니까?"

"뭐야? 나 이런 거 싫어. 엄청 부담스러운 사건의 중심이 된 것 같잖아."

"부담스러운 사건의 중심 맞습니다."

미국이 들썩거렸던 사건이니까.

"아…… 진짜. 그만둘까?"

"어차피 기호지세입니다."

"기호지세?"

"한국 속담입니다. 호랑이 등에 올라탄 꼴이라는 거지요."

멈출 수도 없는 상황.

떨어지면 호랑이 밥이 된다.

이미 탄 이상, 끝까지 버텨서 호랑이가 지치기를 바라는 수밖에 없다.

"저들은 우리를 인식했고, 나중에 같은 일이 벌어질 가능성도 알았습니다."

그러면 저들은 나중에 일이 터지기 전에 어떻게 해서든 틀어막을 생각을 할 것이다.

그리고 미국의 지천에 깔린 게 바로 갱단이다.

"으우……."

"결국 우리는 직진하는 것 말고는 답이 없지요."

노형진의 말에도 두 사람은 살짝 눈을 찡그렸을 뿐, 별다른 반응을 보이지 않았다.

두 사람 다 충분히 각오하고 시작한 일이니까.

"경호 인력을 뽑아야겠군요."

"아, 돈만 줘, 돈만. 그 새끼들이 망하든 말든 내 알 바 아니야."

상반된 반응을 보이는 두 사람.

"좋습니다. 그러면 움직이도록 하지요. 내일부터는 우리한테 사람이 붙을 겁니다. 그 점 감안하고 움직여요."

⚖️

운전수는 백미러를 바라보고는 조용히 말했다.

"뒤쪽으로 검은색 차량 두 대가 따라붙었습니다."

"역시나군요."

미행이라는 것도 결국은 상대가 예상하지 못할 때 가능한 것이다.

예상한 순간부터, 미행을 알아볼 줄 아는 사람이 있다면 찾아내는 것은 어렵지 않다.

"와, 씨발. 그렇게 빨리?"

에일라는 기가 막혀서 말이 안 나왔다.

어제 붙일 거라는 소리를 들었는데 진짜로 오늘 벌써 붙이다니.

"아마 에일라의 부모가 말한 순간부터 의심하고 있었을 겁니다."

그리고 자신들이 결정적인 증거를 찾았다는 소식에 바로 움직였을 것이다.

"그런데 사진만으로는 확실히 의심스럽기만 할 뿐, 저들을 엮을 수는 없을 텐데요?"

엠버는 걱정스럽게 말했다.

"아무래도 높은 사람의 지문은 나오지 않을 텐데요. 대리인 정도면 모를까, 홀릭스타팅 대표나 주지사의 지문은 안 나올 텐데."

즉, 그들이 조심하면서 자신들을 따라다니고 있기는 하지만, 정작 주범의 증거는 없다는 거다.

그러니 지금은 미행만 할 뿐이다.

"그 대가를 현금으로 주고받았을 건 뻔하고요."

그리고 그 현금을 지금까지 쥐고 있을 가능성은 낮다.

"그건 그렇지요."

사실 원래 역사에서는 이 부분에서 딱 걸려서 상당한 시간이 걸렸다.

　성범죄가 성립되기 위해서는 당사자의 주장 외에 다른 것도 당연히 필요하다.

　"일단 아동의 경우 일관된 진술로 그 범죄 사항을 인정합니다. 다른 건, 그가 거기에 실제로 있었다는 증거죠."

　사건이 벌어진 장소.

　그곳에서 나온 브라이언의 유전적 증거.

　그게 그 사건을 확실하게 못 박았다.

　"머리카락과 지문 같은 거 말이지요? 네. 아직 그걸 구한 방법은 모르지만요."

　눈을 찡그리는 엠버.

　하지만 노형진은 간단하게 생각했다.

　"머리카락 같은 건 보통 여기저기 줄줄 흘리고 다니게 되는 거 아닙니까?"

　"그건 그렇지요. 하지만 그걸 따라다니면 주울 수는 없잖아요."

　노형진은 고개를 끄덕거렸다.

　"하지만 그걸 쉽게 얻을 수 있는 방법이 있다면요?"

　"그런 방법이 있을 리 없죠. 당사자한테 가서 '당신 머리카락 좀 뽑아 가겠습니다.'라고 할 수도 없는 노릇이고."

　"방법이 있지요. 브라이언은 그 당시에 엄청 잘나가는 투자 전문가였습니다. 그의 삶을 생각해 보세요."

"음……."

"아니, 말을 잘못했군요. 엠버, 당신의 삶을 생각해 보세요. 엠버는 집에서 청소하나요?"

"그럴 시간이 있을 리가요."

그 당시의 브라이언보다는 못하겠지만, 엠버는 바쁜 사람이다.

집에 가서 잠만 자기에도 시간이 모자란 그런 삶을 살아간다.

"제가 가서 청소하는 것 자체가 시간 낭비인데요."

그 시간에 일을 하면 훨씬 더 많은 돈을 벌 수 있다.

"그게 자본주의죠. 그렇다면 브라이언은 직접 청소했겠습니까?"

"그러면 누가? 가족이 배신했다는 건가요?"

고개를 갸웃하는 엠버.

하지만 눈치가 빠른 것은 다름 아닌 에일라였다.

"청소하는 사람을 불렀겠지."

"응?"

"아니, 그 아저씨가 그렇게 돈이 많았으면 가족이라는 인간이 즐기러 다니지 직접 청소했겠어?"

"맞습니다. 그리고 가족들은 그걸 줄 이유가 없지요."

사건이 터지자 그를 버리고 도망간 나쁜 가족들이지만, 반대로 말하면 그가 돈을 벌지 못하게 되는 상황을 그냥 두지는 않을 거라는 뜻이다.

"일하는 분이라고 하면? 아하!"

노형진은 고개를 끄덕거렸다.

"맞습니다. 대부분 그런 일을 하는 사람들은 여건이 좋지 못한 상황이지요."

미국 드라마에서도 보면 알겠지만, 그런 일을 하는 사람들은 금전적인 수익이 그다지 많지 않다.

물론 마음 착한 사람에게 고용되면 조금 더 받을 수 있겠지만, 그게 넉넉한 삶을 살아갈 수 있게 된다는 뜻은 아니다.

"그리고 머리카락 같은 걸 가지고 나오는 건 전혀 어렵지 않은 일이지요."

쓰레기일 뿐이다, 머리 감을 때마다 뭉텅이로 나오는.

"그런 일에 종사하는 사람은 그 머리카락에 무슨 의미가 있는지 알지도 못할 겁니다. 대부분 학력이 낮으니까요."

"그건 그렇지요."

청소하고 집 안을 정리하는 일을 하는 사람들은 충분히 공부를 하지 못한 경우가 많다.

그러니 그런 걸 내주는 것에 어떤 의미가 있는지 알지 못할 가능성도 큰 것이다.

"일이 터진 후에는? 그 후에는 알았을 수도 있잖아?"

"그건 그렇지."

그 상황에서 청소부가 입을 열었다면 상황은 바뀌었을 것이다.

'하지만 그녀는 불법체류자였지.'

범인들은 용의주도했다.

일단 머리카락을 받아 낸 후에 신고해서, 그녀가 멕시코로 쫓겨 가게 만들었다.

'그래서 원래 역사에서는 변호사가 그녀의 이야기를 들으러 멕시코까지 갔지.'

아무리 미국의 수사력이 뛰어나도 다른 나라까지 가지는 못한다.

더군다나 사건이 터질 때쯤 이미 그녀는 멕시코에 있었다.

브라이언에게 벌어진 일은 당시의 그녀와는 아무런 관련도 없었고, 멕시코에서는 그 사건이 단신으로 나갔을 뿐이다.

그나마 그녀는 그걸 보지도 못했고.

"그래서 우리는 지금 공항으로 가고 있는 겁니다."

"네?"

"잠깐, 저 꼬리를 붙이고?"

"네."

"미쳤어요? 아니, 무조건 나오라고 하더니 가는 곳이 멕시코라고요?"

엠버는 깜짝 놀랐다.

아무리 여권이 있다 해도 그렇지, 갑자기 멕시코라니.

"그건 미친 짓이에요! 멕시코가 치안이 얼마나 안 좋은데요! 거기서 갱단을 쓰는 건 어려운 것도 아니라고요! 저 녀석들이 우리를 죽일 수도 있어요!"

"미친 건 저들입니다."

노형진은 씩 웃었다.

"저들이 실수한 게 있습니다."

"뭔데요?"

"저들은 우리가 갈 곳을 모르고 있다는 거죠."

그러나 저들은 자기들을 감시하기 위해 멕시코로 따라올 수밖에 없었다.

"그리고 우리는 그곳에 갈 거라는 걸 알고 있지요."

⚖️

"땡큐."

노형진과 만난 남자는 노형진에게서 능숙하게 달러를 받아서 품에 넣었다.

"부탁한 대로 하지요."

"감사합니다."

남자가 멀어지자 두 사람은 기가 막혔다.

"미리 고용했다고요?"

"채림이가 저희랑 따로 움직이는 데에는 이유가 있습니다. 저들의 시선에서 벗어나기 위해서지요."

"아……."

"주식시장에는 큰손이 많고, 멕시코 사람도 있으니까요."

손채림은 이리저리 알아봐서 해당 지역의 갱단과 접촉했다.

물론 직접 만나거나 한 건 아니고, 전화와 인터넷으로 한 거지만.

"이 지역은 사실상 저들의 구역입니다. 작은 갱단이 있기 는 하지만 거의 힘을 못 쓰지요."

"그런데 왜 고용한 거예요? 우리를 공격하지 말라고요?"

"아니요. 반대입니다."

자신들을 따라오는 자들을 납치해 달라고 부탁한 것이다.

엠버의 얼굴이 순식간에 창백해졌다.

"그건 불법입니다."

"죽이지만 않으면 되죠."

"죽이지만 않으면 된다고요?"

"네. 저도 사람을 죽일 생각으로 이러는 건 아닙니다."

그들을 납치해서 두 달간 데리고 있다가 풀어 줄 것.

그게 노형진의 요구였다.

그래서 돈의 절반은 처음에, 나머지는 두 달 후에 지급할 예정이었다.

"물론 그 과정에서 저들이 고생 좀 하겠지만."

어깨를 으쓱하는 노형진.

"저들은 그걸 신고할 수도, 연락할 수도 없죠. 갑자기 소식이

끊겨 버린 부하들. 홀릭스타팅은 어떻게 받아들일까요?"

"허?"

일이 틀어졌다고 생각할 것이다.

"그들을 자극하는 게 목적입니다."

사실 지금까지 벌어진 모든 일은 실제로는 상당한 시간을 가지고 일어났던 일들이다.

하지만 노형진은 그걸 마냥 붙잡고 있을 수가 없었다.

'당연히 강한 자극을 줘서 저들이 조바심이 넘치게 해 줘야지.'

그리고 실종이 그들을 자극할 것이다.

'애초에 KKK단이니까.'

세력이 줄어들기는 했지만 미국에서도 극단주의 테러 단체로 지정되어서 감시받고 있다.

실제로도 그들은 목적을 이루기 위해서라면 무력도 불사한다.

저들도 마찬가지일 테고.

"너무 심하게 자극하는 것 같은데……."

엠버는 걱정스러운 모양이었다.

"걱정하지 마세요. 아무리 갱단이지만 배신하고 저들에게 붙지는 않을 겁니다."

노형진은 느긋하게 허름한 집으로 향했다.

그리고 문을 두들겼다.

"에바 씨, 계신가요?"

"누구신가요?"

문이 열리면서 모습을 보이는 초로의 여자.

그녀의 얼굴에는 의심이 가득했다.

그럴 수밖에 없는 게, 이 지역이 잘사는 지역도 아닌데 좋은 옷을 입은 사람들이 우르르 몰려왔으니까.

더군다나 뒤에는 경호원으로 보이는 사람들까지 있었다.

"사실은 브라이언 씨의 사건으로 왔습니다."

"브라이언?"

"네. 브라이언 씨 기억하시죠?"

"기억하고 있습니다."

멕시코로 다시 돌아오기 전 3년간 그의 집에서 일했으니 모를 리 없다.

"그분이 억울한 죄를 뒤집어쓰고 감옥에 갔습니다."

"그래요?"

"네. 그런데 그 증거 조작에 에바 씨가 관련되어 있다는 결정적 증거가 있습니다."

에바는 깜짝 놀라서 잽싸게 문을 닫아 버렸다.

어차피 이중문이라 노형진이 막을 수도 없었다.

"에바 씨."

노형진은 한숨을 푹 쉬고는 닫힌 문 앞에서 말했다.

강제로 열 이유는 없다.

"여긴 멕시코입니다. 이 뒤에 있는 사람들은 우리가 고용한 경호원이고요."

"그런데요?"

"뭐, 그렇다고요."

"……."

잠깐의 침묵이 흐른 후, 에바는 조심스럽게 문을 열었다.

하지만 아까와 다르게 그녀의 눈은 공포로 가득했다.

"이야기를 해 보시겠습니까? 아니면 돌아갈까요?"

"해치지 않는다고 약속해 줘요."

"진실을 말해 주신다면 그럴 이유는 없지요."

조용히 망으로 된 이중문을 열어 주는 에바.

엠버는 그 모습에 눈을 찌푸렸다.

"좋은 기분은 아니네요."

"어쩌겠습니까?"

노형진이 한 말은 사실상 협박이나 다름없다.

치안이 좋지 않은 미국, 그리고 경호원을 데리고 다닐 수 있을 정도의 재력.

그 정도면 노인 하나 죽이는 것은 어려운 일이 아니다.

'내가 그 고생을 할 이유는 없지.'

원래는 변호사가 열심히 설득했지만, 자신은 그럴 생각이 없었다.

"거기…… 앉으세요."

작은 소파를 권하는 에바.

하지만 자리가 두 개뿐인지라 노형진은 엉거주춤하게 서
있을 수밖에 없었다.

"그런데 브라이언 씨가 잡혀갔다는 게 무슨 소리죠? 전 전
혀 몰랐는데."

"브라이언 씨는 아동 성범죄로 14년 전에 잡혀갔습니다."

"14년 전……."

에바는 입을 다물었다.

노형진은 그런 그녀에게 돌직구를 던졌다.

"에바 씨, 머리카락 팔았지요?"

"아니에요. 그건……."

"아까도 말씀드렸다시피 진실만 말씀해 주신다면 저희가
여기에 있을 이유가 없습니다만?"

"……."

"물론 에바 씨도 그런 일이 벌어졌을 줄은 몰랐겠지요. 그
게 어떤 의미를 가지고 있는지도 몰랐을 테니까. 하지만 그
렇다 해도 증거를 조작하는 데 도움을 준 건 사실입니다. 만
일 브라이언 씨가 그 사실을 안다면 어떻게 생각하실까요?"

얼굴이 창백해지는 에바.

그럴 수밖에 없다.

그녀는 브라이언이 전 재산을 잃어버린 걸 모른다.

당연히 노형진 일행도 그가 고용해서 보냈을 거라 생각했고.

멕시코는 돈만 있으면 사람 목숨이 파리 목숨 이하의 물건인 나라다.

"다 알고 왔습니다."

"미안해요! 진짜로 이렇게 될 줄은 몰랐어요! 그냥 돈을 준다고 하니까⋯⋯!"

"그것뿐입니까?"

"미안해요⋯⋯."

결국 그녀는 사실대로 말하기 시작했다.

머리카락과, 브라이언이 먹었던 맥주 캔을 주는 조건으로 3천 달러를 받았다고.

"그러면 지문은?"

"그 맥주 캔에서 채취한 것이겠군요."

맥주 캔은 지문이 잘 남는 물건 중 하나다.

거기서 본을 뜨고 다시 복제한 것을 손가락에 붙여서 진짜처럼 꾸미는 것은 영화에서도 흔하게 나오는 쉬운 기법이다.

물론 그렇게 얇게 만드는 것은 힘들겠지만.

'그때는 얇을 필요도 없었지.'

거기에 있었다는 증거만 만들면 되니까.

그리고 그 정도 해 줄 수 있는 사람은 지천에 널렸다.

"누가 했는지 아십니까?"

"잘 몰라요. 돈도 현금으로 줘서."

"그렇겠지요."

안 그랬으면 벌써 추적해서 잡았을 테니까.

노형진은 품에서 제법 두툼한 사진첩을 꺼내 들었다.

"이 안에서 골라 주실 수 있나요?"

"그건?"

"현재 홀릭스타팅에서 일하는 사람들 중 가능성이 높은 사람들이지요."

"일하는 사람들?"

"이런 더러운 일을 나서서 해 주는 사람은 많지 않습니다."

그런 사람은 믿을 만한 자여야 한다.

그리고 섣불리 해고하지 못한다.

그가 더러운 일을 하면서 뒤통수를 칠 만한 자료를 남겨 두었을 수도 있기 때문이다.

"그렇다면 그가 아직 홀릭스타팅에 있을 가능성이 높다는 거죠."

"아하!"

물론 당사자가 마음이 바뀌어서 나갔다면 방법이 없지만.

'하지만 아직 확실하게 남아 있지.'

회귀 전 판례는 그랬으니까.

아니나 다를까, 한참을 살펴보던 에바는 웃고 있는 반백의 남자의 사진을 골랐다.

"이 남자예요."

"확실합니까?"

"네, 확실해요. 쓰레기를 주는 조건으로 돈을 받은 건 처음이니까."

노형진은 사진의 뒤를 뒤집어서 그의 이름을 확인해 봤다.

"조나단 위즐, 홀릭스타팅에서 18년째 근속 중."

18년째 근속했다는 것 자체가 상당히 신뢰받는다는 증거일 수밖에 없다.

거기에다 그의 직급도 낮은 게 아니다.

현재는 한국으로 치면 전무급이다.

"드디어 꼬리를 잡은 것 같네요."

노형진은 사진을 바라보면서 히죽 웃었다.

⚖

"소식이 끊어져?"

"네, 회장님."

조나단은 보고를 하면서도 진땀을 흘렸다.

나름 머리를 쓴다고 썼다.

그런데 이런 일이 터질 줄은 몰랐다.

"그 망할 년이 아직 살아 있다고?"

"멕시코로 쫓아내서……."

"제대로 처리하라고 했잖아!"

"죄송합니다."

혹시나 자신이 머리카락을 달라고 한 걸 기억할까 봐, 그는 사건을 터트리기 전 에바를 신고해서 강제로 쫓겨나게 만들었다.

그래서 강제로 추방된 그녀를 신경 쓰는 경찰은 아무도 없었다.

그런데 갑자기 그녀가 나타난 것이다.

"망할, 그년이 널 안다고?"

"네……."

"그리고 고발을 했다고?"

"죄송합니다."

"이 망할 자식아! 어쩔 거야?"

조나단의 입장에서는 환장할 노릇이었다.

이제 와서 갑자기 자기들이 써먹었던 여자아이가 진실을 찾아다니는 것도 어이가 없는데, 그녀는 마치 뭔가를 아는 것처럼 자신들의 치명적인 약점만을 찾아다니고 있다.

"당장 사람을 보내서 죽여 버려!"

"하지만 회장님, 그곳은 우리 구역이 아닙니다."

이미 그곳으로 보낸 여덟 명이 실종되었다.

그것만 해도 심각한 문제인데, 갑자기 이제 와서 그녀를 죽이려고 한다?

"더군다나 듣기로는 그녀는 이사를 갔다고……."

"이사?"

"네. 어딘지 모르겠지만 안전한 곳으로 이사를 갔답니다."

"뭐야? 그거 누구 짓이야? 그 멍청한 계집아이가 돈이 있어서 그년을 구해 준 것일 리 없잖아?"

이미 이사를 갔으면 추적은 불가능하다.

물론 시간을 들이면 찾아낼 수야 있겠지만, 그때쯤이면 흘릭스타팅은 사라진 후일 것이다.

지금 그녀가 멕시코 경찰에 신고한 내용이 정식으로 미국으로 넘어온 이후일 테니까.

"엠버 브라운이라는 변호사가 뒤에 있습니다."

"엠버? 그 드림 로펌의 대표?"

"네."

"아니, 그 미친년은 왜 우리를 방해하는 거야?"

"그건 저도 잘……."

"안 그래도 주식시장이 이상해서 죽겠는데 웬 미친년까지……."

말을 하던 대표는 말문이 막혔다.

지금 누군가 쓸어 가는 주식은, 자신들이 망하면 뜨는 주식이다.

그리고 그 뒤에 있는 엠버라는 변호사와 드림 로펌은 미다스가 이끌고 있는, 가장 빠르게 성장하고 있는 마이스터 투자금융과 제휴한 곳이다. 드림 로펌에 미다스의 투자금이 들어갔다는 소문도 있으니…….

"미친……!"

대표는 지금 벌어지는 일이 단순히 정의나 진실의 문제를 넘어선 것임을 알아차렸다.

만일 여기서 자신들이 망하면, 아니 최소한 크게 흔들리기라도 한다면 그 주식들의 가격은 어마어마하게 폭등할 테고, 그에 반해 자신들이 투자한 수많은 회사들은 휘청거릴 것이다.

"그년이었어! 염병! 애초부터 알고 있었어!"

엠버가 모든 것을 다 알고 있고 돈을 벌기 위해 이런 일을 벌인 거라 생각한 그는 이를 악물었다.

"네? 그년이 모든 걸 짠 거라고요?"

"씨발, 그 가난한 마약쟁이 딸내미가 무슨 돈이 있어서 멕시코에 가고 숙소를 해결해 주냐고! 그 미친년이 아니고서야 누가 그런 짓을 하겠어!"

"아……."

"당장 그 두 년을 죽여!"

"네? 하지만 대표님, 그러면 우리가 의심받습니다."

"차라리 의심을 좀 받은 다음에 벗어나는 게 훨씬 나아! 이게 터지면 무슨 일이 벌어지는지 알아?"

조나단은 꿀 먹은 벙어리가 되었다.

그들이 저지른 죄가 만천하에 드러나면, 자신들은 망한다.

아니, 망하는 게 문제가 아니다.

'인생 자체가 끝난다.'

미국 정부 역시 인종차별 문제가 심각하다는 것을 알고 있다.

그래서 인종차별 범죄에 대해서는 처벌을 아주 강하게 한다.

물론 돈이 있다면 살인도 면할 수 있는 게 미국이기는 하지만.

'망할…… 미다스라니! 마이스터라니!'

대표의 말대로 그들이 뒤에 있다면, 그들은 자신들의 동전 한 푼까지 모조리 털어 갈 것이다.

당연히 재판을 할 때쯤 된다면 자신들이 가지고 있는 것은 아무것도 없을 테고, 자신들을 위해 사건을 무마해 줄 사람 따위는 남지 않을 것이다.

"하지만……."

조나단은 심장이 미친 듯이 뛰었다.

과거에 자신이 증거를 조작해서 브라이언의 인생을 끝장 낸 것은 사실이다.

하지만 지금은 단순히 인생을 끝장내는 것이 아니라 사람을 죽여야 하는 상황이다.

"조나단!"

그런 그의 마음을 알아서 그런 걸까, 대표는 크게 소리를 질렀다.

"독하게 마음먹어! 이대로 지켜보기만 한다면 우리가 수십 년 동안 이룩한 모든 것이 날아갈 거야! 무슨 뜻인지 알겠어?"

"……."

"브라이언은 바보가 아니야! 그 녀석은 징벌적 손해배상을 걸 거야! 그리고 엠버라는 그 망할 계집년도 동참하겠지! 우리 돈을 모조리 가지고 간 그 녀석이 무슨 짓을 할까? 과연 복수를 하려고 들지 않을까? 너와 나! 그리고 관련된 모든 사람! 심지어 우리 가족에게까지!"

조나단은 등골이 오싹했다.

물론 이 말이 사실일지 알 수는 없다.

하지만 대표의 말대로 모든 것이 두려웠다.

알 수 없는 미래도 두려웠고, 거칠기로 소문이 난 감옥에 가는 것도 두려웠다.

"죽여."

"네……."

조나단을 내보낸 대표는 주먹을 꽉 쥐었다.

"어떻게 이런 일이……."

무려 14년 전 일이다.

다시는 생각할 일조차 없을 거라 생각했다.

그런데 그 일이 자신의 다리를 붙잡고 있다.

"이건 나 혼자의 문제가 아니야."

만일에 대비해야 했다.

이게 새어 나가면 자신만 다칠 리 없다.

"접니다, 주지사님."

그는 전화를 들고, 한배를 탔던 사람들을 찾기 시작했다.

"사람이 떨어졌습니다."

노형진은 슬쩍 호텔 바깥으로 보고 말했다.

자신들을 감시하던 사람들이 떨어졌다.

엠버는 걱정스러운 얼굴이 되었다.

"갑자기 왜요?"

"우리를 죽이고 싶은가 보죠."

"농담을 너무 살벌하게 하네요."

"농담이 아닙니다만?"

노형진은 히죽 웃었다.

그는 미국으로 돌아온 후 고의적으로 신고를 넣었고, 멕시코에서도 에바가 경찰에 신고를 넣었다.

물론 그녀는 안전한 곳에 숨어 지역 갱단의 보호를 받고 있다.

"그나저나 그 아줌마, 경찰도 아닌 갱단이라니 어이가 없네."

에일라는 이해가 가지 않는다는 듯 말했다.

"멕시코니까요."

그들은 부패가 심해서, 경찰에 보호를 요청한다고 해도 제대로 보호받기 힘들다.

"경찰이 해 줄 수 있는 최대한의 보호는 순찰 강화 정도일 겁니다."

"갱단은 달라?"

"무장한 애들을 주변에 둘 수 있지요."

어차피 갱단은 대부분 무직이니까.

"거기에다 경찰과 갱단의 차이는 보복의 유무죠."

"보복의 유무?"

"죽이라는 말이 나오면, 누군가 하려고 할지도 모르지요."

경찰은 잡아도 상당한 시간 동안 법적인 처벌 과정과 재판을 거쳐야 한다.

그 정도는 죽음을 각오한 사람들에게는 충분히 감당할 만한 수치다.

"하지만 갱단은 아닙니다. 충분한 돈을 걸었으니까요."

갱단은 그 당사자뿐만 아니라 그 가족까지 죽일 것이다.

"아무리 생각해도 나쁜 일인데…… 변호사가 뭐 이래?"

"나쁜 일인 건 압니다. 하지만 재판이 시작되고 그녀가 증인 자격으로 올 수 있을 때까지는 어쩔 수 없습니다."

지금으로써는 그녀를 미국에 데리고 올 수가 없다.

추방 이력이 있으니까.

법원에서 증인으로서 허가를 받아 따로 데리고 오려면 시간이 걸리고.

"그리고 그 지역의 갱단이 보호한다는 것 자체가 엄청난 억제력이 되지요. 멕시코는 법보다 주먹이 더 강한 곳이니까요."

노형진은 그 말을 하면서 슬쩍 창문에서 떨어졌다.

커튼을 치고 있다고 하지만 바깥에서 총알이 날아오지 않으리라는 보장은 없으니까.

"좀 무섭네요, 이러고 기다리고 있는 거."

"그런가요?"

"노 변호사님은 안 무서우세요?"

"무섭죠."

변호사 생활을 하면서 적을 만드는 것과, 진짜로 누군가가 자신을 죽이기 위해 사람을 보낼 거라는 것을 아는 것은 아무래도 큰 차이가 있다.

"그런데 물러난 것만으로 어떻게 우리를 죽이려고 들 거라는 걸 알아?"

"증인을 통해서요."

"증인?"

"네."

"누군가 호텔 입구에서 감시하고 있었다는 증언이 나오면 아무래도 곤란하지 않겠어요?"

"그런가? 아, 모르겠다. 우리 동네는 그냥 지나가다가 총으로 우다다 갈기고 도망가던데."

그러면서 의자 위로 길게 늘어지는 에일라.

"그 정도예요?"

"그 정도지 뭐. 슬럼가가 뭐 있어?"

에일라는 어깨를 으쓱했다.

"그러면 이제 어떻게 해야 해? 경찰의 감사는 막혔을 테니 우리가 제삼의 기관에 제출한 증거는 의미가 없잖아?"

"압니다. 하지만 이를 반대로 말하면, 그들도 그만큼 핀치에 몰렸다는 뜻이 되죠."

"으음……."

"일단 저들이 어떤 식으로 행동을 취하는지에 따라 달라집니다."

"그게 무슨 말이죠?"

저들이 자신들을 죽일 거라고는 예상했다.

그런데 저들의 행동에 따라 달라진다니?

"보통 이런 경우에 저들이 취할 행동은 두 가지가 있지요. 첫째는 킬러를 고용하는 것. 전문 킬러를 고용해서 확실하게 죽이는 거죠."

전문가를 고용하는 것이다 보니 이 경우에는 뒤가 드러날 부담이 훨씬 적지만, 아무래도 상대방이 조심하기 시작하면 기회를 잡기 어려워진다.

"두 번째는 현상금을 거는 것. 상대방을 죽이기 위해 지역 갱단을 비롯한 어둠의 세계에 현상금을 거는 거죠."

이 방식은 확실하지 않고 정보가 새서 조사가 들어올 가능성도 높기는 하지만, 수십 명이 덤벼들기 때문에 성공 확률이 높아지고 상대방도 상당히 힘들어진다는 장점이 있다.

진짜 에일라의 말처럼 차를 타고 와서 기관총으로 갈기고

가 버리면 답이 없으니까.

"어떻게 그렇게 잘 아는 거죠?"

엠버는 신기한 듯 물었다.

미국에서 활동하는 자신도 모르는 사항을 노형진이 알다니.

'그거야 당해 봤으니까.'

그것도 둘 다.

그렇다 보니 노형진은 살기 위해 그에 대해 조사해야 했고, 나중에는 고용된 킬러 한 명을 죽이기까지 해야 했다.

"그냥 우연히 알았다고 해 두죠."

노형진은 미소를 지으며 말했다.

그러자 엠버도 무슨 뜻인지 알고 더 이상 묻지 않았다.

"킬러를 고용한 거라면 그 킬러가 누군지 알아내는 게 관건입니다."

근접전을 선호하는지, 권총을 선호하는지, 저격 총을 쓰는지, 아니면 사고를 유발하는 걸 즐기는지 알아야 한다.

"후자라면?"

"후자라면…… 그때는 치킨 게임이 시작되지요."

"치킨 게임?"

"네. 한국에 이런 말이 있습니다. 쫄리면 뒈지시든가."

"이해가 안 가는 말이네요."

"간단합니다. 우리가 돈을 거는 겁니다, 후후후."

게일은 자신의 총을 만지작거렸다.

얼마 전에 이 바닥에서 현상금이 걸렸다.

무려 10만 달러.

세 사람을 죽이는 데 10만 달러였다.

"이거 확실하게 뒤 안 걸리는 거지?"

"그래, 확실해. 차도 깨끗하고. 나오는 순간 갈기고 튀면 되는 거야."

갱단이 가장 많이 쓰는 암살 방법은 드라이브 바이 슈팅.

그러니까 차를 타고 달리면서 무차별적으로 갈기는 것이다.

주변에서 피해자가 나올 수도 있지만, 알 게 뭔가?

"어느 숙소에 묵는지 알지?"

"어, 알아. 사람 붙여 놨어. 그 새끼들이 나오면 바로 알려 줄 거야."

"깔끔하게 처리하자고."

차도 절도품이고 가면도 준비되었다.

총도 추적 불가능한 물건이고.

그러니 이번에 성공하면 제법 두둑한 돈이 생긴다는 생각에 그들은 기분이 좋았다.

"하지만 그놈들이 안 나오는 모양인데?"

"하긴, 자기들도 주워들은 게 있겠지. 그래도 어쩌겠어?

언젠가는 기어 나올 테지."

그리고 그날이 제삿날이 될 것이다.

"언제든 출발할 수 있게 준비해 놔."

"오키."

그들이 그렇게 준비하고 있을 때, 문이 벌컥 열리며 흑인 남자 한 명이 들어왔다.

"야! 대박이다!"

"뭐야? 네가 오면 어쩌자는 거야? 지금 호텔을 감시해야지!"

"미친. 호텔에 붙어 있던 다른 새끼들, 다 다른 데로 갔어!"

"뭐?"

"우리만 그 소문을 들었겠냐?"

죄다 한탕 하려고 눈에 불을 켜고 기다리고 있었을 것이다.

그런데 그들이 다 사라졌다고?

"뭐야? 현상금이 취소되기라도 한 거야?"

"아니. 그거랑은 쩝도 안 되는 소식이야."

"뭔데?"

"현상금이 새로 걸렸어."

"새로운 현상금? 그쪽에서 액수를 올린 거야? 아니면 역으로 현상금이 걸린 거야?"

현상금이 걸린 대상이 현상금을 건 자에게 다시 현상금을 거는 경우가 종종 있다.

당연하게도 목적은 복수를 하기 위해서다.

"거꾸로 그 동양인 쪽에서 걸어 버린 거기는 한데, 이건 좀 달라."

"다르긴 뭐가 달라?"

"현상금을 건 사람들이 누구인지 알려 주고 그 증거를 가지고 오면 30만 달러래."

"30만 달러? 알려 주기만 해도?"

"그래. 그것도 1등이."

"그건 또 뭔 개소리야?"

현상금을 건 건 알겠는데 뜬금없이 웬 등수?

이해가 가지 않은 갱단 멤버들은 어리둥절해서 서로를 돌아보았다.

그리고 이어지는 동료의 말은 기가 막힌 소리였다.

"선착순 1등은 30만 달러를 주고, 2등은 10만 달러를 주고, 3등은 5만 달러를 준대."

"뭐?"

"미친 건가?"

도대체가, 들어 본 적이 없는 상황이었다.

금액이 많은 거야 좋지만 1등과 2등, 3등에게 차등 지급한다는 것이 어이가 없었다.

"참가상은 1만 달러라는데?"

"뭔…… 애들 장난하는 것도 아니고."

무슨 말장난인가 하는 생각에 게일이 피식 웃었다.

말도 안 되는 소리였으니까.

하지만 동료는 종이를 확 펼쳤다.

"이거 봐 봐. 진짜야."

"뭐야? 어? 드림 로펌?"

현상금을 건 사람은 다름 아닌 드림 로펌.

"누가 구라 치는 거 아니야? 이런 전단지를 뿌리는 거야 어렵지 않잖아?"

"내가 병신인 줄 아냐? 여기 전화번호 있잖아. 이미 확인해 봤다고. 진짜 드림 로펌이야. 전화해서 물어보니까 현상금을 건 것도 사실이래. 기한이 있기는 하지만."

"이 뭐 병신 같은⋯⋯."

어이가 없어서 말이 안 나오는 갱들.

"그러면 이거 어쩌지?"

그들은 자신들의 손에 들린 기관단총을 멍하니 내려다볼 수밖에 없었다.

⚖

"이건 상상도 못 했네요."

엠버는 어이가 없다는 듯 말했다.

노형진의 말대로였다.

가만히 있어도 증거가 들어오고 있었다.

돈만 더 준다고 했을 뿐인데.

"단순히 돈을 많이 줘서 그런 건가?"

에일라도 신기하다는 듯 말했다.

"아닙니다. 방식의 차이일 수밖에 없죠."

"방식?"

"네. 저들은 불법, 우리는 합법이니까요."

"이해가 안 가는데요?"

엠버는 좀 더 자세한 설명을 듣고 싶어 했다.

미국에서 변호사 노릇을 하다 보면 이런 경우가 또 있을
수 있으니까.

"말 그대로입니다. 이쪽은 합법이지요."

누군가를 죽여 달라고 현상금을 거는 것은 불법이다.

하지만 노형진은 반대로, 그 현상금을 내건 사람의 신분을
알려 주는 일에 현상금을 걸었다.

"그리고 그건 불법이 아니지요."

불법도 아닌데 돈은 더 많다.

정상적인 경우라면 당연히 이쪽을 선택한다.

"거기에다 홍보의 방식도 차이가 있지요."

저들은 불법으로 하는 행동인지라 알음알음 소문을 내는
수밖에 없다.

하지만 이쪽은 합법인지라 대놓고 전단지를 뿌렸다.

"당연히 퍼지는 파급 속도가 다르죠."

"그건 이해했어요. 그런데 그 이후에 우리가 안전해진 이유가 이해가 안 가요."

"우리가 증거를 요구했으니까요."

노형진이 증거를 요구한 건, 단순히 그들을 몰아붙이기 위해서가 아니었다.

사실 그것보다는 안전이 더 큰 목적이었다.

"일단 우리가 이런 전단지를 뿌리면 경찰에도 이 소식이 들어가죠."

"아……."

자신들이 살인 청부 대상이 되었다는 소문이 돈다는 걸 소문 내도, 경찰은 그저 주의하라는 말 정도밖에 못 해 준다.

"하지만 우리가 이런 짓을 하면 일단 경찰이 이 사건을 명확히 인지하고 우리를 집중적으로 살피게 되죠."

"갱단으로서는 부담스러울 수밖에 없겠군요."

"맞습니다."

노형진은 고개를 끄덕거렸다.

이슈가 되기 전이라면 모를까, 이슈가 된 후에 사고 치는 것은 갱단 입장에서도 여러모로 부담스럽다.

버는 돈보다 피해가 더 크니까.

"그리고 이런 식으로 하면 결국 저들은 현상금을 내건 것을 포기할 수밖에 없게 됩니다."

"어째서요?"

"제가 증거를 요구했으니까요. 사람들이 생각하는 가장 만만한 증거가 뭘까요?"

노형진은 책상 위에 놓여 있는 작은 CD를 들었다.

"바로 통화 기록이죠. 그런 일을 계약서를 써 가면서 하지는 않을 테니까."

"아!"

이런 소문으로 하는 현상금은 일한 후에 모른 척할 수도 있는 일이다.

그래서 가끔 전화해서 녹음 내역을 남겨 두는 놈들이 있다.

지금 여기에 있는 CD들도 그렇게 만들어진 것들이고.

"하지만 제가 증거를 요구한 이상 저들 입장에서는 확인 전화를 했을 때 '네, 죽이라고 현상금 걸었습니다.'라는 말은 못 하죠."

"아하!"

당사자가 부정한다면 사실상 현상금을 건 의미는 없다.

"마찬가지로 우리만큼 현상금을 올릴 수도 없죠."

이 상황에서 올린다는 것 자체가 증거를 준다는 소리고, 또 현상금이 오를수록 경찰이 더 집중해서 살핀다는 뜻이다.

"어떻게 이런 생각을 한 거죠?"

물론 많은 돈이기는 하다.

하지만 일을 하면서 경호원과 경호 팀을 고용하는 가격에 비하면 새 발의 피나 마찬가지다.

"그냥…… 운이 좋았지요."

"운이 아닌 것 같은데요? 다른 사람들은 그런 걸 생각도 못 하는데."

'하루에 세 번씩 총질을 당하고 나면 하게 될 겁니다.'

그 당시에는 진짜로 죽는다고 생각했다.

경호원 때문에 비용은 급상승했는데, 그럼에도 불구하고 목숨이 위험했으며, 어디서 총알이 날아올지 모른다는 공포에 노이로제에 걸릴 지경이었다.

'진짜 죽을 뻔했지.'

진짜로 살기 위해 미친 듯이 머리를 굴린 끝에 이런 방법을 생각했다.

그 덕분에 증거가 모였고, 그 증거를 바탕으로 자신을 죽이려고 했던 사람을 20년 형을 씌워서 감옥으로 보내 버렸다.

"이걸 뭐라고 해야 하나? 아저씨, 진짜 천재구나?"

"음, 역지사지? 타산지석? 청출어람이 맞을지도?"

"그게 뭔데?"

"배운 것보다 더 잘나간다는 뜻입니다. 저들에게 배워서 우리가 더 잘 써먹으니까요, 후후후."

죄는 시간을 넘어서

"이런 황당한 일이……."

조나단은 이 상황이 이해가 가지 않았다.

일을 맡겼던 사람이 잡혀갔다.

일단 입을 다물라고 시키기는 했지만 명백하게 살인미수인 지라, 언제까지 입을 다물고 있을지는 모를 일이었다.

"대표님, 저들은 너무 고단수입니다. 우리 쪽 녹음 내역을 확보했습니다."

"젠장! 젠장!"

차라리 직접 고용했다면 돈은 많이 들었어도 이런 문제는 없었을 것이다.

하지만 돈이 아까워서 현상금을 걸었더니 돌이킬 수 없는 상황이 되어 버렸다.

"당장이라도 정식으로 킬러를 고용해! 총으로 쏘든 차로 밀든 폭파를 시키든 해서 막으란 말이야!"

지금까지는 돈으로 어떻게든 막을 수 있었다.

벌써 14년 전 사건이고 수사가 끝났으니까.

그리고 그들의 주장은 의심일 뿐이었으니까.

하지만 이제는 아니다.

실제로 그 사건을 감추기 위해 죽이려고 했고, 증거가 생겼다.

정작 그 사건을 감추느라 이쪽 증거는 생각하지 못한 것이다.

"경찰이 이제 본격적으로 파고들 겁니다."

"그러니까 킬러를 고용하라고!"

"이미 여러 곳에 말해 봤습니다만……."

하지만 대부분 난색을 표했다.

이미 경찰의 감시망 안에 들어간 사건이기 때문이다.

물론 그런 사건도 하는 사람이 있기는 하다.

하지만 그런 사람들은 말 그대로 프로 중의 프로.

"세 명을 다 죽이는 데…… 100만 달러를 달라고 합니다."

"얼마?"

"100만 달러랍니다."

한국 돈으로 대략 11억. 절대 적은 돈이 아니다.

"닝기미, 미친……."

이미 저들은 자신들이 현상금을 걸었다는 걸 안다.

그리고 경찰도 그걸 안다.

그런데 이쪽 계좌에서 약 11억이라는 자금이 갑자기 사라져 버리면?

그 후에 살인 사건이 나면?

"우리가 죽였다고 자인하는 꼴 아냐!"

그 정도 돈이 비는 것은 감출 수가 없으니까.

"방법이 없습니다."

"끄응……."

대표는 죽을 맛이었다.

문득 그가 눈을 부릅떴다.

"이런 일을 할 만한 사람이 있지."

"네? 누가?"

"너도 아주 잘 아는 사람이야."

대표의 눈에서 광기가 뿜어져 나왔다.

⚖

컴컴한 밤.

엠버의 집으로 들어오는 그림자가 있었다.

안전이 확보된 후 에릴라와 노형진 일행은 엠버의 집으로 향했다.

그녀의 집도 상당히 비싸고 좋은지라, 특별한 경우가 아니면 보안이 확보되니까.

그런 그녀의 집으로 조용히 들어오는 두 사람.

그들은 주변을 조용히 살피다가 벽을 넘어서 수영장을 가로질러 문으로 향했다.

잠겨 있는 문 앞에서 잠깐 멈칫했지만 그들은 어설프게 뭔가를 꺼내서 유리문을 쪼개고 그 사이로 손을 넣어 잠금장치를 푼 뒤 안쪽으로 들어갔다.

집 안에 들어선 그들은 허둥거리면서 주변을 살폈다.

그들의 손은 사시나무 떨듯 떨리고 있었는데, 그 너머로 불룩 튀어나온 품 안에는 권총으로 보이는 것이 비스듬히 꽂혀 있었다.

드디어 2층의 방으로 들어간 그들은 '게스트 룸'이라고 쓰인 곳에서 잠시 멈칫거리더니 안으로 들어갔다.

그리고 침대에 누워 있는 사람을 보고 한참 침묵을 지키다가 결국 어쩔 수 없다는 듯 총을 들었다.

풋, 풋, 풋.

소음기를 단 총 특유의 총성.

연달아 세 발을 쏜 두 사람은 몸을 돌려 방에서 나가려고 했다.

하지만 그들은 멈출 수밖에 없었다.

"결국 쐈군."

입구에 서 있는 남자, 노형진의 차가운 말 때문이었다.

"헉!"

그런 노형진을 보고 숨을 삼키는 두 사람.

그 목소리에 노형진의 뒤에서 누군가 고개를 내밀었다.

"이 목소리는? 설마?"

에일라였다.

그녀는 지금까지와는 다르게 사정없이 몸을 떨고 있었다.

그녀는 어이가 없다는 표정으로 앞으로 나섰다.

"위험해요, 에일라."

엠버가 그런 에일라를 말리려고 했지만, 노형진은 그런 그녀를 저지했다.

어차피 이 주변은 다 포위되어 있고 이곳에도 경호원이 서 있다.

그리고 그들에게 총이 겨누어져 있고.

"진실은…… 아픈 법이지요."

노형진은 안다는 듯 말했다.

그러는 사이 에일라는 앞으로 나서서 괴인들이 쓰고 있던 두건을 벗겼다.

"아빠? 어…… 엄마?"

마약에 찌들어 거친 얼굴, 풀린 눈동자, 중독 증상으로 바들바들 떨리는 손끝.

그 모든 게 익숙했다.

"어…… 어떻게……?"

에일라는 온몸을 바들바들 떨었다.

최악의 부모라는 것은, 쓰레기 같은 인간인 것은 알고 있었다.

하지만 그래도 혈육이라고 생각했다.

그러나…….

"이 방은 에일라가 쓰기로 한 방이었지……."

노형진의 안타까운 말.

거기에다 지금 침대에 누워 있던 인형조차도 에일라를 본떠서 만든 것이었다.

그 말은 이 두 사람이 자신의 딸에게 총을 쐈다는 소리다.

"어…… 어떻게…… 이……런……."

에일라는 그대로 몸을 돌려 방을 뛰쳐나갔다.

누구도 그녀를 잡지 않았다.

아무리 막장 가족이라고 하지만 자신을 죽이려고 한 부모를 본 그녀에게 무슨 말을 할 수 있겠는가?

"체포하세요."

노형진은 더러운 쓰레기들을 한번 바라보고는 몸을 돌렸다.

이 와중에도 그들의 얼굴에 드러난 것은 딸에 대한 미안함이나 죄책감이 아닌, 마약 금단증세였다.

"후우……."

노형진은 눈을 찡그리며 바깥으로 나갔다.

이것이 법이다

약간 떨어진 곳에서 에일라가 서럽게 눈물을 흘리고 있었다.

지금까지 강하게 버티고, 현상금이 걸려도 키득거리면서 웃던 그녀였다.

안 그래도 막장 인생이라 더 떨어질 곳이 없다 생각해서 무서운 게 없었던 그녀다.

하지만.

'말을 했어야 했나?'

이건 회귀 전에도 똑같았다.

다른 사람도 아니고 그녀의 부모가, 그녀를 죽이려고 했었다.

마약에 찌들어서 돈을 더 준다는 유혹에, 그리고 자신들이 사기로 빼앗았던 돈을 돌려줘야 한다는 두려움에 그들은 자신들의 딸을 죽이려고 했다.

'무슨 수로?'

뭘 어떻게 이야기해야 한단 말인가?

너희 부모가 곧 너를 죽이러 올 거다?

말할 수 있는 것도 아니고, 말해 봐야 믿지도 않았을 것이다.

"후우……."

노형진은 서럽게 울고 있는 에일라의 옆에 앉았다.

울지 말라고 말리지는 않았다.

의미가 없으니까.

"으허허헝……."

그저 서럽게 우는 에일라의 옆에 앉아 자리를 지키는 것 말고 노형진이 할 수 있는 것은 없었다.

그저 시간이 약이 되어 주기를 바랄 뿐이었다.

"괜찮을까?"

소식을 듣고 온 손채림은 걱정스럽게 말했다.

킬러도 아니고 친부모가 죽이려고 했다는 사실에, 얼마나 충격이 크겠는가?

"괜찮을 리가 없지."

"지금은 어때요?"

"너무 울어서 탈진해서 진정제를 맞고 잠들었어."

노형진은 눈을 찡그리며 말했다.

사람이 너무 울면 지쳐서 기절할 뿐만 아니라 몸도 위험해진다.

"와…… 진짜 이런 막장이……."

"그런 게 자본주의야."

노형진은 한숨만 쉬었다.

"이래서 나라에서 마약을 기를 쓰고 막으려고 하는 거고. 마약에 중독되면 자식이고 뭐고 없어."

"듣기는 했지만 이 정도일 줄은 몰랐어."

"한국은 그래도 마약 청정국에 속하니까."

마약중독자가 많지도 않지만, 일단 찾으면 가만두지도 않는다.

"하지만 미국은 다르지. 마약이 넘쳐 나."

그래서 경찰도 마약중독자인 것을 알면서도 딱히 문제를 일으키지 않으면 건드리지 않는다. 잡아 봐야 미국의 교도소는 포화 상태인지라 처벌할 방법도 없기 때문이다.

"문제는, 마약중독자는 언젠가는 문제를 일으킨다는 거지."

그들에게 중요한 것은 마약뿐이다.

"무섭다, 진짜."

"그러게."

그들이 했던 행동은 모두 기록이 남아 있다. 에일라의 부모가 잡혀 버린 이상 그들은 자신들의 죄를 감출 수가 없게 되었다.

"에일라 부모가 사실대로 말할까?"

"할 거야."

"어째서? 말하려고 하지 않을 것 같은데."

"마약에 중독된 상태니까."

"뭐?"

"웃기지만 이 상황에서 가장 좋은 방법은 마약이야. 아까도 말했지만, 저들은 마약을 끊지 못하니까."

실형이 인정되면 당연히 교도소에 들어가서 마약을 하지 못하게 된다.

"미국에는 형량 협상이라는 게 있지."

"그게 뭔데?"

"검사와 끝까지 싸우지 않고 일정 부분 인정하면 형량을 낮춰 주는 거야."

노형진은 차분하게 말했다.

"그들이 들어와서 총을 쏜 건 사실이야. 하지만 그 대상은 사람이 아닌 인형이었어."

"그런데?"

"우리가 보기엔 살인미수지만, 관점을 달리해서 보면 불법총기 소지와 주거침입일 뿐이거든."

"설마?"

"후자라면 형량이 대폭 깎이지."

살인의 대상이 될 사람이 아예 거기에 없었으니까.

하지만 살인할 목적이었던 건 사실이니까, 결국 법의해석에 따른 처벌이 나올 것이다.

"마약에 중독된 자들에게 가장 두려운 건 마약을 하지 못하게 되는 거야."

노형진은 씁쓸하게 말했다.

"애석하게도 저들은 지금 심각한 마약중독 상태야."

"어째서?"

"중독이 심해져야 시키는 대로 하니까."

"설마……?"

"돈이 있는 게 아니니, 양질의 고순도 마약을 구할 수 있는 방법은 뻔하지."

그들이 줬을 것이다. 그리고 거기에 중독된 두 사람은 그들의 말을 들을 수밖에 없었을 테고.

"반대로 말하면, 빨리 나가서 마약을 할 수만 있다면 적극적으로 형량 협상에 나설 거라는 거지."

"그 결과가 그걸 시킨 사람들의 신분을 실토하는 거고?"

"그래."

자신들이 모은 정보.

그리고 살인 명령에 대한 정보.

거기에다가 증거를 조작했다는 증언에 그들의 살인 명령까지, 홀릭스타팅은 벗어날 수 없는 확실한 함정에 빠졌다.

"설마…… 너…… 알고 있었던 건 아니지?"

"그럴 리가."

노형진은 부정하면서도 입안이 깔깔해지는 느낌을 받았다.

"그러면 다행인데……."

그 순간 삐거덕 소리가 들리더니 위에서 지친 표정의 에일라가 내려오는 게 보였다.

"에일라, 괜찮아?"

"멀쩡해요."

"안 그래 보이는데?"

"그 인간들, 어차피 내 인생에 없는 인간들이었어요. 아,

속 시원하네. 이제 내 돈으로 마약 하는 꼴 안 봐도 되겠네."

애써 키득거리는 그녀의 눈에는 왠지 눈물이 서려 있었다.

"채림 씨."

"응?"

"한국이 그렇게 살기 좋아요?"

"어? 글쎄. 사람들의 표현을 빌리자면 그것도 아닌 것 같고."

"전에는 좋다면서요?"

손채림은 전에 이야기했던 것이 생각났다.

분명히 한국이 살기 좋다고 이야기하기는 했다.

"어…… 그러니까……."

"사실대로 말해 줘요."

"살기 좋아, 돈만 있다면. 돈이 없으면 헬조선, 그러니까 지옥 같은 곳이라고 하지만."

에일라는 노형진을 바라보았다.

"나 돈 많이 받을 수 있어요?"

"돈 말입니까?"

"네."

노형진은 잠깐 고민하다가 고개를 끄덕거렸다.

"상당히 받을 수 있을 겁니다."

"한국에서 부자로 살 수 있을 만큼?"

"네? 아, 뭐…… 그렇겠네요."

판권의 판매 수익.

거기에 홀릭스타팅은 그녀를 죽이려 했고, 무엇보다 그녀
가 어릴 때는 범죄의 도구로 이용했다.

　그런 만큼 그녀도 홀릭스타팅의 징벌적 손해배상 청구권
자이다.

　설사 징벌적 손해배상이 안 떨어진다고 해도 최소 수익이
40억은 넘을 것이다.

　"그러면 날 한국으로 데려다줘요."

　"뭐라고?"

　깜짝 놀란 손채림.

　설마 한국으로 가겠다니?

　"나…… 미국 싫어요."

　"하지만……."

　"여기에는 남은 것도 없고 좋은 추억도 없어. 내 주변에는
다 거지새끼들뿐이야. 여기에 있어 봐야 그 돈으로 마약 하
자고 파티 하자고, 날 꼬시는 쓰레기만 득시글거리겠지."

　그녀는 염세적인 만큼 현실에 대해 충분히 알고 있었다.

　그런 곳에서 평생을 살아왔으니까.

　"그러니까 나 한국에 갈래요. 거기서는 아무도 나에 대해
모를 테고 총질도, 마약도 없을 테니까."

　"아…… 음……."

　손채림은 안타깝다는 듯 그녀를 바라보았다.

　본인은 괜찮다고 하지만 이번 사건이 그녀의 생각을 바꾼

것이 틀림없었다.

'그러고 보니……'

노형진의 기억 속의 판례에서도, 그녀는 사건이 정리된 후에 해외로 갔다고 했다.

그가 접한 건 판례뿐이기 때문에 그녀가 어디로 갔는지는 알 수 없지만.

'이번에는 한국인가?'

노형진은 고개를 끄덕거렸다.

'나쁘지는 않겠군.'

그가 직접 보호해 줄 수도 있을 테고, 한국은 최소한 금발의 백인 여성에 대한 인종차별이 있는 나라는 아니었다.

다른 인종은 모르지만.

"마음을 결정한 겁니까?"

"그래요. 차라리 거기서 햄버거를 팔아도 여기보다는 안전하겠지."

"그 돈이면 한국에서 햄버거 가게를 차려도 될 텐데?"

"응? 그런가? 그렇구나. 이제 빵 안 뒤집어도 되겠네. 나이스."

애써 신난 듯한 얼굴을 하는 에일라를 바라보던 노형진은 고개를 끄덕거렸다.

"엠버와 드림 로펌에 이야기해서 이주 준비를 해 드리죠."

"아싸."

"하지만 공부는 해야 할 겁니다."

"공부요?"

"거기는 영어권 국가가 아닙니다. 생활을 하기 위해서는 영어가 아니라 한국어를 배워야 합니다."

"나…… 공부는 싫은데."

그녀는 눈을 찡그리며 중얼거렸다.

⚖️

"아녀하세여."

2층에서 들리는 목소리에 엠버는 입맛을 다셨다.

"뭐 하는 거예요?"

"한국에 간다고, 한국어 공부한답니다."

"결국 그렇게 되는군요."

엠버는 그다지 충격받지 않은 듯 고개를 끄덕거렸다.

사실 자신 같아도 그런 상황이 닥치면 모조리 때려치우고 이 나라를 뜨고 싶을 것이다.

"경찰에서는 뭐라고 하던가요?"

"일단은 취조할 상태가 아니에요. 지독한 금단증상 때문에 반쯤 미쳐 가고 있어요."

"그럴 겁니다."

그들이 접한 마약은 지금까지 시중에서 접하던 저순도의

싸구려가 아닐 가능성이 높다.

그런데 그게 막혀 버렸으니 미쳐 가지 않는다면 그게 더 이상한 거다.

'대화? 그게 가능할 리 없지.'

마약중독자가 중독에서 벗어날 때 묶어 두고 자해를 막는 데에는 다 이유가 있다.

"하지만 형량을 줄이기 위해 협상은 가능할 거라 생각해요, 일단은."

물론 정신이 멀쩡해진 다음에나 가능하겠지만.

"그런데 표정이 안 좋은 걸 보니 뭐 다른 문제가 있나 보군요."

"주지사가 움직이는 것 같아요. 경찰 내부에서 조사한다고 하는데, 이상하게 진행이 안 돼요."

"주지사가?"

"네, 그들의 마약중독이 이유라고는 하는데……."

경찰이 조사하려고만 한다면 다른 부분을 조사할 이유는 많다.

그런데 어째서인지 일단 에일라의 부모가 마약중독 금단 증세에서 벗어나는 것을 기다렸다가 조사한다는 이유를 대며 조사를 하지 않고 있었다.

"우리가 얻은 증거를 넘겼는데도요?"

"네. 그쪽도 조사 중이긴 한데, 요식행위라는 느낌이 강해요. 결정적으로 주식시장에 변동이 없어요."

주식시장은 사소한 정보에도 크게 흔들린다.

다른 곳도 아닌 홀릭스타팅이 조사를 받고 있다는 이야기가 나갔다면 이미 대폭락되는 주식들이 몇몇 있어야 한다.

"하지만 그런 게 없더군요."

"그러면 답은 하나뿐이군요."

공식적으로는 조사한다고 이야기하고 실제로는 조사하지 않는 것이다.

그러니 주식시장의 다른 주주들은 그 사실을 알지 못하는 것이고.

"네. 아마 그들은 우리가 주식시장을 감시하는 걸 모르는 모양이에요."

"경찰이 주식시장을 생각할 이유는 별로 없죠."

노형진은 씁쓸하게 웃었다.

"이 정도 사건에 이렇게까지 브레이크를 걸 수 있는 사람은⋯⋯."

"말씀대로 주지사뿐이지요."

노형진은 안다는 듯 고개를 끄덕거렸다.

'그럴 테지.'

현 주지사는 그 당시 사건을 적극적으로 은폐한 검사였다.

그러니 사건이 외부에 드러나면 그의 커리어는 끝장난다.

거기에다 전직 검사에, 현직 주지사에, 인종차별주의자

에, 성범죄 누명을 씌우기 위해 고작 여덟 살짜리를 이용한 파렴치한이라는 것은…….

'범죄자들이 싫어하는 요소는 다 가지고 있지.'

즉, 교도소에 가면 평생을 독방에서 살지 않는 이상, 살아서 세상에 나올 가능성이 한없이 낮다는 소리다.

형량도 높을 테고, 교도소 내의 다른 범죄자들이 죽이려고 할 테니까.

'죽든가, 아니면 평생 독방에서 지내든가. 둘 다 권력의 정점까지 올라갔던 주지사로서는 반가운 선택지가 아닐 테지.'

그러니 그가 무슨 수를 쓸 거라는 건 예상하고 있었다.

그리고 원래 사건에서는 킬러를 보내는 것으로 대응했다.

'문제는 이번에도 그럴 거냐는 거지.'

분명히 회귀 전에는 킬러를 보냈다.

하지만 그때는 그가 상당히 다급한 상태였다.

사실상 선거가 얼마 남지 않아, 어떻게 해서든 사건을 무마해야 하는 시점이었다.

하지만 지금은 뽑힌 지 얼마 되지 않은 시점이다.

'즉, 살아 있는 권력이라는 소리.'

애초에 살아 있는 권력은 쓸 수 있는 방법이 많다.

'레임덕이라는 말이 괜히 생긴 게 아니니까. 그러니 경찰도 저렇게 조심하면서 움직이는 거고.'

노형진은 곰곰이 생각에 잠겨 턱을 문질렀다.

'하지만 이번에는 현상금 사건도 있고……'

이미 드림 로펌을 통해 킬러들이 조심스럽게 움직이고 있다는 소식은 들었다.

그러니 킬러를 보내는 것은 어려울 것이다.

'하지만 이런 일에 경찰을 동원하는 건 불가능해.'

수사 진행을 방해하는 것은 어려운 일이 아니지만, 자신들의 입을 막거나 자신들이 신고를 하는 것을 막는 것은 주지사라고 해도 불가능하다.

시간이야 끌 수 있겠지만 그런다고 해서 흐지부지 끝날 성격의 사건도 아니고 말이다.

'그렇다고 국가조직을 동원할 수도 없지.'

아무리 주지사가 그 주에서는 대통령이나 마찬가지라고 해도, 비밀 조직을 키울 수는 없다.

대통령은 온갖 비밀 조직을 운영할 수 있겠지만.

"아무래도 주지사를 끌어내야겠네요."

"주지사를 끌어내다니요?"

"그가 직접 처리할 수 있는 시간을 주는 겁니다."

"네?"

노형진은 생각한 것을 차분하게 설명했다.

주지사가 처한 상황과 자신들의 상황.

"그러니까 그가 어떻게 움직일지 감을 잡을 수가 없다는 거군요."

"네, 그게 정확합니다."

예측하지 못한다는 것.

그건 이쪽에 불리한 거다.

"그럴 때는 그가 우리의 예측대로 움직일 수 있게 기회를 주는 거죠."

"과연 모른 채로 덤빌까요? 그는 일단 검사 출신인데요."

온갖 함정, 온갖 수사를 다 해 본 사람이다.

그러니 어설픈 함정에는 걸리지 않을 것이다.

"어설프게 하지 않으면 됩니다. 사실 우리가 할 수 있는 방법은 간단하거든요."

"간단해요?"

"주지사는 절대적 권력을 가진 사람이 아니니까요. 우리 계획을 좀 더 일찍 알리면 됩니다."

노형진은 위에서 들리는 목소리에 고개를 돌렸다.

"방가스미라."

어설픈 한국어.

알아듣기도 힘든 말이다.

하지만 그녀는 준비가 되어 가고 있다.

"우리도 그 준비를 하죠."

노형진은 씩 웃으며 말했다.

"영화 판권, 팝시다."

주지사 폴슨은 방금 들어온 정보에 당황했다.

"뭐? 영화 판권? 그게 무슨 개소리야?"

"그놈들이 이번 사건과 관련된 자료와 스토리에 대한 영화 판권을 팔겠다고 각 영화사와 접촉하고 있습니다."

"아니, 어째서?"

"그건 잘 모르겠습니다만……."

부하는 말을 하면서도 고개를 갸웃했다.

"그런데 주지사님이 어째서 그 사건에 관심을 가지시는 건지 모르겠습니다."

"나야 내 임기 중에 벌어진 사건이라 우려하는 것뿐이야. 내가 주지사로 있는데 현상금 사냥이라니. 검사 출신으로서는 자존심 상하는 일일세."

"그거라면 걱정하지 않으셔도 됩니다. 수사 중이긴 하지만 홀릭스타팅의 죄목은 확실해 보입니다. 그들은 같은 짓을 하지 못할 겁니다."

'그게 문제야.'

홀릭스타팅은 지금은 자신에게 전화하지 않고 있다.

하지만 안다, 한배를 탄 상황이라는 것을.

홀릭스타팅이 그냥 멍하니 당하면서 자신에 대해 입 다물고 있을 가능성은 제로였다.

‘망할. 그런데 영화 판권은 뭐야?’

이해가 가지 않았다. 기자회견을 하는 것도 아니고, 영화 판권이라니?

더군다나 사건이 정리된 것도 아니다.

영화 판권의 판매는 진실이 드러난 후에 영화화 가치가 인정되면 시작하는 것이 보통이다.

이슈화되어, 국민들이 관심을 가지고 영화를 볼 거라고 생각할 때 말이다.

‘그런데 벌써 판다고?’

아직 영화화가 시작된 것이 아무것도 없었다.

애초에 경찰의 조사 결과도 나오지 않았다.

그런데 벌써 판다고 접촉하다니?

‘도대체 왜?’

상식적으로 말이 안 되는 대응.

“그걸 판다고 해서 사는 놈이 있을까?”

그가 아는 한 그럴 만한 곳은 없다.

하지만 그는 노형진이라는 존재가 자신의 상식을 뛰어넘는 사람이라는 것을 알지 못했다.

🜔

“확실히 흥미가 가는 주제인데…….”

영화사는 많다.

그중 메이저 영화사인 블루마운틴은 노형진과 만나서 이야기를 하고 있었다.

"소재 자체는 좋아요. 현실인 것도 있고, 과거에 유명했던 사건이기도 하고…… 거기에다 주인공이 될 사람도 참신하고."

현실이기는 하지만 그들에게는 그저 판권의 대상일 뿐이다.

에일라의 슬픈 인생?

그건 그들에게 중요한 게 아니었다.

"마지막에 부모가 죽이려고 했던 것까지, 영화화할 만한 거리는 많은데……."

블루마운틴에서 판권의 구매를 담당하는 남자는 탐탁지 않은 표정이었다.

"아직 경찰의 조사 결과가 나오지 않았잖습니까?"

"그게 중요한 거죠."

"그래요. 그게 중요한 겁니다. 이런 소재가 참신한 거 인정합니다. 현실인 것도 좋고요. 그래서 더 죄송한 말씀입니다만, 그만큼 그 소재가 가짜일 가능성도 존재합니다."

"증거는 충분하다고 생각하는데요."

"물론 당신들이 내놓은 증거는 충분하죠. 하지만 당신들이 내놓은 증거라는 게 문제입니다. 충분히 조작할 수 있는 증거란 뜻이니까요."

이게 현실에서 터진다면 아마 미국이 들썩일 것이다.

얼마를 주든 사야 할, 그런 소재다.

"하지만 이게 사기라면 우리로서는 막대한 손해를 입게 됩니다. 그걸 보증할 수 있는 게 바로 경찰의 조사 결과이지요."

경찰에서 조사 결과가 나오고 그게 확정된다면 의심할 수 없는 사항이 되겠지만, 그게 아니라는 것이 문제다.

"그래서 지금이 기회라고 하는 겁니다."

"기회라?"

"네. 이걸 확실하게 처리하고 영화 제작에 들어가면 시간이 엄청나게 걸릴 겁니다. 그게 무슨 뜻인지 모르시진 않겠지요?"

"으음......."

영화 제작은 시간이 오래 걸린다.

즉, 어지간한 실화는 국민적인 관심이 끝난 후에야 영화화되어 영화관에 걸린다는 뜻이다.

"하지만 지금 계약을 하고 모든 준비를 해 둔 상태에서 사건이 끝나자마자 촬영에 들어가면, 국민적 관심이 아직 끝나지 않은 상황에서 영화가 나갈 겁니다."

"그럼 막대한 광고비를 아낄 수 있겠군요."

광고비로만 수백만 달러를 집행해야 하는 회사 입장에서는 상당히 군침이 도는 조건이기는 하다.

"하지만 광고비 아끼자고 덥석 계약했다가 사기라는 게 밝혀지면요? 거기에다 당신 말에 따르면, 상당히 높은 직급의 정치인이 관련되어 있다면서요?"

즉, 사건이 그의 힘으로 뒤집어질 가능성도 있다는 거다.

"그래서 저희 드림에서 나서는 겁니다."

"드림에서?"

"네."

사실 노형진은 드림 소속이 아니지만, 적당한 직급을 만들어 들어가는 건 어렵지 않았다.

그는 미국 변호사가 아니지만 이런 협상은 변호사가 아니라도 할 수 있으니까.

"우리가 중개를 하는 거죠."

"중개?"

"그렇습니다. 중요한 사건을 저희가 중개해서, 돈을 보관하는 거죠."

"돈을 보관해요? 아하! 인터넷 물품 거래하듯이 말이군요!"

"네."

계약을 하고, 회사는 돈을 드림 로펌에 맡긴다.

그러면 드림 로펌은 그 돈을 쥐고 그 대신 상대방에게서 판권을 넘겨받는다.

"이렇게 하면 시나리오 작업과 촬영 준비에 드는 시간만 1년 이상을 아낄 수 있지요."

그리고 그 비용 자체는 영화 제작비의 극히 일부일 뿐이다.

1년 정도 미리 준비해 두는 건 어려운 일도 아니다.

그런 식으로 준비만 하다가 뒤집어진 영화도 넘치니까.

"드림 로펌은 사건이 우리 이야기와 다르거나 조사 결과 엉뚱한 쪽으로 결론이 난다면 그 돈을 돌려드릴 겁니다. 실질적으로 블루마운틴의 손해는 극미하죠."

"흠……."

"그에 반해 블루마운틴은 이 사건이 진실로 밝혀졌을 때, 빠르면 1년 안에 영화를 뽑아낼 수 있습니다."

"1년이라……. 좀 빡빡하기는 하지만."

모든 준비가 되어 있다면 불가능한 것은 아니다.

"그리고 1년이면 사람들이 아직 그 사건을 잊어버릴 시간은 아니죠."

그리고 그 관심을 유지하고 있다면 막대한 손님들이 영화관으로 몰려들 것이다.

"괜찮군요."

물론 실패할 수도 있지만, 진짜일 때 투자할 광고비를 아낄 수 있다는 점을 감안하면 충분히 감당할 만한 위험이다.

"하이 리스크 하이 리턴이라고 하지요."

노형진은 마치 낚시를 하듯 미끼를 살살 던졌다.

"그런데 사실 이런 사건, 리스크가 높은 건 아니거든요. 그에 반해 수익이 낮은 건 아니고요."

판권을 사고 실제로 제작하는 데 3~4년씩 걸리고 그 후에 막대한 광고비를 때려 박았는데 망하는 경우가 적지 않다.

"하지만 타이밍만 맞는다면, 여러분들은 광고비도 아끼고 고객도 많이 잡을 수 있을 겁니다."

담당자는 거의 다 넘어왔다.

노형진은 그에게 마지막 떡밥을 던졌다.

"물론 그건 여기서 구입해 주셨을 때의 이야기지요."

"그게 무슨……?"

"다른 곳들은 상당히 긍정적인 반응을 보이셨습니다."

담당자는 눈을 찌푸렸다.

"다른 곳?"

"저희는 로펌입니다. 개인이 아니니 의뢰인을 위해 여러 곳과 접촉하는 게 당연한 거 아닌가요?"

"그건 그런데……."

미국은 자본주의국가다.

이익을 위해 여러 곳과 접촉하는 것은 불법도, 괘씸죄에 걸릴 사항도 아니다.

당사자도 아닌 로펌이라면 더더욱.

'끄응…….'

하지만 이 말은, 실제로는 으레 던진 소리일 뿐이라도 듣는 당사자 입장에서는 상당히 마음이 흔들리는 법이다.

설사 그게 사실이 아니라는 걸 알고 있다고 하더라도 말이다.

'그리고 나 같아도 이런 소재는 상당히 관심이 간단 말이지.'

자신과 경쟁하는 담당자들이 자신이 관심을 가지는 소재

에 관심을 가지지 않을 리 없다.

오랜 직감이 알려 주고 있다, 이건 중박 이상은 터진다고.

"시간을 좀 주십시오. 지금까지 없는 계약의 형태이니 위에 이야기를 해 봐야겠습니다."

"좋습니다."

노형진은 일단은 물러났다.

하지만 마지막 말을 덧붙이는 것을 잊지 않았다.

"하지만 오래는 못 기다립니다. 아시죠?"

⚖

"얼마?"

"350만 달러."

현재 환율 기준으로 친다면, 한국 돈으로 거의 38억에 육박하는 엄청난 돈이다.

에일라는 얼떨떨한 표정이 되었다.

"그게 제 돈이라고요?"

"네. 뭐, 세금은 내야겠지만."

"어떻게 그렇게 많이……?"

"경쟁이 심해지면 가격이 오르기 마련이지요."

노형진은 씩 웃으며 말했다.

"블루마운틴이 결국 350만 달러로 승자가 되었습니다."

이것이 법이다

한국에서는 터무니없을지 모르지만, 그들은 그만한 돈을 지불할 수 있는 사람들이다.

"일단 입금은 한 달 이내로 진행될 겁니다. 물론 우리가 사건에서 승리해야 그 돈이 우리, 아니 에일라 양의 것이 됩니다만."

노형진의 말에 엠버는 눈을 찌푸렸다.

"계약 조건이 이기는 거라는 건 알겠는데, 어떻게 이기자는 거죠? 증거가 있기는 하지만 주지사가 막고 있잖아요. 거기에다 영화의 계약서상에는……."

자세한 신분은 밝히지 않았지만 정치인이 그런 그녀를 방해하는 장면이 나와야 한다는 조항이 있다.

그러나 그걸 증명할 방법은 없다.

주지사가 '내가 방해 중입니다.'라고 할 리는 없으니까.

"이제 방해해야 할 겁니다."

"네? 그게 무슨 말씀이에요?"

"설마 제가 그 돈을 먹고 튀기 위해 계약한 거겠습니까? 이기기 위해서 한 계약입니다."

"이기기 위해서……?"

"네. 영화사라는 존재는 결국 자본의 집약체거든요."

"그건 알지요."

더군다나 미국은 심심찮게 억 단위의 투자금이 들어가는 영화가 나오는 엄청난 메이저다.

"그래서 대부분의 영화사는 언론사들과 아주 긴밀한 관계를 맺고 있습니다."

"그런데요? 영화사가 그렇다고 해서 언론사에서 기사화해 줄 건 아니잖아요?"

영화사는 영화사, 언론사는 언론사.

전혀 다르다.

어느 정도 영향을 줄 수야 있겠지만, 언론사가 영화사를 위해 사건을 조작해 주지는 않을 것이다.

"그건 그렇지요. 하지만 영화 계약 사실을 발표하는 건 불법이 아니에요."

"네?"

"영화 계약 사실을 발표하는 건 불법이 아닙니다. 우리는 거기에 한마디만 덧붙이면 됩니다, 후후후."

⚖

"이런……."

폴슨은 신문에 난 영화 판권 계약 기사를 보고 부들부들 떨었다.

결판도 안 난 사건을 도대체 왜 판 건지도 이해가 가지 않았고, 영화사는 그걸 왜 산 건지도 이해가 가지 않았다.

하지만 그가 이해를 하든 말든, 결론은 사정없이 몰아쳤다.

"사건에 대한 관심이 급증했습니다."

계약에 대한 이야기가 나왔다.

그리고 그 마지막에 붙은 말.

해당 사건은 여전히 조사가 진행 중이며, 그 정치인이 누구인지
는 아직도 밝혀지지 않았다.

"아무래도 경찰에 말해서 조사를 좀 더 서둘러야 할 듯합
니다."

"그건 안 돼!"

"주지사님?"

"아니…… 그건 경찰의 과중한 업무를 생각하면…… 정치
적 압력으로 보일 수 있으니까……."

"하지만 국민들의 관심이 하늘을 찌르고 있습니다."

사건 자체는 이슈가 되지 않을지도 모르지만, 영화 계약이
되는 순간 이슈가 되었다.

그리고 진짜 영화 같은 스토리에 국민들이 관심을 보이고
있었다.

'이러면…… 경찰이 조사를 하지 않을 수가 없잖아?'

자신의 모든 힘을 다 동원해서 틀어막고 있는데 설마 이런
식으로 계획이 틀어질 줄은 몰랐다.

"그리고 우리도 함께 움직여야 한다고 생각합니다."

"우리가?"

"기자회견을 하시는 겁니다. 이번 사건에 유감을 표명하고, 해당 사건을 투명하고 깨끗하게 그리고 신속하게 해결하겠다고 하는 거죠. 그러면 주지사님의 지지율이 오를 겁니다."

확실히 정치인으로서는 지당한 방법이다.

문제는 정치인에게'만' 해당된다는 거다.

'그러려면 내가 기자회견장에서 자수하는 게 최고겠지.'

폴슨은 속으로 자조적으로 중얼거렸다.

"기자회견은 좀 그렇군. 일단 두고 봐요."

"네?"

"아무래도 이슈에 편승하는 것 같아서 내가 마음이 안 편해."

"그렇게 말씀하신다면야……."

전혀 정치인 같지 않은 발언에 보좌관은 고개를 갸웃했다.

하지만 시키는 대로 할 수밖에.

'젠장.'

물론 정치인으로서는 폴슨이 기자회견을 하는 게 맞다.

하지만 그랬다가는 평생에 걸쳐서 인터넷에서 가장 부패하고 멍청한 정치인이라고 소문날 것이다.

'자신이 저지른 사건을 투명하게 조사한 멍청이'라고 말이다.

'이런 망할 홀릭 놈들.'

아무리 홀릭스타팅이 움직이려고 해도 그들은 이미 언론의 집중 마크를 받고 있다.

다른 사람들도 똥줄이 타고 있겠지만, 어디 자신만 하겠는가?

'이럴 수는 없어! 이럴 수는…….'

폴슨의 눈이 격하게 흔들렸다.

⚖

노형진은 폴슨에게 사람을 붙였다.

영화 판권 계약을 한 후 폴슨의 움직임은 극도로 제한적일 수밖에 없었다.

'그냥 기사였다면 이 정도 반향은 없었을 거야.'

애초에 미국 언론 중 일부 질이 떨어지는 황색 언론을 제외하고는 확정적이지 않은 사건을, 그것도 고위 공무원이 연관된 사건을 섣불리 떠드는 곳은 별로 없었다.

'하지만 영화 계약은 전혀 다른 문제거든, 후후후.'

단순히 아직 진행 중이라는 말 한마디일 뿐이었지만, 영화화된다는 얘기에 사람들의 관심이 쏠렸다.

더군다나 누군지 모른다는 말로 못 박아 뒀기 때문에 이게 법적으로 문제가 될 일은 없다.

이렇게 되면 경찰 입장에서도 마냥 버틸 수는 없다.

시간이 지날수록 사람들이 어째서 결과가 나오지 않는지 의심할 테니까.

국민들 입장에서는 경찰이 누군지 모르는 정치인의 말을

따른다고 의심할 수밖에 없는 구조.

'누군지 모른다는 말을 과연 주지사가 믿겠냐는 것이 문제지만 말이지.'

어찌 되었건 그가 움직일 수밖에 없는 상황이었다.

그래서 사람을 붙였다.

'누구를 만나든 무슨 짓을 준비하든, 결국 우리 눈에 들어올 수밖에 없지.'

남은 것은 기다리는 것뿐.

그리고 그 기다림은 그다지 길지 않았다.

―주지사가 움직였습니다.

드디어 온 소식.

그런데 노형진이 기다리던 소식과는 좀 다른 쪽이었다.

―직접 그쪽으로 가는 모양입니다.

"뭐라고요?"

―추적 중입니다만 방향이 그쪽, 정확하게는 에일라 양의 집입니다.

노형진은 자리에서 벌떡 일어났다.

에일라는 부모가 체포된 후 집에 가 있었다.

계속 있는 것은 아니고, 뒷정리를 하고 이민 준비를 하기 위해 자신의 물건을 찾으러 간 것이었다.

대부분은 버릴 물건이지만, 애착을 가진 물건도 있을 테니까.

"아니, 어떻게……?"

에일라가 움직인 것은 자신과 엠버만 알고 있는 사실이다.

그것도 어제에야 에일라가 마음을 추스르고 자신의 물건을 가지고 오겠다고 했다.

그 말은…….

'누군가를 붙인 거군.'

자신과 마찬가지로 누군가를 붙였다는 생각에 노형진은 눈을 찌푸렸다.

'킬러는 힘들겠지만 누군가 붙이는 건 가능하지.'

실수였다.

꼼짝도 못 할 줄 알았는데.

"얼마나 걸릴 것 같습니까?"

─거리상 보면 한 시간쯤 걸릴 것 같습니다.

"젠장!"

노형진은 입술을 깨물었다.

엠버의 집에서 에일라의 집으로 가려면 두 시간은 걸린다.

"알겠습니다. 일단은 경찰에 신고를 해야겠군요."

에일라의 동네는 상당히 위험한 지역이다.

거기서 그녀가 죽는다면, 경찰은 원한다면 충분히 사건을 덮을 수 있다.

"에일라? 당장 그곳에서 나와요."

노형진은 바로 에일라에게 전화해서 사정을 설명하고 당장 그곳에서 나오라고 했다.

그런데 의외로 에일라는 침착했다.

―그 사람이 아직도 저를 보고 있을까요?

"그럴 겁니다."

―그렇다면 나가면 또 따라오겠네요?

"사람이 많은 곳으로 가면 섣불리 해치지는 못하겠죠."

―…….

잠시 침묵을 지키던 에일라가 갑자기 입을 열었다.

―안 나갈래요.

"네?"

―여기서 나가면 결국 또 기회를 노리겠지요. 거기에다 기회 아니에요, 극적으로 사건을 해결할?

"아무리 그래도 위험한 짓을 할 필요는 없어요."

―위험한 짓을 하려는 게 아니에요. 위험한 건 주지사예요.

"뭐?"

―여기는 슬럼가예요, 매일같이 총성이 들리고 사건이 벌어지는.

"그걸 노리고 가는 거라고……."

―그런 동네에 무장한 친구 하나 없겠어요?

노형진은 그제야 아차 했다.

그런 동네에서 평생을 살아온 에일라다.

친구 중에서 무장한 친구가 없을 리 없다.

―확실히 있네요. 창문 너머로 보니 건너편 집 앞에 제법 비

싼 차가 한 대 서 있어요. 선팅이 되어 있어서 사람이 안 보이기는 하지만, 이 동네에 저런 차가 서 있을 이유가 없지요.

가난한 동네에 있는 차라고 해야 뻔하다.

당연히 비싼 차는 눈에 띌 수밖에 없다.

─제가 사람을 보내서 막을게요.

"막는다고요?"

─네. 제 친구들 중에서 질이 나쁜 애들도 있으니까.

"끄응⋯⋯."

─아저씨도 말했잖아요. 부패한 경찰보다는 차라리 갱단이 지역에서는 힘이 더 강하다고.

"그랬죠."

─친구들을 부를게요. 당장 쏴 죽일 수 있다면⋯⋯.

노형진은 아차 싶었다.

에일라가 자신의 인생을 망친 자에 대한 복수심을 가지고 있지 않을 리 없다.

당장 기억도 못 하는 과거의 문제라고 해도, 저들 때문에 그래도 부모라 믿었던 사람들이 자신에게 총질까지 했다.

"에일라, 잘 들어요."

노형진은 다급하게 입을 열었다.

만일 자신이 설득해 내지 못하면 에일라는 정당방위를 핑계로 주지사를 쏴 죽일 가능성이 높다.

'그건 좋지 않아.'

주지사가 누군가에게 죽으면 그 결과가 좋게 나올 수가 없다.

더군다나 주지사는 현직이고 에일라는 슬럼가에서 자란, 소위 말하는 질이 좋지 않은 타입.

"에일라가 왜 그러는지는 압니다. 하지만 복수는 상대방을 죽이는 게 아니에요. 그 대가를 치르게 하는 거지."

─…….

"인생을 망친 사람에게, 죽음은 편하게 해 주는 것에 불과합니다. 그러니까 그가 평생 고통받을 수 있는 방법을 선택해야지요. 그뿐만 아니라 그 가족도요. 에일라의 가족이 당했던 것처럼."

─그러면 어떻게 해요?

"일단 친구들에게 전화를 해요. 그리고……."

노형진은 그녀에게 제대로 복수할 방법을 알려 주기 시작했다.

⚖

폴슨은 차를 세운 후 모자를 눌러쓰고 내렸다.

'망할 년.'

이곳에 오기 위해 간신히 보좌관들과 주변 인물들을 떼어 냈다.

오늘이 아니면 기회가 없을 테니까.

'갔군.'

그는 건너편을 보고 차가 없는 것을 확인한 후, 조심스럽게 에일라의 집으로 향했다.

그리고 주변을 확인했다.

늦은 밤인 만큼 주변에는 아무도 없었다.

하긴, 늦은 밤에 슬럼가를 돌아다닐 사람은 없다.

'카메라도 없고.'

이 지역은 카메라도 없다.

워낙 치안이 나쁘니 설치할 만도 하지만, 정작 그 CCTV가 절도의 대상이 되는 판국이라 설치 허가가 나지 않아서였다.

'헛된 짓거리를 한 자신을 원망해라.'

그는 트레일러에 다가가 능숙하게 문을 열어젖혔다.

싸구려 트레일러의 문은 만능열쇠를 꽂고 간단하게 두들기는 것만으로도 쉽게 열렸다.

그는 권총을 들고 천천히 안으로 들어갔다.

불이 꺼져 컴컴한 주거용 트레일러는 그리 크지 않았다.

기껏해야 방 하나가 더 있는 정도였다.

약간 걸어 들어가자 방문이 하나 보였다.

그는 그 방으로 들어가려고 했다.

그때 누군가가 나타났다.

"왔어?"

방문 앞에 서 있는 여자는 에일라였다.

그녀는 손에 샷건을 쥐고 있었다.

"죽어!"

"이런 썅!"

폴슨은 주저하지 않고 권총을 당겼다.

권력이고 나발이고, 이런 근거리에서 샷건을 맞으면 죽을 수밖에 없다.

탕, 탕!

연달아 터지는 총소리.

하지만 두 발을 쏘고 나자 폴슨은 더 이상 쏠 수가 없었다.

"염병."

입구에서 무너지는 것은 에일라가 아닌 유리였던 것이다.

그리고 산산이 깨진 거울이 요란한 소리를 내면서 무너지는 것과 동시에 그가 그 사실을 깨닫고 고개를 돌렸을 때, 이미 등 뒤에는 에일라가 샷건을 든 채 서 있었다.

"고개 돌리는 것까지는 이해해 줄게. 그런데 몸까지 돌리면 그때는 내가 방아쇠를 당기는 게 더 빠를 거야."

그러자 얼굴이 사정없이 꾸겨지는 폴슨.

그러나 그게 끝이 아니었다.

"진짜야?"

"와, 진짜 주지사를 잡은 거야?"

"개쩔어."

문을 열고 들어오는 사람들.

그들 손에 들려 있는 각종 무기들.

"설마……."

폴슨은 그제야 구석에서 반짝거리면서 빛을 내고 있는 카메라를 발견했다.

"이 동네가 싸구려 동네이긴 하지만 도둑놈도 더럽게 많거든."

즉, 누군가에게 훔쳐 둔 카메라가 있었다는 뜻이다.

인터넷 연결을 하지는 않았지만, 그것만으로도 그가 에일라를 죽이기 위해 왔다는 것을 증명하는 것은 어려운 일이 아니었다.

"가난하니까 카메라가 없을 거라는 건 편견이지. 훔치면 되는 거잖아?"

히죽 웃으며 고가의 카메라를 들고 흔들어 보이는 한 남자.

"와, 씨발. 이거 형님한테 말하면 끝내줄 거야."

"주지사를 시궁창에 처박네?"

갱단이라고 해 봐야 결국은 범죄 조직이다.

거기에다 이런 가난한 동네의 갱단 세력은 뻔하다.

그런데 그들이 뭉쳐서 주지사를 잡았다.

아마 이 지역에서는 전설로 소문이 날 것이다.

"이익……!"

폴슨은 권총을 들고 도망갈 방법을 찾았다.

하지만 위험한 동네답게 창문은 쇠 파이프로 막혀 있고, 입구에는 무장한 갱단이 지키고 있으며, 바로 뒤에서는 샷건을 든 에일라가 그를 노리고 있었다.

"제발 뒤로 돌아 줘."

에일라는 폴슨을 보면서 이죽거리며 말했다.

"그러면 난 당당하게 네놈을 샷건으로 갈길 수 있다고. 그러니까 몸을 돌려서 나를 죽이려고 해 봐."

도발 아닌 도발.

폴슨은 질끈 눈을 감으면서 총을 아래로 내려놓을 수밖에 없었다.

저 멀리서 경찰차의 사이렌 소리가 아득히 들려왔다.

"미국이 난리가 났어."

현직 주지사가 증거를 인멸하기 위해 직접 사람을 죽이려고 했다.

그것도 전직 검사인 사람이.

"직접 움직이는 것 말고는 방법이 없으니까."

주변에서 그녀에게 관심을 가지고 있는 이상 싸구려 갱단은 안 움직인다.

그러면 전문 암살자를 불러야 하는데, 경찰이 눈에 불을 켜고 있으니 그 가격은 어마어마하게 뛸 수밖에 없다.

기업도 내지 못하는 돈을 개인이 낼 수는 없었을 것이다.

"그래도 정말 직접 움직일 줄은 몰랐는데?"

"그건 나도 그래."

손채림은 가방을 싸다가 뉴스에서 수갑을 차고 끌려가는 주지사의 모습을 보고 한숨을 쉬었다.

"남은 건 에일라가 한국에 오는 거네."

"일단은 미국에서의 소송이 끝나면 말이지. 안 그런가요, 엠버?"

"맞습니다. 다행히 증거가 넘쳐서 어렵지 않게 이길 겁니다."

"배상금은 어마어마하겠지요?"

"워낙 규모가 규모니까요."

단순히 홀릭스타팅만의 문제가 아니다.

그들에게서 뇌물을 받고 검찰과 경찰, 법원까지 사건 조작에 가담한 사건이기 때문에, 정부에서도 상당한 배상을 해야 한다.

"가능하면 전담 선생님을 붙여서 이민 준비를 서둘러 주세요."

"무슨 뜻인지 압니다. 브라이언 씨도 나오는 대로 보안 경호에 들어갈 겁니다."

그들이 받아야 하는 돈은 천문학적이다.

그 말인즉슨 그 돈을 노릴 미친놈이 생길 수도 있다는 소리다.

"저희는 이제 가야 하니 뒷일은 엠버에게 달렸습니다."

"최선을 다하지요. 그리고 다음번에는······."

엠버는 심호흡을 했다.

"미리 말씀 좀 해 주세요. 이 정도 사건을 갑자기 터트리시다니, 심장이 놀라서 죽을 것 같습니다."

물론 반쯤은 농담이었다.

노형진은 그런 엠버를 보면서 미소를 지었다.

"그래요? 그러면 미리 말씀을 드려야겠네요."

"미리?"

"네."

"무슨 말씀이시죠?"

"한 건 더 있습니다. 규모로 보면……."

노형진은 곰곰이 생각하다가 씩 웃었다.

"이번 사건의 한 만 배쯤 되겠네요."

엠버의 얼굴이 창백하게 질려 갔다.

뭘 보고 배우나

"천천히 먹어, 천천히."

할아버지나 할머니에게 세상에서 가장 예뻐 보이는 모습은 당연히 아이가 밥을 먹는 모습이다.

"먹는 건지 흘리는 건지."

"왜, 예쁘잖아?"

"그래, 예쁘기야 하지."

식당으로 온 노형진의 가족은 아이가 정신없이 밥을 먹는 모습을 보면서 히죽히죽 웃었다.

"이 애는 언제 이렇게 컸대?"

"세상 빠르다. 너도 벌써 이렇게 늙었고."

"갑자기 뭔 팩트 폭력이야?"

"슬슬 노총각의 대열에 들어가는 동생이 안쓰러워서 하는 말이지."

"도대체 내 나이가 어때서? 누나가 과속했다는 생각은 안 해?"

티격태격하던 노형진과 노현아는 어머니가 눈에 쌍심지를 켜자 조용히 찌그러졌다.

"너희 둘은 애들 앞에서 또 싸우니?"

"아니…… 싸우는 게 아니라…….."

노형진은 역시 집안에서 가장 파워가 강한 것은 자신이나 아버지가 아니라 아이들이라는 것을 뼈저리게 느끼면서 음식을 입으로 밀어 넣었다.

"쩝."

티격태격하기는 하지만 그래도 예쁜 건 예쁜 거다.

조카가 입안으로 음식을 넣는 것을 보는 노형진의 얼굴에 절로 미소가 떠올랐다.

'이래서 핏줄 핏줄 하나 보다.'

회귀 전에는 전혀 느낌이 없었다면, 이번에는 좀 달랐다.

하긴, 아이 자체도 회귀 전과 다르니까.

"음식이 꽤 맛있구나."

"아빠는 드시고나 말씀하세요."

"먹고 있다."

"아이만 보시는 것 같던데요?"

전형적인 화목한 가정의 모습에 노형진이 행복한 미소를

지을 때쯤, 생각지도 못한 사태가 발생했다.

"이봐요! 여기 아이 음식 좀 줘 봐요!"

큰 소리로 외치는 아주머니 일행을 본 노형진은 눈을 찌푸렸다.

"뭐야?"

"사람도 많은데 저렇게 소리를 지르면 어쩌자는 거야?"

사람들의 시선도 그쪽으로 확 쏠렸지만, 그녀들은 그다지 관심도 없는 것 같았다.

"아이 먹이게 계란 프라이 좀 해 가지고 와요! 세 개만!"

"손님, 여기는 계란 프라이가 없습니다. 아이들을 위해서라면 키즈 메뉴가 있으시니 그걸 주문하시는 게 어떤지요?"

20대로 보이는 아가씨가 사람 좋은 미소를 지으면서 어머니들에게 다가갔다.

사실 어머니들이라고 했지만 그 둘 사이에 나이 차이는 얼마 나지 않아 보였기 때문에 다들 금방 눈길을 돌렸다.

"우리는 밥이나 먹자고."

"그래그래."

그들이 뭐라고 하든 자기들과 상관없는 일이고 그들의 기분을 맞춰 줄 생각도 없기에, 노형진은 다시 가족들에게 집중하려고 했다.

하지만 가게를 쩌렁쩌렁하게 울리는 그녀들의 목소리는 신경을 안 쓰려야 안 쓸 수가 없게 만들었다.

"아니, 고작 계란 프라이 세 개랑 밥 좀 조금 달라는 건데 그걸 못 줘요?"

"하지만 고객님, 저희는 계란 프라이가 없어서요."

"무슨 가게에 계란도 없다는 거야?"

"그러지 마시고 키즈 메뉴를 하나 시키는 게 어떠세요? 계란을 원하시면 아이들을 위한 계란 햄버그가 있는데요."

"누가 햄버그 먹고 싶대? 계란 가지고 오라고! 밥이랑!"

"저희는 집에서 먹는 그런 밥이 없습니다."

"아니, 이 메뉴는 밥 아니야?"

"이건 필라프용 안남미라서 입에 안 맞을 거예요."

"아니, 그러면 당신들이 먹는 게 있을 거 아니야? 그거라도 좀 가지고 오라는 건데 그걸 이해 못 해?"

"무슨 서비스가 이따위야?"

"이야, 돈독 올랐네. 어떻게 해서든 그렇게 팔아먹고 싶어?"

소란을 피우는 세 사람 때문에 노형진은 점점 화가 머리로 치밀어 올랐다.

"우애앵!"

"쉿, 쉿! 괜찮아."

심지어 아이까지 놀라서 칭얼거리고, 주변에서도 그런 가족들이 늘어나고 있었다.

그리고 그럴수록 그들은 기고만장했다.

"이딴 식으로 장사하고 싶어?"

"고작 계란이랑 밥이 아까워서 어떻게 장사해?"

"동네에서 이런 식으로 장사하면 안 되지!"

아이들이 보고 있든 말든, 세 여자는 언성을 높이면서 소리를 질렀다.

그러자 주인으로 보이는 여자가 다급히 나와서 그들을 말렸다.

"진정하세요, 손님."

"당신이 주인이야? 여기서 이런 식으로 멀쩡하게 장사할 수 있을 것 같아?"

노형진은 자신도 모르게 '풋!' 하고 먹고 있던 밥을 뿜을 뻔했다.

"뭐야? 조폭이야?"

조폭이 옛날에나 했을 법한 말을 하면서 지랄하는 세 여자를, 기가 막혀서 바라보는 노형진.

노현아도 그런 세 여자를 보면서 한숨을 푹 쉬었다.

"저 여자들이구나."

"아는 여자들이야?"

"소문이야 많이 들었지. 무식한 삼인방."

"무식한 삼인방?"

"그래. 이쪽 동네에서는 유명해."

안하무인, 예의 없음, 근본 없음, 거지 근성 만땅.

배울 거라고는 눈곱만치도 없는 삼인방.

"가게에서 작은 거 하나라도 자기 마음에 안 들면 저런 식으로 행동하면서 돈 안 주고 나가는 인간들이야."

"허? 그거 무전취식 아니야? 그걸 놔둬?"

"믿는 구석이 있어서 그래. 저 사람들, 맘 카페 지역장이거든."

"맘 카페?"

"그래."

맘 카페는 본래 부모들이 모여서 육아 정보를 공유하거나 아이들을 같이 키우거나 하는 목적으로 만들어진 인터넷 커뮤니티다.

그런데 카페의 회원 수가 엄청나게 늘어나자, 언제나 그렇듯 엉뚱한 행동을 하는 사람들 역시 생기기 시작했다.

"저 인간들 때문에 내가 갈 데가 없어요."

"왜?"

"저 인간들이 저 지랄한 후에 좋은 가게는 죄다 노키즈존으로 바뀌거든."

아이를 무기 삼아서 휘두르는 인간들.

그런 인간들 때문에 진짜 선량한 사람들은 정작 그런 곳에 갈 수가 없는 것이다.

"아주 답이 없어. 그래서 이 지역에서는 유명해."

짜증스럽게 아이의 귀를 막으면서 툴툴거리는 노현아.

"하필이면 오늘같이 좋은 날 여기서 깽판을 부리다니."

사람들이 주변에서 다들 노려보고 있음에도 불구하고 그녀들은 아랑곳하지 않고 언성을 높이고 있었다.

"뭔 장사를 이따위로 하는 거야?"

"고작 계란 프라이 세 개가 아까워서 무슨 장사를 해? 장사는 베풂인 거 몰라?"

"이거 인터넷에 올려! 올려!"

"손님들, 진정하세요."

"진정하게 생겼어? 지금 우리 무시하는 거야, 뭐야!"

"아, 진짜."

"뭐 하자는 거야, 정말."

　결국 식당에 있던 다른 손님들까지 짜증을 부리기 시작했고, 주인은 어쩔 줄 몰라 했다.

　그리고 종업원은 반쯤 패닉에 빠진 듯했고.

"밥 좀 먹자, 진짜."

　노형진은 자리에서 일어났다.

"형진아."

"아니, 이 꼴로 밥 먹을 수는 없잖아?"

"싸우지는 마."

"걱정 마. 안 싸워. 나 변호사야."

　노형진은 일어나서 그쪽으로 다가갔다.

　그 세 여자와 주인은 낯선 남자가 다가오자 한순간 시선을 그쪽으로 향했다.

"잠시만요."

"네, 손님?"

"여기 키즈 세트가 얼마죠?"

"아…… 키즈 세트요?"

"네. 얼마입니까?"

"4천 원인데요."

확실히 얼마 안 되는 돈이다.

노형진은 힐긋 그녀들이 먹던 메뉴를 바라보았다.

하나에 1만 4천 원짜리 스파게티 세 개와 2만 8천 원짜리 피자 한 판.

그걸로 태클 거는 대신에, 노형진은 고개를 끄덕거리면서 품 안의 지갑에서 1만 2천 원을 꺼내 들었다.

"여기 애들 세 명이니까 키즈 세트 세 개만 주세요."

"네?"

노형진의 행동에 당황하는 사람들.

노형진은 최대한 따뜻한 눈빛으로 세 여자를 바라보았다.

"제가 사 드리고 싶어서 드리는 거니 그냥 드세요."

갑작스러운 상황에 이해가 가지 않은 사람들의 시선이 이쪽으로 쏠렸고, 노형진은 기다렸다는 듯 따뜻한 말을 건넸다.

"가난해서 애들 밥도 못 사 주는 분들인 듯하니 이 정도 배려는 해 드려야지요."

"풋!"

"큭큭."

그 순간 좌중에서는 웃음이 터져 나왔고, 여자들의 얼굴은 붉어질 대로 붉어졌다.

그럴 수밖에 없는 게, 그녀들이 시킨 메뉴는 절대 싼 메뉴가 아니었으니까.

"그럼 즐거운 식사 하시길."

끝까지 웃으면서 물러난 노형진.

하지만 노형진이 자리를 떠나기 무섭게 세 여자는 짐을 싸 들고 아이들을 데리고 휙 가 버렸다.

"역시 변호사. 말로 이길 놈이 아니라니까."

혀를 끌끌 차는 노현아.

"웃는 얼굴에 침 못 뱉는다잖아."

"그나저나 진짜 어이가 없다. 자기들 가난하다고 하는 건 창피하고, 애들 무기 삼아서 깽판 치는 건 안 창피한가?"

어이가 없다는 듯 고개를 흔드는 노현아.

그사이 주인이 다가와서 돈을 돌려주면서 고개를 숙여 인사를 건넸다.

"감사합니다."

"감사는요. 별말씀을요. 저도 편하게 밥 먹으려고 한 겁니다."

노형진은 미소를 지으면서 그녀에게 말했다.

"저런 손님이 많은가요?"

"자주 있지요."

"미꾸라지 한 마리가 개울을 흐린다고 하더니."

대부분의 엄마들은 아이들을 잘 키울 것이다.

하지만 부끄러움이라고는 모르는 한두 명이 심하게 진상을 부릴 테고, 그걸 막을 수 없는 을의 입장인 식당에서는 피가 바짝바짝 마를 수밖에 없다.

결정적으로 저러한 행동은 다른 손님들을 불편하게 만들고, 그런 항의가 쌓이면 가게는 노키즈존을 안 할 수가 없다.

"제가 조언을 드리자면, 입구에다가 써 놓으세요."

"써 놨는데도 그러네요."

씁쓸하게 웃는 주인의 미소에 노형진은 입구에 붙어 있는 문구를 바라봤다.

"키즈 메뉴가 4천 원이라고 하면 의미가 없습니다. 그들은 창피함을 모르니까요."

"그럼요?"

"'가난한 분들에게는 무료로 드립니다.'라고 써 두세요."

"아……."

미묘한 차이다.

사실 4천 원짜리 키즈 메뉴는 수익이 거의 없다.

말 그대로 애들용이니까.

"거기에다 그 말 한마디만 써 두면 부끄러움의 대상이 바뀌지요."

저들은 아이를 방패 삼아서 진상을 부렸다.

하지만 그 문구가 붙으면 자기가 가난해서 애들 밥도 못 사 주는 사람이 된다.

"저런 인간들이 자기가 창피한 건 또 못 버티거든요."

어깨를 으쓱하는 노형진.

"감사합니다. 감사합니다."

"별말씀을."

주인이 가고 나자 노현아는 안도의 한숨을 내쉬었다.

"와, 진짜 여기도 노키즈존 되는 줄 알았네. 여기만 한 식당이 없는데."

"그나저나 그 여자들, 어이가 없네. 진짜 창피함이란 걸 모르나?"

아이들은 보호의 대상이지 어른의 방패가 아니다.

그런데 아이들을 방패 삼아서 진상을 부리다니.

"애들이 뭘 배우겠어?"

"내 말이 그 말이야. 애엄마 입장에서는 노키즈존이라는 게 짜증 나지만, 저런 인간들을 만나면 오죽하면 상인들이 저러겠냐 싶어."

저런 인간이 하루에 한 번씩만 온다고 해도 손님들이 불쾌감에 나가 버린다.

만일 억하심정을 가지고 매일 와서 진상을 부리면, 아예 손님이 안 오는 최악의 사태가 벌어진다.

"매너가 사람을 만든다."

"이야, 말 잘하네. 역시 변호사."

'내가 한 말은 아니지만.'

하지만 노형진은 그게 참 맞는 말이라고 생각했다.

"그 아줌마네 가게, 망하게 생겼더라."

"응?"

노형진은 노현아의 말에 어이가 없어서 되물었다.

"그 아줌마네라니? 전에 갔던 그 가게?"

"응."

"아니, 왜?"

"그 미친년들이 맘 카페에 글 올렸어, 완전 개소리로."

"허?"

노형진은 눈을 찌푸렸다.

이게 무슨 소리인가?

그 사람들은 자기한테 창피를 당하고 나가지 않았던가?

"그런데 왜 엉뚱한 데 화풀이래?"

"그런 염치가 있으면 거기서 그랬겠니?"

"그래서 온 거야?"

"미안하잖아, 우리 때문에 그렇게 된 것 같아서."

"으음, 좀 미안하기는 하네."

다른 손님에게 창피당하면 글을 안 올릴 줄 알았다.

그런데 그쪽은 애초부터 그럴 생각이었던 모양이다.

"달라진 건, 손님이 개소리하고 진상을 부려도 말려 주지도 않는다고 하는 정도?"

"그 손님은 나고?"

"어."

"야, 이거 기가 막히네. 나 좀 볼 수 있을까?"

노현아는 노형진에게 카페의 글을 보여 줬다.

벌써 수만 개의 추천을 받으면서 메인에 올라간 글을 본 노형진은 말문이 막혔다.

"도대체 언제 구타했다는 거야?"

그들의 주장에 따르면, 애들용 계란 프라이 하나 달라고 요청했을 뿐인데 알바생이 따귀를 때리고 주인이 와서 발로 차고 자기가 가서 거지새끼라고 욕했다는 거다.

"제정신인가? 아니, 세상에 이런 가게가 어디 있어?"

상식적으로 생각해도 계란 프라이 하나 요구했다고 손님에게 이런 폭행을 저지르는 가게는 없다.

원래 그런 가게였다면 한자리에서 7년씩 장사할 수 있을리 없다.

"이거 어이없네."

미안한 마음에 노형진은 머리를 긁적거렸다.

"이거 아무리 봐도 노린 것 같은데? '내가 창피를 당했으니 너는 망해라.'라는 심보야."

입맛을 쩝쩝 다시는 노형진.

자신이 나서지 않았다면 아마도 그들은 돈을 안 내고 가는 수준에서 일이 끝났을 것이다.

들어 보니 그런 적이 한두 번이 아닌 듯하니까.

하지만 그들은 노형진에게 창피를 당했고, 그 상황에서 돈 못 내겠다고 하면 진짜로 거지가 되기 때문에 돈을 낼 수밖에 없었을 것이다.

"바로 그 복수인 거지."

"진짜 애들이 뭘 배울지 걱정된다."

노현아는 혀를 끌끌 찼다.

"이거 어쩌지?"

"글쎄."

보통은 의뢰를 받아서 움직인다.

하지만 이건 자신에 대한 도발이기도 하다.

'물론 손님의 이름이 나온 건 아니지만.'

어찌 되었건 자신이 끼어들었고, 그로 인해 피해자가 발생한 것이다.

작은 피해로 끝날 수 있었던 것이 큰 피해로 불어난 상황.

"이건 내가 알아서 해결할게."

"소송하려고?"

"보통은 그러는데……."

노형진은 눈을 찌푸렸다.

"이건 소송으로 해결할 수 없겠어."

물론 그렇다고 방법이 없는 건 아니었다.

"변호사인 줄 몰랐어요."

"아닙니다. 제가 그때 괜히 끼어들어서 일을 크게 만들었네요."

노형진은 미안하다는 듯 조심스럽게 입을 열었다.

"아니에요. 장사하면서 진상을 한두 번 보는 것도 아니고."

한숨을 푹 쉬는 주인.

노형진은 고개를 돌려서 식당을 바라보았다.

평소라면 손님이 좀 있을 시간인데 정말로 한 명도 없었다.

"피해가 크시죠?"

"엄청요."

당장 지역에 소문이 나면서 손님들이 오지 않기 시작한 것이다.

맛이 나쁜 곳이 아니기는 하지만, 그렇다고 주변에 단골이 많아서 자주 오는 유의 가게는 아니었다.

도리어 인터넷에서 홍보를 적극적으로 하는 타입의 가게였는데, 그게 이제는 부작용을 일으키고 있는 셈이었다.

"언론사에서도 떠들고 있고……."

완전히 지쳐 버렸다는 듯 말하는 주인.

옆에서 듣고 있던 손채림은 안타깝다는 듯 주변을 둘러보았다.

"억울하다고 말해 보시죠."

"해 봤지요. 하지만 기자들은 들은 척도 안 하더라고요."

여자들은 뉴스에 나와서 얼굴까지 드러내면서 자신들이 잘못한 게 없다고, 아이들의 명예를 걸고 자신들은 거짓말하지 않았다고 주장했다.

"도대체 자기 명예가 아닌 아이들의 명예를 거는 이유가 뭔지……."

"그게 먹히니까."

노형진은 간단하게 말했다.

"지금까지 아이들을 방패 삼아서 진상 노릇을 해 왔잖아. 그러니까 그게 버릇이 된 거야. 사실 정상적인 어머니라면 아이에게 해가 될 만한 일은 안 하거든."

"그런데 그 사람들은 아니다?"

"그래."

아이들이 창피를 당하든 말든 상관없다, 이익만 챙길 수 있다면.

"그들이 아이들을 챙기는 것 같지만, 사실 그건 아이들을 챙기는 게 아니야."

이것이 법이다

당장 4천 원만 내면 아이들에게 질 좋은 밥과 고기와 계란과 샐러드까지 줄 수 있다.

"그런데 고작 애들 주겠다고 계란 프라이 세 개랑 맨밥 하나 요구했어. 사실 양 생각하면 그 차이는 얼마 안 되거든. 그러니 양이 많아서 부탁했다는 건 말도 안 되고. 그럼 그게 뭐겠어?"

"아…… 그러네."

정상적인 어머니라면 아이들에게 가능한 한 좋은 음식을 먹이고 싶어 할 것이다.

하지만 그 여자들은 아이들에게 질 좋은 음식을 먹이는 것보다, 돈 4천 원을 아끼는 게 더 중요했던 것이다.

"그러면 어쩌죠? 가게를 접어야 하나요?"

파리만 날리는 상황에서 주인이 버틸 수 있는 방법은 없었다.

"아니요. 당연히 장사 계속하셔야지요. 한국인의 냄비 근성은 유명하지 않습니까?"

"네?"

노형진의 말에 주인은 깜짝 놀랐다.

보통 그런 말은 재벌이나 정치인이 하는 줄 알았는데 변호사가 하다니.

"인정할 건 인정합시다. 1년 후에 이 일을 기억하고 있을 사람이 얼마나 있을까요?"

"그거야 그런데……."

"그리고 우리가 그동안 가만히 있을 것도 아니고요."

진실을 찾으려고 하면 찾는 것은 어렵지 않다.

사람들에게 진실을 알리는 것이 힘들 뿐.

"1년 후면 이번 사건은 대부분에게 잊힐 겁니다. 그리고 그사이 우리가 이번 사건의 진실을 인터넷에 널리 알린다면, 가게에 대해 알아보려고 인터넷에서 검색하는 사람들이 자연스럽게 그게 조작된 사건이라는 것을 알게 되겠지요."

"그럴까요?"

"그런 사건은 제법 많습니다."

대부분의 사람들이 그 시간을 버티지 못한다는 것이 문제이지만.

"지금부터 가게에서 손 놓으세요."

"네?"

"가게에 매일같이 전화해서 욕하는 거 아니까요."

"그건 그래요……. 너무 전화가 많이 와서, 욕을 듣기 싫어서 전화를 꺼 놨어요."

아예 핸드폰도 꺼 두고 가게 전화도 선을 뽑아 놨다.

어차피 손님도 없으니까.

"진짜 사람이 피를 말린다는 게 뭔지 알 것 같아요."

"그게 인터넷의 문제이지요."

일방의 말만 듣고 일단 인민재판을 해 버리는 분위기.

물론 몇몇 사람들은 양쪽의 말을 다 들어 봐야 한다고 주장하지만, 그런 사람들은 대부분 양비론자로 몰리거나 인터넷에서 진지한 사람을 빈정거릴 때 많이 쓰는 '씹선비'라는 말로 무시당한다.

"그러니 저희한테 맡기고 느긋하게 해외에서 쉬다 오세요. 7년이나 일하셨으면 좀 긴 휴가를 가셔도 됩니다."

노형진의 말에 주인은 어리둥절한 표정이 되었다.

"걱정 마세요. 돌아올 때쯤이면 일은 거의 다 해결되었을 겁니다."

⚖️

결국 주인은 마지못해서 다 맡겨 버리고 집으로 갔다.

여행을 가기에는 심적으로 부담되어서 집에서 쉰다면서.

"지금부터 오는 모든 전화는 녹음하시면 됩니다."

전화가 오면?

녹음하면 그만이다.

"사람들이 전화해서 욕하는 이유는 간단해. 보복을 당하지 않으니까."

전화를 해서 욕하고 진상질을 부려도 보복하지 못할 거라 생각한다.

"웃긴 건, 진짜 착한 사람은 보복을 못 하지만 나쁜 놈은 그런 걸 신경 안 쓴다는 거지."

그렇다 보니 진짜로 억울한 사람은 전화로 고통받고, 나쁜 놈은 오는 족족 고발해서 고통받을 일이 없다.

"통화 직전에 녹음된다는 말 한마디만 자동으로 넣으면 최소한 80% 이상의 욕설 전화는 막혀."

"그리고 그걸 가지고 진짜로 소송이 들어가면 거의 대부분 막히고?"

"정답."

대룡 사건 때 확실하게 알았다.

인간은 처벌받을 수 있다는 것을 알게 되면 섣불리 자신의 인생을 걸지는 않는다.

"전화야 그렇다고 하고, 인터넷의 댓글은 어떻게 해?"

"삭제해야지."

"하지만 욕할 텐데?"

"그래서 더욱 삭제해야 해. 한국 사람들의 냄비 근성은 잘 알려져 있어. 하지만 댓글은 영원하지."

지금 욕먹는 걸 놔둔다면 사람들이 가게의 이름을 찾을 때마다 나오는 것은 이번 사건과 관련된 욕설일 것이다.

"댓글을 안 지우는 게 사과라고 생각해? 천만에. 그건 사과가 아니야."

사람들은 그걸 안 지우면 사과한다고 생각한다.

하지만 사실 법률계에서 그러한 행동은 사과의 의미보다는 한 방을 노리는 의미인 경우가 더 많다.

"그렇게 댓글이 쌓이는 걸 모아 뒀다가 잠잠해지면 소송을 통해 피해를 복구하는 거지."

"진짜?"

"그래. 아까 말했지만 이런 시스템은 도리어 착한 사람일수록 더 처절하게 당하게 되어 있어."

차마 고소를 못 하니까.

고소를 넣었다가도 미안하다고 하면 취하하니까.

"물론 우리도 고소를 넣었다가 취하하는 전략을 짤 거야. 주변에서 욕먹어 봐야 좋은 건 없으니까."

"그건 알겠는데……."

끊임없이 울리는 전화기를 보며 손채림은 한숨을 쉬었다.

"이거 언제 끝나냐?"

"길어야 일주일?"

보이지 않으면 마음이 멀어지는 법이다.

기자들은 끊임없이 자극적인 소재를 찾아다닌다.

지금은 기자들이 이곳을 신나게 씹어 대고 있지만, 일주일 후면 씹을 대로 다 씹어서 단물 빠진 껌 같은 존재가 될 것이다.

"그때는 여기는 조용해져."

"그래도 손님이 다시 오지는 않잖아?"

"결국 이름 자체는 바꿔야겠지."

물론 지금 바꾸는 건 안 된다.

지금 바꾸면 속 보인다는 식으로 나올 테니까.

"한 6개월쯤 지나서 사람들이 잊을 때쯤, 가게 이름을 바꾸면 돼."

위치만 안 바꾸면 대부분의 단골들은 돌아올 것이다.

맛과 위치는 그대로니까.

"그런데 이해가 안 가는 게 있는데."

"응?"

"그 여자들, 자기들이 맞았다면서 왜 신고하지 않는 거야?"

그들은 지금도 언론과 인터넷을 통해 신나게 이쪽을 씹어대고 있지만, 정작 경찰에 신고는 하지 않고 있다.

"신고하면 정식으로 수사가 들어가잖아. 맞은 적이 없으니 당연히 신고도 못 하지."

"역시 그건가?"

"그래. 이 경우 인터넷으로 떠든 게 있기 때문에 그들은 신고했다가 아니라는 결과가 나오면 빼도 박도 못할 무고죄 성립이야."

그러니 그들은 신고는 하지 않고 인터넷에서 무조건 맞았다는 소리만 하고 있는 것이다.

"하지만 이쪽도 고소할 수 있잖아?"

"그게 문제야. 이쪽이 고소를 먼저 하면 마치 저쪽의 입을 막으려고 하는 행동으로 보이지."

"어? 그러네. 비슷한 사건들이 그런 식으로 굴러간 것 같아."

"맞아. 사실 이때 대부분은 억울하다고 생각해서 고소를 하지."

업무방해나 허위 사실 유포 같은 죄목으로 업주들이 고소를 한다.

그게 이런 타입 사건의 공통적인 진행 상황이다.

"하지만 네가 그런 사건을 봤을 때 뭐라고 생각했어?"

"'피해자들 입을 막으려고 고소했구나.'라고. 허, 우리 당한 거야?"

"그래. 보통 이런 사건을 일으키는 사람들은 대부분 인터넷의 특성을 잘 알고 있거든."

SNS상의 스타라든가, 아니면 카페의 운영자라든가, 소위 말하는 유명 블로거라든가.

하여간 이런 일을 벌이는 사람들은 인터넷을 잘 알고 잘 이용하는 사람들이다.

"그래서 그들은 이슈를 어떤 식으로 몰고 가야 하는지 알아. 그에 반해 주인들은 대부분 그런 걸 잘 모르지."

한국의 식당 주인들은 나이가 지긋한 사람들이 많다.

그래서 이런 상황이 되면 어쩔 줄 몰라 하다가 화가 나면 경찰부터 찾아간다.

"그래서 법적으로 해결되지 않는다고 했구나."

"법적으로 해결하려고 하는 순간 우리는 입을 막기 위해 고소했다는 죄목까지 뒤집어쓰는 거야."

"좀 반대네."

"뭐가?"

"보통은 네가 사건을 키우고 다른 사람들이 사건을 감추려고 하잖아?"

"그건 상대방이 진짜 범죄자니까."

하지만 이 경우는 이 사람은 피해자이고, 재수 없게 진상을 만났을 뿐이다.

"이런 사건은 커질수록 피해자가 손해를 봐."

아무리 인터넷에서 삭제해도 기억하는 사람들은 기억하니까.

"거기에다 정정 보도를 요구하면 기자들이 들어주겠어?"

"그럴 리 없지."

"그러니까 이건 최대한 작게 해야 해. 물론 진실이 알려지기 전까지는 말이지."

"이번 사건 은근히 복잡하네."

살짝 눈썹을 찡그리는 손채림.

"원래 대중을 대상으로 한 사건은 좀 복잡하지. 그러니까 너도 이번에는 좀 빡세게 움직여야 할 일이 있어."

"아마도 첫 번째는 피해자들을 찾는 거겠지?"

"맞아. 이제는 척 하면 착이네."

노현아의 말에 따르면 그들은 동네에서도 상당히 소문이 난 노답 삼인방이라고 했다.

그러니 주변을 찾아다니면 어렵지 않게 그들에게 피해를 입은 사람을 찾을 수 있을 것이다.

"하지만 그렇다고 그 사람들이 쉽게 피해를 인정하고 고발에 동참할까? 일단 지역에서 제법 힘을 가진 사람들이라며?"

"고발? 뭔 고발?"

"엉? 고발 안 해?"

그동안의 패턴으로 미루어 보아 당연히 모아서 고발할 거라 생각했던 손채림은 깜짝 놀랐다.

"안 할 건데? 일단 다른 사람들 건 안 할 거야. 알아서 하시겠지. 아까도 말했지만, 이번 사건은 당분간은 최대한 사건을 축소시켜야 해."

"그러면? 그냥 시간이 지나면 묻히게 두려고?"

"내가 고발을 안 한다고 했지 복수도 안 한다고는 안 했다."

노형진은 자신 있게 말했다.

21세기. 바야흐로 인터넷의 시대.

그리고 인터넷은 수많은 문제의 해결책이자 새로운 문제의 시발점이기도 하다.

"SNS는 인생의 낭비다. 음…… 명언이야."

노형진은 복수의 수단을 보면서 미소 지었다.

"와, 이 여자들 미친 거 아냐?"

손채림은 어이가 없다는 듯 글을 읽었다.

여자들의 신상 정보를 알고 있으니 인터넷에서 그걸 터는 것은 어려운 일이 아니었다.

"무슨 생각으로 이딴 소리를 지껄이지?"

인터넷에 올린 그녀들의 글은 '더럽다.'라는 말로 정리할 수 있었다.

"이게 사실일까?"

"사실이겠어? 마음에 안 든다는 이유로 가게를 망하게 하겠다고 덤비는 여자들이야. 그 여자들이 인터넷에 무슨 소리들을 쓰겠어?"

"끄응……."

"이건 간단한 거야."

그들은 인터넷을 사용할 줄 안다.

그것도 대형 카페의 지역장을 할 정도로 인터넷에 능하다.

당연히 그들은 SNS나 다른 카페 또는 인터넷 사이트들을 이용한다.

그리고 그들이 쓴 글은 정상적이라고 보기 힘들었다.

"자기 버릇 개 못 준다는 말은 그냥 생긴 게 아니야."

"그래도 그렇지, 이게 말이나 되는 소리야? 바람피우는 남편에 돈 빼앗아 가는 시모에 때리는 시부에 깡패 양아치 시동생에 미쳐 날뛰는 시누이네. 누가 보면 무슨 고행이라도 하는 줄 알겠다."

"시월드라는 말이 있지."

여자들이 싫어하는 세계 중 하나다.

시부모와 며느리가 친해지기 어려운 건 사실이니까.

노형진이 노린 것이 바로 그거였다.

"계란 프라이 하나 해 주지 않는다는 이유로 그렇게 없는 사실을 만들어 내서 가게를 망하게 하는 여자들이야. 매일같이 부딪히고 싸우고 감정적 앙금이 있는 사람들을 좋게 이야기할 리 없지."

"그건 그렇지만 이건 좀 너무한데."

그녀들의 이야기를 종합해 보면, 식댁은 미쳐 날뛰는데 자기가 희생해서 살아간다는 식이었다.

"기질이 어디 가는 게 아니잖아? 그 여자들이 쓴 지금까지의 다른 글을 보면 그런 성향이 보여."

자기들은 정상적이고 합당한 요구를 했는데 식당이 미쳐서 말도 안 되는 짓거리를 한다는 식으로 글을 쓴다.

"물론 그런 식당이 아예 없는 건 아니겠지. 하지만 그녀들 주변에 그런 식당만 있다는 것도 말이 안 되잖아?"

"결국 이건 그들의 기질이라는 거구나."

"그래. 너도 알잖아, 의뢰받을 때의 내 철칙?"

"의뢰인을 믿지 않는다."

"그래. 정답이야."

인생이 걸린 재판을 하는 순간에조차, 인간은 자신에게 유리한 것만 말하고 불리한 건 말하지 않는다.

하물며 많은 사람들이 이용하는 인터넷에 자기가 잘못했다는 글을 쓸 인간이 얼마나 될까?

"그런데 이걸 모아서 어쩌려고?"

"간단해. 그들이 이쪽에 피해를 입혔으니까 돌려줘야지.

그들은 가게 주인을 고립시켜서 말려 죽이려고 했어. 그렇다면 우리도 똑같이 해 줘야지."

과연 그들이 말라 죽으면서 무슨 소리를 할지는 모를 일이었다.

⚖️

"이게…… 아내가 쓴 글이라고요?"

"네."

그 세 사람의 남편과 시부모, 친부모를 찾는 건 어렵지 않았다.

아내가 쓴 글을 보고 있던 남편은 분노로 부들부들 떨었다.

"어…… 어떻게 이럴 수가 있어? 어떻게……."

하루에 용돈 만 원 받으면서 마치 노예처럼 돈을 벌어 왔다.

그런데 그녀가 쓴 글에는 자신이 내연녀만 세 명을 두고 매일같이 두들겨 패는 쓰레기로 묘사되어 있었다.

"이 미친년이! 지금 뭐, 나보고 에이즈? 에이즈?"

남편뿐만이 아니다.

시누이는 방탕한 생활을 하다가 에이즈에 걸려서 자기들한테 기대어 사는 기생충으로 그려져 있었으니까.

당장 결혼을 코앞에 두고 있는 그녀 입장에서는, 잘못하면 파혼까지 갈 수 있는 심각한 문제였다.

이것이 법이다

"도대체가⋯⋯."

남편은 이해가 가지 않았다.

그가 아는 아내는 결코 이런 사람이 아니었다.

그런데 자신들이 모르는 뒤에서 이런 글을 쓰고 있을 줄이야.

심지어 시부모에 대해서는 차마 읽기 더러울 정도의 글을 잔뜩 인터넷에 써 놨다.

"왜? 어째서?"

함께해 온 수년의 시간이 송두리째 부정되는 현실에, 남편은 정신을 차릴 수가 없었다.

"일종의 관심병이라고 보시면 됩니다."

"관심병요?"

"네. 처음에는 억울한 마음에 시작되지요."

사람들이 다 처음부터 이러는 건 아니다.

이건 일종의 정신적인 문제다.

"억울한 마음에 인터넷에 글을 올렸을 겁니다. 그리고 그에 대해 사람들이 호응하고 편들어 주고 위로해 주니까 기분이 좋았겠지요. 하지만 사람들의 호응을 불러내기 위해서는 점점 자극적인 소재가 필요했을 겁니다."

노형진은 그렇게 말하며 다른 뭉치를 툭툭 쳤다.

그녀가 올린, 다른 식당들에 대한 글을 모은 것이었다.

"문제는 그 후죠. 자극적인 소재를 찾다 보면 결국 어느 순간 거짓을 말하게 된다는 것. 그리고 그 추앙을 받는 행동을, 자신도 모르게 권력으로 느끼게 된다는 것."

자신이 쓴 글 하나에 가게 하나가 날아가고, 사람들이 고통받고 잘못했다고 비는 걸 보면서, 자신들이 대단한 권력이라도 잡은 것처럼 느끼게 된다.

그러다 보면 소위 말하는 '관종'이 된다.

"문제는 그 후에는 브레이크가 걸리지 않는다는 겁니다."

"……."

"이게 지금 아내분들의 현실이지요."

입을 쩍 벌리는 남편들과 시부모들.

그리고 부끄러움에 고개를 들지 못하는 친부모들.

"저희는 얼마 전 그분들의 이상 증세를 알아차렸습니다. 그래서……."

노형진은 측은스럽다는 표정으로 말했다.

"그분들의 정신과 치료를 권해 드리려고 합니다."

"정신과 치료요?"

"그렇습니다. 지금 그분들의 행동으로 인해 많은 가게들이 수억 단위의 피해를 입었습니다. 가게 주인들은 현재 그에 대한 피해 보상을 요구하고 있지요."

"네?"

"허위 사실 유포로 인한 피해 보상이라 피할 수도 없습니다. 명백하게 범죄로 인한 피해 보상이기에, 파산이나 면책이 되지 않거든요. 배상액만 몇억이 나올 겁니다."

"몇억요?"

"피해를 입은 가게만 서른 곳이 넘습니다."

다른 의미에서 입을 쩍 벌리는 한 남편.

서른 곳이라니?

한 곳당 1천만 원씩이라고 가정해도 무려 3억이다.

"물론 소송을 진행하는 것이 우선이니 저희로서는 그게 최선이지요. 하지만 새론은 아시다시피……."

노형진은 잠깐 물로 목을 축였다.

그리고 아주 안타깝다는 듯 말했다.

"약자를 우선시하는 곳입니다. 그분들은 가해자이기는 하지만, 동시에 피해자이기도 하지요. 이대로 두면 피해액은 기하급수적으로 늘어날 겁니다."

"헉!"

"진지하게 생각해 보시기 바랍니다."

거기까지 말한 노형진은 자리에서 일어났다.

"저희는 이만 가 보겠습니다."

"잠시만요! 이런 걸 던져 주고 가시면……!"

"저희도 여기까지가 해 드릴 수 있는 최선입니다."

노형진은 안타깝다는 듯 그들이 모여 있는 커피숍을 나왔다.

그리고 나오기가 무섭게 아까와 다르게 한쪽 입꼬리를 스윽 올렸다.

"와, 가증스럽다."

"내가 뭘?"

"뭘 그렇게 착한 척해?"

"일단 우리가 피해자인 것처럼 보여야 하니까."

만일 이쪽에서 화를 내고 공격하기 시작하면 그들은 스스로를 지키기 위해 반격할 것이다.

"그 말은 우리에 대한 신빙성이 떨어진다는 뜻이지."

그래서 노형진은 자료만 주고 조언할 뿐, 요구를 하거나 욕하지 않았다.

"결국 그들은 선택해야 해. 아내가 정신이상이라는 걸 인정하고 상담 치료를 받게 하든가, 아니면 싸우든가."

"그런데 정신이상 맞아?"

"일단…… 정신학적으로 보면 맞아. 성격장애에 들어가지."

"성격장애?"

"그래. 사람들은 헛소리를 하거나 이상한 행동을 하는 것만 정신병이라고 생각하지만."

성격장애는 그런 것과는 좀 다르다.

그들은 다른 사람들과 확연하게 다른 성격을 가지고 있다.

물론 사람들의 성격이 다 똑같을 수는 없다.

그럼에도 불구하고 그러한 타입이 정신병으로 취급받는 것은, 주변에 입히는 피해 때문이다.

"자신이 불이익을 당하는 것에 대해서는 극도로 불만을 가지고, 자신의 이익을 위해서라면 거짓도 서슴없이 만들어 내."

"으음……."

"성격장애는 다른 정신병과 달라. 그래서 장애라고 하는 거야. 그건 사회생활은 할 수 있거든. 하지만 주변을 피곤하게 하지. 너도 이번 사건을 빼고 생각해 보면 그런 사람이 없지는 않을걸."

"으음……."

손채림은 곰곰이 생각하다가 고개를 끄덕거렸다.

"맞아. 그런 사람들 있네."

작은 일도 크게 키우고 거짓말을 하고 이유도 없이 이간질하고 자기 마음대로 사람들을 지배하려고 하는 사람들이, 주변에 분명 존재했다.

"그들과 이번 사건의 다른 점은, 그들은 온라인상에 권력이 없다는 것뿐이야."

"그러네. 하는 행동 패턴이 비슷하네."

손채림은 갑갑하다는 듯 말했다.

"그런데 그런 애들은 그냥 안 보면 그만인데. 오래가 봐야 도움이 안 되거든."

"알아. 하지만 우리는 의뢰를 받았고, 안 보면 그만인 상황이 아니잖아?"

"그건 그렇지."

"그러니까 고쳐야지."

그리고 그 첫 번째 계획이 가족들을 만나서 설득하는 것이다.

"고치면 여기서 끝인 거야?"

"그래야지. 그냥 보상받는 수준에서 끝내야지."

이번 사건은 크게 키울 수 있는 타입의 사건이 아니다.

그럴수록 이쪽이 불리하다.

"그렇게 될까?"

"사실대로 말해서?"

"응."

"아니, 안 될걸."

노형진은 어깨를 으쓱했다.

"지금까지 살아오면서, 미친놈이 자기가 미쳤다고 하는 걸 본 적 없거든."

노형진의 감정이야 어떻든, 애석하게도 그들이 그런 선택을 할 리는 없었다.

⚖️

"미친 거 아냐!"

아이엄마들이다.

비록 그녀들이 한 행동이나 카페에 올린 글이 구역질이 나지만, 그래도 아이엄마라는 생각에 가족들은 일단 대화를 통해 해결하려고 했다.

하지만 그들은 언제나처럼 반응했다.

외부의 부정적인 행동에 대한 극단적인 공격성 표출.

"아니, 우리가 미쳤다고?"

"미쳤다는 게 아니라……."

가족들은 어떻게 해서든 그들을 진정시키고 이야기를 하려고 했다.

하지만 이미 그들은 들을 생각이 없었다.

"우리가 뭘 어쨌다고?"

"인터넷에 쓴 글을 봐. 그게 정상적인 거야? 어?"

결국 발끈한 남편.

그리고 그게 최악의 수였다.

"뭐, 인터넷? 설마 내 뒤를 캐고 다닌 거야?"

"아니! 신고가 들어왔다! 가게마다 돌아다니면서 망할 때까지 패악질을 부리고 다니는데 소문이 안 나겠어!"

"미친 거 아냐? 왜 사람 뒷조사를 하고 다녀?"

"뒷조사가 아니라니까! 네가 한 일에 대한 문제야! 지금 그 사람들이 허위 사실을 말한 것 때문에 손해배상을 청구하겠다고 한다고!"

"하라고 해! 내가 없는 일을 얘기한 것도 아니고, 그딴 새끼들이 뭐라고 하든 안 무서워!"

"야!"

"야? 야? 지금 '야!'라고 했어?"

결국 터지고 만 싸움.

"내가 뭘 잘못했는데! 다 미쳤어! 다 미쳤다고!"

길길이 날뛰는 아내를 보면서, 남편은 앞이 캄캄해질 뿐이었다.

"이건 뭐…… 결론을 알아볼 필요도 없네."

손채림의 평이었다.

그들의 결과가 어떤 건지 알아볼 필요도 없었다.

바로 다음 날 인터넷에 가족에 대한 욕이 올라왔으니까.

시월드뿐만이 아니다.

걱정하며 진지하게 상담을 받아 보라고 이야기한 본인의 어머니와 아버지조차 미친놈 미친년 취급을 하면서, 자신들을 제외하고는 다 미친 사람처럼 표현하고 있었다.

"사람들은 이게 진짜라고 믿는 거야?"

"진지하게 생각하는 사람들은 이제 인터넷에 없다니까."

노형진은 어깨를 으쓱했다.

"현재 인터넷은 얼마나 더 자극적인가, 얼마나 더 병신적인가가 관건이지, 진지하게 어떤 문제를 해결하고자 하는 토론의 장으로서의 효과가 약해."

"끄응……."

그럴 수밖에 없다.

전임 대통령부터 현재 대통령까지, 그들은 인터넷에서 뭔가에 대해 진지하게 토론하는 사람들, 특히 정치적 문제로 토론하고자 하는 사람들에 대한 차별과 처벌을 이어 오고 있기 때문이다.

우습게도 그러한 분위기 때문에 사람들은 진지한 이야기나 토론 대신에 병신 짓을 하거나 자극적인 소재만 올리고, 그에 익숙해져서 그런 것만 찾아다니고 있었다.

"그러니 1등 하겠지."

"그래도 이건 너무한데?"

상식적으로 온 집안, 시가뿐 아니라 심지어 낳아 준 어머니와 아버지까지 모조리 미친놈일 확률은 엄청나게 낮다.

"원래 눈이 한 개인 나라에서는 눈이 두 개인 사람이 병신인 건데 말이지."

만일 주변에서 자신을 다 미친놈 취급한다면 일단 자신에 대해 의심을 해 보는 게 정상이지만, 그들은 지속적으로 가족을 미친놈으로 취급하고 있었다.

"결국 이렇게 되는군. 증거를 다 모아."

"가족들의 문제는 알겠어. 이걸 다시 가족들에게 주려고 하는 거지?"

"맞아."

그러면 가족들은 이번 문제를 심각하게 받아들이고 뭐든 해결 방법을 찾으려고 할 것이다.

"하지만 여전히 우리 문제가 해결되지 않았잖아?"

사실 이번 일은 단순히 그들의 입을 다물게 한 것에 지나지 않았다.

물론 가족의 문제로 인해 그들이 더 이상 식당을 공격하지는 못하겠지만, 이미 그들이 공격한 식당의 문제는 심각했다.

"결정적으로 저런 식으로 혼난다고 해서 저들이 마음을 고쳐먹을 것 같지는 않고."

"그건 그렇지. 고칠 사람이면 벌써 고치고 안 했겠지."

"그러면 어째서 이런 싸움을 일으키는 거야?"

"간단해. 방패를 빼앗으려고 하는 거지."

"방패?"

"그래. 피해자들을 모아서 소송하기 위해서지."

노형진은 씩 미소를 지었다.

⚖

"이혼요?"

"네. 현재 재산을 지키는 방법은 이혼뿐입니다. 청구 금액이 5억이 넘습니다."

노형진은 손해배상 청구 소송을 진행했다.

동시에 일부 가게 주인들은 아예 가게를 접을 생각을 하고 그들에 대한 손해배상을 청구했다.

이것이 법이다

인터넷상에서 그들이 허위 사실을 유포하는 바람에 망하거나 심각한 피해를 입은 사람들이었다.

'역시 소문이 나니 따로 움직이기는 하는군.'

노형진은 이들을 묶어서 소송한 게 아니다.

그랬다가는 일이 커지니까.

하지만 이미 노키즈존이라고 못 박아서 그들이 못 오는 곳이나 아예 가게를 접을 생각을 하는 사람들은, 노형진과 다른 사람이 소송을 진행한다는 사실을 알자마자 바로 따로 소송을 진행했다.

'그런 경우는 손해배상금이 따로 붙지.'

노형진은 남편들 중 한 명을 보면서 속으로 씩 웃었다.

'과연 안 할 수 있을까?'

피해 보상금이 5억이 넘는다.

그 돈을 내주고 나면 그들은 사실상 망한다.

더군다나 부족한 배상금은 평생 일해서 갚아야 한다.

"그럴 수는 없습니다."

그래도 남편들 중 한 명은 아내를 버릴 수 없다면서 버티려고 했다.

"그러면 아이의 인생도 버리시는 건가요?"

"네?"

"단순히 이혼하라고 설득하기 위해 여러분을 모신 게 아닙니다."

노형진은 지그시 그들을 바라보았다.

"그게 무슨 말씀이신지요?"

"저는 그분들을 공갈과 협박 그리고 갈취로 고발할 겁니다. 그리고 그와 동시에 아동 학대로도 고발할 겁니다."

"아동 학대요? 그게 무슨 말입니까!"

아동 학대라니, 그건 말도 안 된다.

"우리는 애들 안 때렸어요!"

"맞습니다. 때리는 거 본 적 없습니다."

"때리지야 않았겠지요."

노형진은 고개를 끄덕거렸다.

하지만 그들이 잘못 생각한 게 있었다.

"때리지는 않았다……. 아니, 때리지만 않았다고 하는 게 맞겠네요."

노형진은 차갑게 말하면서 노트북을 그들에게 내밀었다.

"이걸 한번 보시지요. 해당 식당들에서 모은 증거 영상입니다."

"증거 영상?"

"일단 보세요."

노형진이 틀어 준 영상에서, 세 여자들은 아이들을 방패 삼아서 언성을 높이고 따지고 싸우며 자신들의 이득을 취하고 있었다.

"이 영상에서, 아이들의 모습이 어떤가요?"

"그……."

"저 정도 나이면 충분히 부끄러움이라는 걸 배울 때입니다."

엄마가 하는 행동이 창피한 행동이라는 걸 알고, 그걸 부끄러워한다.

아이들은 그런 상황에서 차마 얼굴을 들지 못하고 고개를 푹 숙인 채 바닥만 보고 있었다.

"이건 다소 최근 영상입니다. 그렇다면 좀 오래된 영상은 어떨까요?"

노형진은 다른 동영상을 틀었다.

거기서는 아이가 울면서 엄마에게 매달려 '엄마, 하지 마!' 라고 외치고 있었다.

하지만 여자들의 말은 간단했다.

−입 닥치고 있어!

그렇게 화를 내고 아이를 강제로 앉혀 둔 다음, 아이 앞에서 사람들의 시선을 끌면서 진상을 부렸다.

"그리고 이건 마지막, 가장 최근의 사건이지요."

바로 노형진에게 당했던 그 사건이었다.

창피를 당한 그 여자들은 화를 주체하지 못하고 아이들을 강제로 질질 끌고 가고 있었다.

"어떻게 보이십니까?"

"이건……."

"네, 말씀하신 대로 때리진 않았습니다. 하지만 또한 제가 말한 대로, 때리지'만' 않았지요. 때리지만 않으면 그 어떤 짓을 한다 해도 아동 학대가 아닌 건 아닙니다."

신체를 폭행하지 않아도, 교육적으로나 정서적으로 아이에게 좋지 않은 행동을 하는 것.

그것도 법적으로 아동 학대에 들어간다.

"저희는 그분들을 아동 학대로 고발할 겁니다."

"그…… 하지만……."

노형진의 선전포고에 당황하는 남자들.

"전과를 달고 있고, 아동 학대범에, 수억씩의 빚을 진 성격파탄자 아내를 보호하겠다고 하신다면, 얼마든지 환영합니다."

전과는 다르게 상당히 공격적인 노형진의 모습에 다들 침을 꿀꺽 삼켰다.

"도대체 왜 이러시는 겁니까? 전에는 조언까지 해 주시더니."

"첫 번째, 조언을 무시하셨지요."

정신과 치료가 필요하다면, 가족들의 동의하에 정신과 진료를 받게 할 수 있다.

하지만 그들은 그러지 않았다.

그렇다고 딱히 다른 해결책을 제시한 것도 아니다.

"두 번째, 당신들과 아내분들의 사이는 이미 멀어졌으니까요. 애초에 그게 목적이었죠."

"뭐요?"

충격적인 말에 상대방 남자들이 당황했다.

"저는 여러분들에게 기회를 주는 겁니다. 그리고 그와 동시에 여러분들에게 경고하는 거지요."

소송이 들어가면 아내는 남편에게 변호사 비용을 내줄 것을 요구하고, 판결 후에는 배상금을 갚아 줄 것을 요구할 것이다.

"하지만 당신들을 받아 주지는 않을 겁니다."

그들 입장에서 남편은 이미 적이다.

그런 타입의 인간들은 자신들이 받는 것이 정당하다고 생각한다.

남의 피해?

그런 것에 신경 쓰는 사람이라면 애초에 진상 짓을 하지도 않는다.

"당신들이 그걸 같이 감당해 줄 수는 있겠지요. 하지만 세 분, 진지하게 말씀해 보세요. 아내분들이 과연 그에 대해 감사해할 그런 사람입니까?"

고개를 푹 숙이는 남자들.

'그럴 리 없지.'

그런 사람이라면 이런 문제를 일으키지 않는다.

많은 아내들이 가족을 위해 일하는 남편에게 고마워하고,

희생하는 가족들에게 고마워한다.

그런데 그들은, 그런 고마움을 모른다.

"애초부터 고마움이라곤 모르던 사람들이, 과연 당신들이 희생해서 사건을 해결해 준다 해서 이번에만은 고마워할까요?"

"으으으……."

절망적으로 변하는 그들의 모습에 노형진은 속으로 웃으면서 생각했다.

'이제 채찍질은 충분히 한 것 같으니 당근을 던져 줘 볼까?'

채찍질만으로 그냥 넘어오는 사람도 있겠지만, 적절히 던져 주는 당근은 사람의 변심을 더욱 빠르게 진행하게 해 준다.

"그리고 아까도 말했지만, 이번 일은 제가 여러분들에게 기회를 드리는 겁니다."

"기회라니, 이게 어떻게 기회가 된다는 겁니까?"

"소송에 따른 법적인 책임을 묻기 위해서는 법적인 순서라는 게 있지요."

"네?"

먼저 소송을 해서 피해 보상액을 청구하면 어떨까?

이 경우에는 아내들에게는 지불할 돈이 없을 테니 그들의 재산에 대해 압류가 진행될 것이다.

그러니 그 뒤에 이혼소송을 하면, 이미 그 재산은 공동의 재산으로 구분되어 압류된 상황이라 법원의 경매를 통해 판매될 수밖에 없다.

당연히 이혼을 하면 남자든 여자든 다 털리고 빈털터리로 시작하는 수밖에 없다.

　이혼 후니까.

　"하지만 이혼을 먼저 하면 이야기가 달라지지요."

　이혼한 후에 재산을 나눈다.

　이 경우 대부분의 재산을 가지고 가는 사람은 남자가 될 것이다.

　아내가 저지른 잘못에 대한 증거가 있을 경우, 귀책사유는 아내에게 있다고 판단되니까.

　"이런 경우에는 양육권도 여러분들이 가지고 갑니다. 상대방은 아동 학대로 처벌받은 전력이 있으니까요."

　"그……."

　"그 후에 소송하면 간단해지죠."

　여자는 직접 돈을 벌어서 갚아야 한다.

　대부분의 재산과 아이는 남자가 가지고 갔을 테니까.

　"아이에게는 엄마가 있어야 하는데……."

　노형진은 문득 에일라가 생각났다.

　그래도 엄마라고, 가족이라고 믿었던 사람에게 살해당할 뻔했던 그녀.

　"엄마가 필요한 이유는 엄마가 아이에게 사랑을 줄 수 있는 사람이기 때문입니다. 아이를 방패로 삼아서 범죄를 일삼는 사람은 필요 없습니다."

"......."

세 사람은 부정할 수가 없었다.

농담이 아니다.

그들의 행동은 본인들이 엄마라는 사실, 그리고 아이들을 이용해서 범죄를 저지르고 합리화한 것이었지, 아이에게 도움이 되는 게 아니었다.

"물론 그걸 거절하신다면......."

노형진은 잠시 침묵을 지키다가 입을 열었다.

"예정대로 소송을 해야지요."

당연히 이혼하지 않은 이상 그 돈은 가족이 평생 갚아 가며 살아야 할 것이다.

"그리고 이런 범죄가 늘어날수록 여러분들이 갚아야 하는 돈은 점점 늘어나겠지요."

현실적인 문제가 생기자 당혹감을 감추지 못하는 세 사람.

'아무래도 힘들겠지.'

가정을 깨는 것은 보통 어려운 일이다.

'하지만 결국 현실은 잔인한 법.'

웃기지만 대부분의 이혼의 이유는 돈 때문이다.

성격 차 때문이니 어쩌니 하면서 변명 아닌 변명을 하지만, 통계적으로도 재산이 충분하고 양쪽이 벌어 오는 재산이 많으면 성격 차가 있어도 잘 맞춰서 살아간다.

'결국 여유의 문제.'

돈이 충분하면 사소한 문제로 충돌하지 않으니까.

하지만 재산적인 문제가 생긴다면 사소한 문제로 충돌하고, 그로 인해 앙금이 생긴다.

바로 지금처럼.

"지금 아내분들이 한 행동은 사실상 범죄입니다. 거기에 대한 배상은 하셔야 할 겁니다."

"……."

물론 노형진에게는 그 권한이 없다.

하지만 막장으로 간 사람들이 이미 소송을 일부 진행한 상황이니, 다른 사람들도 할 가능성은 충분하다.

'안 해도 상관없지.'

중요한 것은 그저 그 가능성일 뿐.

"어떻게 하시겠습니까?"

노형진의 말에 남편들은 고개를 숙였다.

차마 못 한다는 말이 안 나왔다.

"물론 나중에 지금 아내분과 재혼하신다고 해도 그건 말리지 않겠습니다."

"말리지 않는다고요?"

"일단 쏟아지는 소나기는 피해야 하지 않겠습니까?"

물론 재혼할 가능성은 낮다.

하지만 중요한 것은 결국 핑계다.

핑계만 있다면 인간의 움직임의 반경은 훨씬 넓어진다.

"일단 비는 피하고 재혼한다라……."

"네. 그런 경우에는 재산은 완전히 별개로 취급되거든요."

결혼한다고 해서 그 재산이 바로 공동 명의로 취급받는 것은 아니다.

보통 3년 정도 같이 살아야 일단 공동 명의로 취급받는다.

기여분이라는 것이 존재하기 때문이다.

즉, 이혼했다가 재혼하면 3년간은 그 사람의 재산 취급을 하지 않는다.

"하겠습니다."

누군가 말을 꺼냈다.

그는 입술을 깨물었다.

"아이를 위해서라면…… 때로는 슬픈 선택이라도 해야지요."

그는 참담한 표정으로 말했다.

정도를 넘어서는 헛소리를 한 아내를 그냥 둘 수는 없었다.

"그러면 저희가 진행하도록 하지요."

노형진은 옆에 있던 서류 중에서 이혼 서류를 꺼내면서 씨익 웃었다.

⚖

"우리는 억울해요!"

이혼 소장을 넣자 당연히 난리가 났다.

그 여자들은 억울함을 주장하면서 변호사를 고용해서 대항을 시작했다.

억울하다고 주장하는 여자들을 보면서 손채림은 혀를 끌끌 찼다.

"제 버릇 개 못 준다고 하더니."

"그렇지?"

손채림이 이렇게 말하는 데에는 다 이유가 있었다.

이혼 소장이 가고 아동 학대 고발이 들어가자, 그녀들이 조건반사적으로 인터넷에 글을 올렸기 때문이다.

"재판장님, 피고들은 상습적으로 가족들, 정확하게는 남편과 그 형제자매 그리고 시부모에 대한 허위 사실을 유포하고 자녀에 대한 정서적 학대를 했습니다. 이는 명백하게 이혼의 귀책사유가 될 것입니다. 더군다나 전문가들의 소견에 따르면 피고는 현재 정신 질환을 앓고 있는 것으로 추정되고 있습니다. 해당 사항에 대해 자세한 조사를 하고자 하였으나 피고가 거절하여 어쩔 수 없이 이혼소송으로 이어진 점, 감안하여 주시기 바랍니다."

노형진은 담담하게 말했다.

"재판장님, 이건 인터넷 검열입니다. 제 의뢰인인 피고가 인터넷에 글을 올린 것은 사실이지만, 그건 어디까지나 사실을 기반으로 하는 일종의 한탄 같은 것으로……."

상대방은 애써 변명을 하려고 했다.

"물론 시대가 바뀐 것은 인정합니다. 인터넷에 신세 한탄을 할 수야 있지요. 하지만 한탄과 허위 사실 유포는 전혀 다른 문제입니다. 대표적으로 원고인 남편이 내연녀가 세 명이나 있다고 주장하고 시누이는 에이즈에 걸렸다고 주장할 뿐만 아니라 시아버지가 상습적으로 성추행을 하고 시어머니는 상습 구타를 한다고 써 놨습니다. 이게 한탄의 수준입니까?"

물론 죄다 거짓말이다.

"그건…… 그렇습니다만."

상대방 변호사도 노형진의 말에 반박할 수는 없었다.

인터넷에 버젓이 자기 닉네임으로 올려놨으니까.

"하지만 어디까지나 약간의 과장이 들어간 한탄일 뿐입니다. 더군다나 이 글에는 상대방을 특정할 수 있는 개개인적인 지표가 들어 있지 않습니다. 이로 인한 명예훼손은 성립하지 않습니다."

몰랐으니 명예훼손은 성립하지 않는다고 주장하는 변호사.

하지만 이건 재판이 달랐다.

"재판장님, 이 사건은 명예훼손으로 인한 손해배상 청구가 아닙니다. 이번 사건은 신의성실의원칙 위반으로 인한 이혼소송입니다. 그리고 이번 사건에서 상호 신뢰를 저버린 사람은 피고 측입니다."

단순히 인터넷에 한탄을 할 수는 있다.

하지만 악의적인 소리를 하는 것은 전혀 다른 문제다.

"재판장님, 하지만 원고들은 이번 사건만 아니었다면 그 사실을 알 수 없었습니다. 그러면 신의성실의원칙을 먼저 위반한 것은 아닙니다. 도리어 피고의 뒷조사를 해서 해당 사실을 먼저 알아낸 원고 측이 신의성실의원칙을 위반한 것입니다."

"먼저 허위 사실을 유포한 것은 피고입니다만?"

"원고 측은 그걸 조사해서 알아냈지요."

그나마 방어를 그쪽으로 하려는 건지, 물고 늘어지는 상대방 변호사.

확실히 상대방에 대한 뒷조사는 명백한 신의성실의원칙 위반이니까.

하지만 그가 모르는 게 있었다.

"그건 원고 측이 먼저 뒷조사를 한 게 아닙니다."

"그런데 어떻게 안 겁니까?"

"저희가 먼저 알려 드렸습니다만."

"네?"

"저희가, 그러니까 저희 로펌에서 먼저 알려 드렸습니다. 정확하게는 다른 사건의 협상 과정을 거치면서 해당 사실이 넘어갔지요."

상대방 변호사는 입을 쩍 벌렸다.

'그래, 이런 경우는 처음이겠지.'

기획 소송이라고 하지만 그건 어디까지나 큰 건에 대한 거지, 이혼에 대해 기획 소송을 하지는 않는다.

이런 사건은 90% 이상 남자 측이 여자에 대해 뒷조사를 해서 이런 사실이 드러난다.

'당연히 그럴 거라 생각했겠지.'

하지만 재판정에 들어가는 자료에는 해당 증거를 어떻게 얻었는지 언급되어 있지 않다.

'그렇게 들어올 거라 생각했다.'

자신이라도 그렇게 방어할 테니까.

"변호사 측에서 알려 줬다고요? 고의로요?"

눈을 찌푸리는 변호사.

"네."

변호사가 그런 걸 알려 주는 것은 불법이 아니다.

하지만 상식에 맞는 것도 아니다.

물론 노형진은 그에 맞는 정확한 변론을 준비해 둔 상태였다.

"하지만 어쩔 수 없었습니다. 그 당시 벌어지고 있던 아동 학대 사건을 해결하기 위해서는요."

"아동 학대라…… 일단 변론 서류에서 봤습니다만."

"아동 학대라니! 재판장님! 천부당만부당한 말씀입니다! 피고 측은 아동 학대를 한 적이 없습니다!"

판사가 고개를 주억거리자 상대방 변호사는 어떻게 해서든 그가 아동 학대라고 생각하는 것을 막으려고 언성을 높였다.

"그래요? 하지만 현재 정서적 아동 학대로 경찰서에서 조사 중인 걸로 알고 있는데요."

"그건 조사 중인 것뿐입니다!"

확실히 조사 중일 뿐이다.

하지만 그렇기 때문에 도리어 그들에게 문제가 되었다.

"재판장님, 피고 측 변호사의 주장에 동의합니다. 그래서 동일한 증거를 제출하고자 합니다. 재판장님이 보시고 판단해 주시기 바랍니다."

"아니, 그건……."

당황하는 상대방 변호사.

'내가 설마 증거를 복사해 두지 않았을 거라 생각한 건가?'

허둥대는 상대방을 보면서 노형진은 씩 웃었다.

그럴 수밖에 없다.

차라리 조사 중이라고 한다면, 그리고 어느 정도 처벌이 정해진 거라면 유리한 건 피고 측이다.

'우리나라의 처벌은 아무래도 약하니까.'

아동 학대라고 하지만 일단 신체적 학대가 없기 때문에 처벌 자체가 약할 수밖에 없고, 아직 양친이 있어야 한다는 고정관념 때문에 처벌이 약해지는 것도 있다.

'하지만 직접 보는 것은 전혀 다르지.'

판사가 누군가에게 학대로 벌금 500만 원이 나왔다고 전해 듣는 것과 학대의 장면을 직접 보는 것 중, 어떤 게 나쁜지는 뻔하다.

후자는 자신의 눈으로 확인하는 것이기 때문에 더 감정적이 되어 버리는 탓이다.

"피고 측 변호사의 주장대로 증거를 제출하도록 하겠습니다."

상대방 변호사는 찔끔했다.

그러자 그런 변호사를 보고 있던 여자의 눈에서 불꽃이 피어올랐다.

'그래, 화를 내라. 분노해라. 큭큭.'

노형진은 속으로 웃었다.

"그러면 다음 기일을 잡아 주시기 바랍니다."

추가 증거를 제출하기 위해 기일을 잡아 달라는 노형진의 요구에 판사는 고개를 끄덕거렸다.

"알겠습니다."

아동 학대는 사건을 진행하는 데 있어서 중요한 증거다.

그 때문에 관련 증거라면 그 시간을 기다릴 수밖에 없다.

"감사합니다."

노형진은 고개를 숙여서 판사에게 인사했고, 상대방 변호사의 얼굴은 거무죽죽해졌다.

⚖

"노린 거지?"

손채림은 묘한 표정으로 말했다.

"네가 증거를 까먹고 안 내서 나중에 다시 낸다는 건 말도 안 되는 것 같고. 거기에다 아동 학대 같은 중요 증거를 말이야. 뭘 노린 거야?"

"응? 간단해. 너도 말했잖아, 자기 버릇 개 못 준다고."

노형진은 씩 웃으며 말했다.

"나라도 똑같은 식으로 방어를 할 테니까 그걸 이용하려고 하는 거지. 내가 노린 건 변호사가 아닌 그 여자들이야."

"여자들?"

"그래. 그들은 기본적으로 믿음이라는 게 없어. 그리고 그들이 겪고 있는 건 일종의 정신병이야. 불안할수록 자신을 편들어 줄 수 있는 사람을 찾지. 그들이 찾았던 것은 인터넷이고."

"그런데?"

"내가 한 말 때문에 그들은 불안감을 느낄 거야. 그리고 변호사에게 불만을 가지겠지."

노형진은 그렇게 말하면서 피식 웃었다.

"제 버릇 개 못 준다는 말이 그냥 생긴 거 아니잖아?"

노형진은 씩 웃으며 말했다.

⚖️

얼마 후 증거를 제출하고 나서 다시 재판이 시작되었다.

상대방 변호사는 증거를 보고 똥 씹은 얼굴을 했지만 그래도 변론은 열심히 했다.

"물론 현장에서 벌어진 행동이 아동에 대한 정서적 학대라고 볼 수도 있습니다."

"'볼 수도 있습니다.'가 아니라 정서적 학대가 맞습니다. 사람들이 많은 곳에서 아이의 의견과 상관없이 창피한 모습을 보여 주었으니 그게 정서적 학대가 아니고 뭐겠습니까?"

아예 어려서 아무것도 모르는 것도 아니고, 사회적 창피함이라는 것에 대해 충분히 알고 또 느낄 수 있을 나이다.

영상에서 나타난 아이들의 행동만 봐도 그걸 인지하고 있다는 것을 알 수 있었고.

"그런데 부모라는 사람들은 그런 아이들의 의견을 무시하고 공공의 장소에서 아이들에게 창피함을 강요했습니다. 그런데 이게 정서적 아동 학대가 아니라고요?"

화면에 비치는, 창피함 때문에 고개를 푹 숙이고 있는 모습 자체가 아이들에 대한 학대라는 증거.

"물론 약간의 정서적 학대가 있었을 수도 있습니다. 그건 교육적 목적으로……."

"그러니까 저 장면의 어느 부분이 교육적인가요?"

아무리 변명을 해도 저 부분에 대해서는 어떻게 방어할 수 있는 방법이 없었기에, 결국 상대방 변호사는 슬쩍 말을 돌렸다.

"물론 피고가 순간적인 화를 참지 못하고 과도한 행동을 한 것은 사실입니다. 하지만 그러한 행동에 이유가 없었던 것은 아닙니다. 원고 측 역시 제대로 된 대응을 하지 못하고 도리어 피고를 자극한 것이 원인이 된 것입니다. 옛날부터 '아니 땐 굴뚝에 연기 날까?'라는 농담이 있는 데에는 다 이유가 있는 겁니다. 단순히 불만을 주장했다는 이유로 정신이상으로 몰아가는 것은 명백하게 이혼에 대한 법적인 이득을 얻기 위한 행동입니다."

나름 합당한 주장을 하는 상대방 변호사.

'그럴 수도 있지.'

모든 상인이 다 정상적으로 행동하는 것은 아니다.

그와 마찬가지로 모든 손님이 다 바른 것도 아니고.

"재판장님, 추가 증거자료를 봐 주시기 바랍니다."

노형진은 반박하지 않았다.

어차피 이건 싸워 봐야 의미가 없으니까.

'누가 바른 건지 알 수는 없다.'

이번 사건이 벌어진 식당은 CCTV 카메라가 없어서 누가 맞는지 알 수가 없다.

다른 사건을 가지고 태클을 걸어 봐야 그건 참고 자료일 뿐 증거로 보기는 힘들다.

'하지만 다른 방법은 가능하지.'

노형진은 새로운 증거를 이미 제출한 상태였다.

그게 무슨 의미인지 모르지만.

"새로 제출한 증거 11-4페이지를 봐 주시기 바랍니다."

"그게 뭐요?"

그걸 받아 들고 고개를 갸웃하는 판사와 변호사.

"해당 글을 제가 읽어 보겠습니다. 김 모 변호사는 여성 의뢰인에게 잠자리를 요구하고 상습적으로 성추행하는 주제에 증거도 제대로 처리할 줄 모르는 무능한 인간이에요. 그 인간, 저한테 잠자리를 요구했다가 거절당하자 제대로 변론하지 않는 바람에 제가 이혼소송에서 불리한 위치에 놓였습니다. 그리고……"

장문의 고발성 글.

그 글을 읽을수록 판사와 상대방 변호사의 표정은 일그러졌다.

그럴 수밖에 없다.

변호사들의 더러운 면을 그대로 드러내는 글이니까.

'마음이 불편하겠지.'

화를 내고 싶겠지만, 이 모든 사건이 진짜로 있었던 일들이다.

더군다나 그런 변호사가 지금도 활동하고 있는 것이 문제였다.

"그만 읽어도 좋습니다, 원고 측 변호인. 그런데 이게 이번 사건과 무슨 관계가 있지요? 참고 자료가 아니라 증거로 제출한 것 같은데."

참고 자료와 증거는 전혀 다르다.

참고 자료는 이번 사건과 관련이 없는 다른 사건의 정보다.

그에 반해 증거는 이번 사건과 명백하게 관련이 있어야 한다.

그런데 노형진은 이걸 참고 자료가 아닌 증거로 제출했다.

"더군다나 이러한 내용이 증거가 될 이유는 전혀 없어 보이는데요?"

판사의 말에 노형진은 고개를 끄덕거렸다.

"물론 그렇습니다, 재판장님. 한 가지 경우만 빼면 말이지요."

"한 가지 경우?"

"김 모 변호사가 저기에 앉아 있는 피고 측 변호사일 경우 말입니다. 법률인으로서 김 모 변호사를 고발하지 않을 수 없습니다."

"뭐라고! 아니, 이게 무슨 개소리야! 미쳤어!"

지금까지 읽어 준 더러운 사건들이 자기 얘기라는 말에 그는 벌떡 일어났다.

그의 얼굴에는 황당함과 분노가 가득했다.

"누가 그런 헛소리를 해!"

"누구일까요?"

노형진은 씩 웃었다.

자기 버릇 개 못 준다.

관심 종자, 인터넷 권력 등 뭐라고 해도 상관없다.

중요한 것은 그러한 버릇에 맛을 들인 사람은 그걸 고치는 게 쉽지 않다는 것이다.

지금까지 그런 식으로 불만을 풀어 냈으니까.

"이 계정의 아이디는 뷰티마미라는 사람으로, 이에 대해 조사해 본 결과 해당 아이디는 저기에 앉아 있는 피고의 것으로 드러났습니다."

피고의 얼굴이 창백하게 변했다.

'그래, 불만을 가질 수밖에 없었겠지.'

불만을 가질 수밖에 없도록 노형진이 몰아갔고, 그녀는 불만을 또다시 인터넷에 토해 냈다.

그것도 버릇처럼 허위를 섞어서.

'확실히 정신병이야.'

성격장애.

알려지지 않은 정신병.

그건 심각한 문제다.

관심을 끌기 위해 거짓을 만들어 내니까.

"피고 측이 가진 부계정이죠."

인터넷에 익숙한 사람들에게 부계정을 만드는 것은 어려운 일이 아니다.

그리고 노형진은 이미 그녀가 부계정을 가지고 있다는 것도 알고 있었다.

자신의 글의 추천 수를 조작하기 위해서였다.

'그리고 이번에는 그 계정으로 글을 올린 거지.'

아마 걸릴 거라 생각하지는 않았을 것이다.

하지만 다 알고 있는 계정으로 올린 거니 모를 리 없다.

"제가 알기로는 피고의 관련 사건을 담당하고 있는 김 변호사는 한 명뿐입니다. 안 그런가요?"

"그……."

"재판장님, 피고의 증언이 사실이라는 점을 감안하여, 김 변호사에 대한 고발을 진행하도록 하겠습니다."

"재판장님! 이건 말도 안 됩니다! 전 저런 짓을 한 적이 없습니다!"

"재판장님, 아까 전에 피고 측 변호사가 한 말을 그대로 돌려주고자 합니다. 아니 땐 굴뚝에 연기가 날까요?"

얼굴이 창백해지는 변호사.

'자, 어쩔 것이냐?'

피고가 정상이라고 하면, 그는 성범죄를 비롯한 파렴치한 범죄들을 모조리 뒤집어써야 한다.

그녀가 고발하고 하지 않고는 문제가 아니다.

변호사로서 여성 의뢰인에게 성 접대를 요구한다는 소문이 난다면, 변호사협회에서 쫓겨나지는 않아도 사회적인 퇴출은 피할 수 없다.

하나 그렇다고 피고의 정신이상을 주장하자니…….

'변호사로서 재판에서 지게 되는 거지.'

노형진은 히죽 웃었다.

그 얼굴을 본 상대방 변호사는 똥 씹은 표정이 되었지만, 어쩔 수가 없었다. 이미 함정에 빠진 후였다.

"재판장님, 아무래도 피고가 정신적으로 불안정한 것으로 보입니다."

"누구 마음대로! 넌 내 변호사잖아!"

피고는 다급하게 소리를 질렀다.

"넌 날 지켜 줘야 하잖아!"

"조용히 하세요."

"재판장님! 아닙니다! 전 멀쩡합니다! 전 멀쩡해요!"

"조용히 하시라고요!"

피고 측 변호사가 거듭 조용히 하라고 했지만 여자는 미쳐 날뛰었다.

정신이상이 있는 여자에게 양육권을 주는 판사는 없다.

그러니 어떻게 해서든 이겨야 했다.

그러나 이미 그녀에 대한 신뢰는 바닥을 치고 있었다.

"전 멀쩡해요! 이 변호사가 절 성추행했습니다! 진짜예요! 저한테 잠자리를 함께하지 않으면 변론해 주지 않는다고 했습니다!"

"아니, 진짜 보자 보자 하니까!"

발끈하는 피고 측 변호사.

노형진은 그걸 보고 키득거렸다.

'끝장났네.'

안 봐도 뻔하다.

나가자마자 피고 측 변호사는 그만둘 것이다.

엮여 봐야 좋은 꼴 못 보게 생겼으니까.

그렇게 되면 그녀는 자신을 지켜 줄 수 없는 변호사도 없어지는 상황.

거기에다 판사로서도 그냥 두고 볼 수 없는 상황이라면…….

"두 분 다 조용히 하십시오."

"판사님! 억울해요!"

"조용히 하시라니까요!"

"마지막 경고입니다. 두 분 다 조용히 하세요."

결국 마지막 경고를 듣고 나서야 조용해지는 두 사람.

"아무래도 이번 사건에 있어 중요한 것은 피고의 정신 상태인 듯합니다. 이에 피고에 대한 정신감정을 명령합니다."

"전 멀쩡합니다! 안 미쳤어요!"

"멀쩡하다면 정상으로 나오겠지요. 정해진 기한 내에 피고 측은 정신감정 결과를 제출하세요. 검사 병원은 추후 지정하여 통지하도록 하겠습니다."

"난 멀쩡해! 멀쩡하다고!"

항의하는 피고가 창피한 듯, 피고 측 변호사는 얼굴을 붉히고 뒤도 안 돌아보고 나가 버렸다.

⚖

"결국 정신이상 판결을 받았네."

"전에도 말했지만 성격장애도 결국은 정신병 중 하나거든."

노형진은 어깨를 으쓱하면서 말했다.

"그녀가 정신이상 판결을 받았으니 결국 이혼소송에서 질 수밖에 없지."

"음……."

그녀는 지금까지 아이를 방패 삼아서 악행을 해 왔다.

하지만 아이를 빼앗긴 이상 똑같은 짓을 할 수는 없다.

"더군다나 인터넷상에도 명백하게 고지 명령을 내리도록 요구했으니까."

그녀가 했던 모든 행동이 정신병으로 인한 거짓이라는 것을 법원에 청구해서 공개할 생각이기 때문에, 그녀는 결국 돌아갈 곳이 없어져 버렸다.

"정신 차리고 고치려고 한다면 이제 괜찮아지겠지만."

"아니라면?"

"답이 없지."

미친놈이 스스로를 미친놈이라고 하지는 않는다.

"하지만 그걸 알면서도 고치려고 하지 않는다면, 그건 진짜 답이 없는 거야."

"잔인하네."

"잔인한 게 아니야. 그녀가 가진 정신병 때문에 고통받은 사람이 몇 명인데? 그 행동이 가지고 온 결과를 보라고."

"그건 그러네."

그녀는 그저 관심 종자일 뿐이었을지 모르지만, 그로 인해 사람들이 고통받고 재산적으로도 엄청난 피해를 입었다.

"그런 사람이 많이 있을까?"

"많이 있겠지."

주인이 진상인 것과 손님이 진상인 것은 전혀 다르다.

주인이 진상인 경우에는 자멸할 뿐이지만, 손님이 진상인 경우에는 한국의 구조상 가게가 손해를 볼 수밖에 없어서 망하는 것이기 때문이다.

"언젠가는 고쳐지겠지."

"언제?"

"그건…… 나도 모르지."

노형진도 그건 알 수가 없었다.

"법과 마찬가지로 끝없는 악순환일지도."

왠지 씁쓸한 웃음이 흘러나오는 사건이었다.

소설가 노형진?

　회귀를 해서 좋은 건 미래에 돈 벌 수 있는 기회를 다 안다
는 것이다.

　그래서 노형진의 재산은 천문학적인 수준으로 늘어날 수
있었다.

　하지만 노형진이 그 기회를 마냥 기다리는 것만은 아니었다.

　"진짜로 확신해?"

　미국으로 다시 가는 비행기.

　손채림은 걱정스럽게 물었다.

　"확신해."

　"그게 무슨 뜻인지 알지?"

　"아니까 내가 몇 달간 작업을 준비한 거 아니겠어?"

비즈니스석의 널따란 자리에서 노형진은 웃으며 말했다.

옆에 있는 손채림은 더더욱 걱정스러운 얼굴이었다.

"이건 그냥 한 방이 아니라 우리 운명이 걸린 거야."

"알아."

"우리 둘뿐만이 아니야. 새론도 걸려 있다고."

"안다니까."

"진짜 확실한 거 맞지?"

"맞아. 로엘이 살인범이야."

"미치겠네."

로엘 호머.

미국의 재계 순위 8위의 거대 재벌.

그런데 미국의 재계 순위 8위면 세계에서도 8위나 마찬가지이다.

즉, 아무리 낮게 본다고 해도 20위권 바깥으로 나가지 않는 거대 재벌이라는 것.

"그 사람이 잡혀 들어가면 움직일 돈이……."

"못해도 수백조 단위는 되겠지. 로엘 호머는 직접 모든 것을 다 움직이는 타입이니까."

"와……."

'아직 비트코인이 최고점을 찍는 건 멀었으니까.'

노형진은 그것 때문에 많이 고민했다.

물론 아직도 돈을 벌 수 있는 기회는 많았다.

하지만 그런다고 해서 그때까지 기다리고 있는 것은 성격에 맞지 않았다.

애초에 투자는 투자금에 한계가 있으니까.

'브렉시트는 아직도 멀었고.'

비트코인도 마찬가지.

자신이 싸그리 쓸어버리면 정작 비트코인 자체가 거래되지 않아서 돈이 안 된다.

그런 와중에 생각난 것이 바로 로엘 호머.

'그 사건으로 미국이 완전히 난리가 났지.'

브라이언의 사건?

그건 말 그대로 새 발의 피다.

브라이언은 미국 정부와 홀릭스타팅이라는 투자회사, 그 주변으로 영향을 주는 정도였다.

그렇다 해도 그로 인해 실제로 움직인 돈은 조 단위였지만.

"로엘 호머는 확실히 살인범이야."

로엘 호머는 브라이언에 비할 수준이 아니다.

그가 살인으로 잡혀가면 그와 관련된 수백조의 사업이 휘청거릴 수밖에 없다.

그리고 노형진은 지난 몇 달간 그 가능성을 감안하고 그가 잡혀간 후에 오를 수밖에 없는 주식을 싸그리 긁어모았다.

노형진의 확신에 새론도 남은 자산을 모조리 집어넣었고, 손채림도 마찬가지였다.

"와…… 로엘 호머라니…… 미치겠네."

손채림은 긴장한 듯 손톱을 깨물었다.

"긴장돼?"

"긴장 안 하게 생겼어? 그가 기침하면 한국은 고통의 바닥을 나뒹굴 거라고. 그런 사람이 살인이라니."

"돈의 힘이지."

로엘 호머의 아내가 실종된 것은 20년 전.

그녀는 이혼소송을 준비하는 중이었고, 로엘 호머는 어마어마한 돈을 그녀에게 위자료로 줘야 했다.

그런데 그녀가 실종되었다.

"그가 죽였다고 말은 많았잖아. 하지만 증거가 없었고."

"그렇지."

결국 그 사건은 흐지부지되면서 끝났다.

'하지만 그가 나이 먹고 실수를 하지.'

원래 그는 그걸 완전히 묻어 버리는 데에 성공했다.

하지만 몇 년 후 로엘 호머는 인터뷰 중에 마이크가 켜져 있는 걸 모르고 사무실에 혼자 있다가 비웃음을 날린다.

'내가 죽였지. 그 망할 년을 죽여 버리고 묻어 버렸지, 후후후.'라고.

그는 마이크가 켜져 있었던 것을 몰랐고, 그 목소리는 그대로 외부에 녹음되었다.

그 사건으로 그는 다시 체포되었다.

증거가 명확했기 때문에 도망갈 수도 없었다.

결국 그는 체포당해서 종신형을 언도받았다.

애초에 종신형이 아니더라도 나이가 있어서, 감옥에서 버틸 수 있는 시간은 얼마 되지 않았지만.

'그때 아주 난리가 났지.'

한국이었다면 어떤 식으로든 돈으로 무마하고 적당히 처벌을 막을 수 있었을지도 모르지만, 미국은 아니다.

더군다나 한번 돈으로 법을 농락한 적이 있는 데다가 진실이 드러난 경위도 누군가 추적한 게 아니라 방송에서 의도치 않게 스스로 밝힌 것이었기에 전 미국에 알려지면서 막을 수가 없었다.

'아마 그게 성공한다면…….'

최소 수십조의 돈을 끌어올 수 있을 것이다.

그만큼 그의 자리는 미국에서 컸다.

"끄응…… 걱정이다."

손채림이 노형진의 말에 걱정스럽게 말했다.

"걱정 안 되면 이상하지. 상대는 로엘 호머야."

"알면서 느긋하다?"

만일 그가 새론과 노형진을 노리고 싸움을 건다면?

아무리 노형진이라고 해도 쉽지 않을 것이다.

어떤 면에서는 한국의 대통령보다 힘이 강한 것이 그니까.

"그러니까 성공해야지."

"하지만 무슨 수로? 네가 가진 것은 의심뿐이잖아."

'그건 아니지.'

사실 시신이 있는 장소까지는 안다.

'문제는 정확한 위치는 모른다는 거지.'

그는 아내의 시신을 자신이 소유한 농장에 묻어 버렸다.

노형진은 그 사건을 판례로 배웠지만, 시신이 묻혔던 장소는 정확하게 알지 못했다.

'더군다나 사유지인지라 마음대로 들어갈 수가 없단 말이지.'

미국은 한국과 다르다.

사유지에 무단으로 들어가는 경우 충분히 자기방어가 인정되기 때문에 쏴 죽일 수 있다.

하물며 돈 많은 로엘 호머야 문제 될 게 없다.

'그래서 지난 수십 년 동안 발각되지 않은 거고.'

시체가 없으면 살인도 없다.

그건 미국도 마찬가지이고, 사유지가 철저하게 보호받는 미국의 특성상 수십 년 동안 문제없이 사건이 묻힐 수 있었던 것이다.

"살인인 건 알겠는데 무슨 수로 그걸 알아낸다는 거야?"

"글쎄."

"더군다나 우리는 변호사잖아. 우리가 그곳에 가서 조사한다고 해서 거기서 인정해 줄 리도 없다고."

"그건 그렇지. 그러니까 정식으로 의뢰를 받아야지."

"정식으로?"

"그래. 이번에 목숨을 건 회사는 우리만 있는 게 아니거든."

어찌 보면 노형진이나 새론보다 더 사운을 걸 회사도 있었다.

⚖️

"엠버, 오랜만입니다."

"반갑습니다, 미스터 노."

엠버의 표정은 딱딱하다 못해 마치 조각상 같았다.

늘 어느 정도 여유 있던 평소 모습과는 전혀 달랐다.

"왜 그리 굳어 계세요?"

"그게…… 휴우, 아무래도 걱정이 안 될 수가 없네요. 미스터 노의 말이 맞는다고 해도……."

엠버는 눈을 찌푸렸다.

"그는 사실상 경제 대통령이나 마찬가지이지 않습니까? 어떤 면에서는 진짜 대통령보다 더 상대하기 힘든 게 사실이고요."

한숨을 쉬면서 말하는 엠버.

"저희 입장에서는 회사의 명운을 건 사건이니까요."

"그건 그렇지요."

정식으로 사건을 수임한 거라면 모를까, 엠버는 직접 파고들어서 사건을 추적했다.

이혼 위자료 때문에 살인까지 불사한 로엘 호머가 안다면 엠버와 드림 로펌을 가만둘 리 없다.

"하지만 이게 성공하면 어미어마한 부를 가지게 되겠지요."

"압니다."

그래서 지난 몇 달간 조용히 작업했다.

누구도 모르게, 극히 일부 사람만 알게.

로엘 호머가 무너졌을 때를 감안해서 말이다.

"다행히 문제가 되는 것은 없지만……."

여전히 공포는 어쩔 수가 없었다.

"걱정하지 마세요. 제가 설마 드림 로펌을 망가트리겠습니까?"

"그건 알고 있습니다. 하지만 두려운 건 어쩔 수 없네요."

드림 로펌을 만든 건 노형진이다.

그곳을 운영하는 건 엠버지만, 투자금은 노형진이 낸 것이다.

그러니 그가 그곳이 망하도록 그냥 놔둘 리 없다.

어떻게 해서든 지켜 낼 것이다.

"걱정하지 마세요."

노형진은 씩 웃었다.

설사 실패한다고 해도 자신은 미래를 안다.

로엘 호머와 싸운다고 해도 충분히 이길 수 있다.

"알겠습니다. 어차피 미스터 노의 자산이니까요."

엠버의 말이 잔인해 보이지만, 사실이다.

엠버와 그 로펌에 속한 사람들은 실력을 입증했다.

그러니 드림이 망한다고 해도 먹고사는 데에는 지장이 없다.

물론 수익이야 좀 줄어들겠지만.

"일단은 피해자부터 만나 보지요."

"이야기는 해 뒀습니다. 바로 만나러 가시겠습니까?"

"그렇지요."

뭉그적거리다가 로엘 호머가 눈치채면 복잡해진다.

가능하면 빠르게 움직여야 했다.

"로엘이 그렇게 중요한 사람이야?"

"중요하지. 사람마다 재산을 불리는 방식이 다르지만 로엘 호머는 나와 같은 타입이거든."

"너와 같은 타입?"

호텔에서 기다리면서 노형진은 로엘에 대해 설명해 줬다.

"미국에서 성공한 타입은 두 가지가 있지. 첫째, 거대 기업을 일구는 것. 둘째, 여러 기업에 투자하는 것."

그리고 로엘은 두 번째였다.

"첫 번째 타입은 너도 아는 사람이야. 마이크소프트나 야호나 요들러나 구걸 같은 곳."

노형진의 말에 손채림은 고개를 끄덕거렸다.

그런 사람들은 기업 하나 잘 키워서 어마어마한 부를 쌓았다.

"하지만 너도 알다시피 전자로 벌 수 있는 돈은 한계가 있어."

기업 하나가 전 세계를 독점한다고 해도, 결국 그 업종에 한해서다.

"필연적으로 돈이 많은 사람은 후자, 그러니까 투자자 타입이 될 수밖에 없지."

"너처럼?"

"그래."

물론 노형진은 처음부터 투자자였지만 말이다.

"그리고 그런 기업들의 주식을 가지고 있다는 건, 단순히 주주라는 의미가 아니야."

노형진이나 로엘 호머 같은 소위 말하는 큰손은, 가지고 있는 주식이 어마어마하다.

그들의 투자 단위는 몇천, 몇억 수준이 아니라 몇십억, 몇백억이니까.

"그 말은, 그들이 그걸 내놓으면 시장에 파란이 일어난다는 거지."

미묘한 차이로 지켜지고 있는 경영권에 대한 공격이 될 수 있다는 것.

"더군다나 로엘 호머는 아까도 말했지만 자기 기업까지 가지고 있는 사람이니까."

"복잡하다, 복잡해."

"간단하게 생각해. 돈이 된다."

노형진은 그냥 간단하게 정리해 줬다.

그러는 사이 입구 쪽에 한 여자가 보였다.

"미시즈 존슨?"

노형진은 호텔 안으로 들어오는 반백의 여성을 보고 일어났다.

"반갑습니다. 저는 노형진이라고 합니다. 이쪽은 제 파트너 손채림이라고 합니다."

"안녕하세요. 손채림입니다."

"헤라 존슨이라고 합니다. 그냥 헤라라 불러 주세요."

기품 있어 보이는 노부인은 두 사람에게 인사를 건넸다.

노형진은 그런 그녀에게 자리를 권했다.

"이야기가 길어질 것 같은데 앉으시지요."

"그러지요. 감사합니다."

그녀는 자리에 앉아 노형진을 물끄러미 바라보았다.

사실 여기에 오기 전 엠버에게서 간략한 이야기를 듣기는 했다.

"콜드 케이스를 추적하는 사람이라고 들었습니다. 맞나요?"

"맞습니다. 그리고 동시에 한국의 변호사이기도 하지요."

"한국의 변호사? 그런데 왜 미국의 콜드 케이스에 관심을 가지지요?"

"이 사건은 미국만의 건은 아니니까요."

헤라는 고개를 끄덕거렸다.

그녀의 언니인 크리스틴의 사건은 아마 세계가 뒤흔들릴 사건이리라.

"하긴, 제 남편도 그렇게 말하기는 했지요."

"부군요?"

"제 남편도 사업을 하는 사람이니까요."

하지만 그럼에도 불구하고 그는 로엘 호머에게 눌려서 조사를 할 수가 없었다.

"그나저나 콜드 케이스인 만큼 사실상 어찌할 방법이 없다고 생각했는데, 어떻게 추적할 생각을 한 거죠? 그리고 그걸 지금까지 아무도 몰랐다니……."

콜드 케이스.

한국으로 치면 미결 사건이다.

미결 사건이 많기도 하지만, 다른 사람도 아닌 로엘 호머를 대상으로 한 거라 추적하는 사람이 있을 줄은 꿈에도 몰랐다.

"아무도 몰랐으니 지금까지 제가 멀쩡한 거겠지요."

헤라는 왠지 씁쓸한 얼굴이 되었다.

사실이니까.

만일 자신이 알 정도였다면 로엘이 이미 몇 번이고 노형진을 몰락시켰으리라.

"그런데 그가 살인했다는 증거는 어떻게 얻은 거죠?"

실종되었을 당시 언니는 집에 없었다고 로엘은 주장했다.

자신과 싸우고 바깥으로 나갔다고.

'참 공교로운 일이지.'

그의 집에는 수십 대의 카메라가 있었지만 사고로 인해 저장용 하드디스크가 사라졌다.

그리고 그날 로엘은 바깥에서 다른 누군가를 만나고 있었다.

그렇게 주장했다.

'검찰은 로엘이 돈으로 그를 포섭했을 거라 추측했지만……'

문제는 그걸 깰 방법이 없었다는 것.

"그건 말씀드릴 수가 없습니다."

"어째서요?"

"업무상 비밀입니다. 아시겠지만……."

"무슨 뜻인지 알겠습니다."

비밀이라고 하면 미국에서는 섣불리 건드리지 않는다.

어떻게 보면 사업의 노하우가 들어 있는 부분이기 때문이다.

"한 가지만 묻겠습니다. 우리 언니…… 찾을 수 있겠습니까?"

그녀가 원하는 것은 하나뿐이었다.

언니인 크리스틴을 찾는 것.

이미 죽었다는 것은 안다.

그러나 그녀를 찾는다는 것은, 결과적으로 그 망할 로엘 호머에게 복수한다는 뜻이다.

"가능합니다."

노형진은 고개를 끄덕거렸다.

"알겠습니다."

그녀는 더 이상 묻지 않았다.

"의뢰를 하지요. 사인은 어디에 할까요?"

그녀의 눈에서는 아까와 다르게 복수의 불길이 피어오르
고 있었다.

사인을 받고 나오면서 손채림은 노형진에게 진지하게 물
었다.

지금까지 말해 주지 않았던 증거에 관한 문제였다.

"증거 있어?"

"없지."

노형진은 어깨를 으쓱했다.

증거는 없다.

"으헉!"

깜짝 놀라는 손채림.

반드시 이길 수 있다고 하기에 증거가 있을 거라고 생각했
던 것이다.

"로엘 호머가 죽인 거라면서? 그런데 증거도 없이 어쩌자
는 거야?"

"죽인 건 맞아. 하지만 증거는 없어. 너도 알다시피 로엘 호머가 보통 인간이냐?"

그런 인간이 주변에 증거를 남겨 둘 리 없다.

거기에다 그 사건이 터진 지 벌써 20년이 지났다.

그 당시에도, 갑자기 벌어진 사건임에도 불구하고 이상하리만치 증거가 없었다.

완벽하게 그의 공간 내에서 벌어진 일이었기 때문이다.

"설사 있다고 해도 아직까지 남아 있지는 않겠지."

어깨를 으쓱하는 노형진.

'애초에 뭐가 있을 리 없고.'

사건이 터진 후에 로엘 호머는 혹시 모를 증거가 남아 있을 때를 대비해서 아예 집 자체를 리모델링 공사를 해 버렸다.

당연히 그 안에 있던 모든 것은 버려졌다.

'버리는 것도 자신이 직접 했고.'

길거리 여기저기에 카메라라도 많으면 좋겠지만 그 당시에 미국에는 카메라가 많지 않았고, 특히나 그가 가진 농장은 시 외곽에 있는지라 그 주변에는 더더욱 카메라가 없었다.

"증거는 없지. 하지만 그는 알지."

"그가 안다니?"

"아무도 모른다는 걸."

노형진은 씩 웃었다.

로엘 호머에게는 매일같이 엄청난 양의 우편물이 온다.

그러나 그걸 일일이 열어 보지는 않는다.

그런데 그가 받지 않을 수가 없는 내용물도 있다.

바로 협박이다.

"나는 네가 20년 전 밤에 뭘 했는지 알고 있다? 2부는 곧 보내 주겠다?"

"신고할까요?"

보통 비서가 주요 내용을 거른다.

광고성 편지나 구걸 편지 같은 건 거르지만, 웃기게도 협박에 관한 것은 한 번씩 꼭 확인한다.

말 그대로 아무것도 없는 협박인 경우도 있지만, 진짜로 사업을 하다 보면 무슨 범죄를 저질렀는지 알 수가 없어서 그에 대해 알고 있는 사람이 있을 수 있기 때문이다.

"아니, 이건 내가 알아서 하지."

비서는 더 이상 말하지 않았다.

무슨 비밀인지는 모르지만 자신이 알 필요도 없고 알아서도 안 된다.

자신이 모를 때는 문제가 안 되지만 아는 순간 종범이 되어 버리니까.

"알겠습니다."

비서가 나간 후에 로엘은 자신도 모르게 아랫입술을 깨물었다.

늙어 버린 그의 손이 바들바들 떨렸다.

"어떻게……?"

사실 협박은 많이 받았다.

그가 아내를 죽였다는 의심은 20년 전부터 있었고, 그걸 안다는 식으로 말한 사람은 아주 많았다.

하지만 대부분 증거 없는 협박일 뿐이었기에 도리어 보복 당했지만.

"이놈은……."

어디서든 볼 수 있는 평범한 종이.

그리고 딱 봐도 여러 잡지의 단어를 오려서 만든 내용.

물론 나름 추적을 막았던 놈들은 많다.

그래서 못 잡은 놈들도 많고.

하지만 다른 자들과 다른 것.

'어떻게 날짜를 알았지?'

로엘은 아내를 죽이고 실종으로 처리했다.

그것도 상당한 시간이 지나서 말이다.

당연히 경찰에는 실종으로 기록되어 있기 때문에 자신이 죽인 날짜는 잘 모른다.

심지어 검찰도 자신을 고발했을 때 정확한 날짜는 특정하지 못했다.

며칠간 카메라의 필름을 모조리 불태운 후에 고장을 핑계로 시스템 자체를 모조리 뜯어내고 새로 깔았으니까.

'그런데…….'

정확한 날짜를 적어 보낸 녀석은 처음이었다.

'찍은 걸까? 아니야……. 그럴 가능성은 낮아.'

날짜야 찍을 수 있다지만, 시간은 찍어서 맞힐 수 있는 게 아니다.

더군다나 '2부'라는 말이 꺼림칙했다.

'2부라니, 그게 무슨 소리야?'

2부라는 것은 다른 이야기가 있다는 소리다.

소설도 아닌데 2부라니.

"끄응…….."

그는 가슴이 떨려서 왠지 일이 손에 잡히지 않았다.

수십 년 동안 수많은 협박과 고난을 거쳐 왔지만, 이런 식으로 훅 치고 들어온 것은 처음이었다.

"아무래도 안 되겠군."

그는 고개를 흔들면서 인터폰을 눌렀다.

"집으로 갈 준비 해. 약속 다 취소하고."

─알겠습니다.

그는 힘겹게 자리에서 일어났다.

그리고 지팡이를 짚고 움직였다.

이제는 나이 먹고 움직이기도 힘들어지는 상황에서 이런

말도 안 되는 협박은 그를 뒤흔들기에 충분했다.

"집에 가서 위스키나 한잔하고 자야겠군."

그 후에 자신의 일을 처리하는 사람에게 전화해서 해당 편지에 대해 추적시킬 생각이었다.

하지만 집에 도착했을 때, 그는 표정을 굳힐 수밖에 없었다.

생각과 다르게 집에서도 평안을 얻을 수는 없었던 것이다.

"주인님, 편지가 왔습니다."

집안일을 봐주는 집사가 그에게 내미는 한 장의 편지.

그 편지의 봉투를 보고 로엘은 눈을 찌푸렸다.

"발신인이…… 2부?"

"제가 확인해 볼까요?"

"아니야. 누가 못된 장난을 하는 모양이지."

그는 그렇게 말하면서 편지를 쥐고 서재로 향했다.

"지금부터 아무도 서재로 들이지 마."

"알겠습니다."

"그리고……."

그는 뭔가 말을 하려다가 입을 다물었다.

집에까지 우편물을 보냈다는 것.

그건 상대방이 자신에 대해 안다는 뜻이다.

단순히 주소의 문제가 아니다.

회사로 1부, 그리고 집으로 2부.

"망할……."

그는 지팡이를 짚으며 서재로 들어가면서 나지막하게 욕설을 내뱉었다.

⚖

"도대체 뭐라고 써서 보낸 거야?"

"비밀."

노형진은 씩 웃었다.

"뭐라고 써서 보냈는지 모르지만 로엘 그 인간, 요 며칠 새에 상당히 불안정해 보이던데?"

"나이가 있으니까."

"나이?"

"판단력이라는 게 언제나 똑같을 수는 없거든."

사람이 나이를 먹으면 판단력이 떨어진다.

그가 원래 역사에서 혼자서 중얼거린 것도 결국은 떨어진 판단력 때문이었다.

그가 젊었다면 그런 실수는 하지 않았을 것이다.

"지금도 마찬가지야. 자신의 비밀을 누군가 알고 있다는 것을 알게 된다면, 그는 판단을 해야 하지. 하지만 그는 나이가 적지 않아. 이미 지팡이를 짚어야 거동이 가능할 정도지. 그런데 과연 정상적인 판단이 될까?"

"그런가?"

"그럼."

한국에서도 모 재벌이 검찰청에서 나오면서 기자를 붙잡고 하소연을 하면서 성질을 부린 사건은 유명하다.

'그동안의 그들의 행동은 하나같이 말도 안 되는 것이었지.'

그런 그가 그런 실수를 한 것.

그건 나이를 먹고 감정이 통제되지 않아서 그렇게 된 것이다.

그에 반해 회장이라는 직함을 가지고 있었기 때문에 그에게 브레이크를 걸 사람이 없었고.

'변호사들이 그 사건을 수습하느라고 아주 진땀을 흘렀지.'

심지어 그 사건으로 판단력에 의심이 가면서 주식이 떨어질 지경이었으니까.

"로엘은 나이가 있어. 과거처럼 냉철하게 판단하지 못하지. 평소에도 냉철하게 판단하는 타입은 아니었고."

상황을 냉철하게 판단하고 행동하는 사람이었다면 살인을 저지르지도 않았으리라.

"그래서 흔들었다? 그러니까 어떻게? 뭐라고 적어서 보낸 건지 말 좀 해 봐!"

"비밀이라니까, 후후후."

그가 알고 있는 것.

아니, 그가 자신만 알고 있다고 생각하는 것.

'과연 기분이 어떠실지, 후후후.'

노형진이 적어 보낸 것은 다름 아닌 그가 저지른 사건의 전말이었다.

그는 그 사건의 전말에 대해 아는 사람이 없다고 생각한다.

하지만 노형진은 안다.

회귀하기 전 그 사건에 대한 기록을 봤으니까.

'그런 거라면 멀쩡한 사람도 버티기 힘들지.'

하물며 나이 먹고 마음이 약해진 상태에서 과거 자신의 범죄가 낱낱이 까발려진 그는 어떤 기분일까?

아마 공포와 비참함이 몰려올 것이다.

'그리고 시간이 지날수록 그건 더더욱 심해진다.'

노형진이 그 글을 한 번에 보내지 않은 이유가 그것이다.

한 번에 보내면 충격만 받고 끝이겠지만 1부, 2부, 3부와 같은 식으로 이어진다면 매일매일이 피가 마르고 공포에 찌들게 된다.

정상적인 판단이 불가능해지는 것이다.

"자, 그러면…… 우리는 다음 작전을 시작하자고, 후후후."

노형진은 씩 웃으며 말했다.

⚖

"젠장!"

로엘 호머는 입술이 바짝바짝 말랐다.

편지는 매일 왔다.

사람을 붙여서 추적했지만 소용없었다.

보내는 사람도, 그에게 심부름을 맡긴 사람도 심부름꾼이었다.

상대방이 누군지 도무지 잡아낼 수가 없었다.

"잡지에 대한 조사도 끝났습니다. 해당 잡지는 이미 몇 달 전에 발간된 것들입니다. 아무래도 새로 산 게 아니라 중고나 재고로 도는 물건을 가지고 만드는 모양입니다."

잡지를 오려서 편지를 보내는 경우, 그 글자를 보고 잡지를 특정하여 역순으로 추적할 수도 있다.

하지만 이미 발매된 지 오래된 거라면 그것도 불가능하다.

"편지의 심부름을 시킨 사람들도 다 노숙자들입니다. 그래서 추적이 불가능합니다."

"종이는?"

"아무런 흔적도 없는 흔한 종이입니다. 특정 회사의 물건인 건 알아냈습니다만 그 이상은……."

부하의 말에 로엘은 공포감이 밀려왔다.

"얼마가 들어도 좋아! 그 녀석을 찾아내! 열 배든 백 배든, 돈을 얼마든지 들여서라도 찾아내라고!"

"알겠습니다."

부하가 나간 후 그는 지팡이를 짚고 일어났다.

하지만 마음은 편하지 않았다.

그 증거로 지팡이를 짚은 그의 손은 부들부들 떨리고 있었다.

지난 일주일간 회사에 가지 않고 집에만 있었지만 공포감은 줄어들지 않았다.

'뭘 노리는 거지?'

2주 전, 상대방은 편지를 보내기 시작했다.

1부부터 7부까지.

그리고 딱 일주일이 지나자 갑자기 편지를 보내는 것을 멈췄다.

요구 사항도 없었다.

'망할.'

편지의 내용은 자신이 아내를 죽인 후에서 멈췄다.

'망할, 망할.'

그는 잔뜩 겁먹었다.

지금까지 수많은 협박을 받았지만 이런 협박은 처음이었다.

"도대체 어떻게…… 무슨 수로 그 모든 걸 알아차린 거야?"

그날은 그 혼자만 있었다.

아니, 아내와 단둘이었다.

하지만 아내는 죽었고, 증거가 될 만한 건 아무것도 없다.

설사 증거가 될 만한 게 남았다고 하더라도, 그의 그날 행적을 분 단위로 상세하게 알아낼 방법 따위는 어디에도 없다.

"카메라? 말도 안 돼."

부잣집이기 때문에 카메라가 여기저기 꽤 많이 설치되어 있긴 했지만 집 안에는 설치하지 않았었다.

특히 살인이 벌어진 침실에 카메라가 없는 건 확실하게 기억하고 있었다.

게다가…….

'필름은 내가 전부 확인하고 소각했는데.'

20년 전에 영상을 하드디스크에 보관하는 기술 따위는 없었다.

그래서 그 모든 영상을 필름의 형태로 보관해야 했는데, 그것들은 직접 모조리 확인하고 소각했다.

'그런데 어떻게……?'

입술이 바짝바짝 마르고 술만 마시고 싶었다.

"으으……."

그는 떨리는 손으로 얼음 잔에 위스키를 채웠다.

그 순간 문이 열리면서 집사가 들어왔다.

"주인님, 편지가……."

"두고 가."

"네."

집사도 그가 심기가 불편하다는 걸 알기에 더 이상 묻지 않고 편지를 두고 바깥으로 나갔다.

문이 닫히기가 무섭게 로엘은 편지를 집어 들어 봉투를 뜯었다.

"그놈이군……."

오려서 붙인 글자들.

로엘은 그걸 약간 성급하게 읽기 시작했다.

편지를 보는 내내 손이 바들바들 떨렸다.

아내를 죽인 후 자신의 행동이 소상히 적혀 있었기 때문이다.

"이놈이……."

사실 그건 예상했다.

지금까지 그래 왔으니까.

하지만 예상하지 못한 부분이 있었다.

"완결?"

'완결'이라는 마지막 글자.

'말이 안 되잖아?'

왜 완결일까?

그 녀석이 몰라서?

사실 모르는 건 사실이다.

노형진이 본 기록상에는 농장에 묻었다고만 되어 있지, 정확한 위치는 표기되어 있지 않았다.

노형진은 그 부분에 대해 많이 고민했다.

자세하게 설명하다가 갑자기 그 부분만 두루뭉술하게 넘어가면 이상하게 생각할 것이기 때문이다.

그래서 선택한 것이 '이제 충분히 보여 줬다'는 전략.

여기서 딱 끝내면 당사자는 어떻게 생각할까?

더군다나 일주일 만에 보낸 마지막 편지라면…….

"이놈이……."

로엘 호머는 부들부들 떨었다.

완결, 끝, 그리고 연락이 없는 범죄자.

그가 생각하는 결말은 하나뿐이었다.

경찰이 증거를 가지고 자신을 찾아온다는.

'젠장.'

차라리 돈을 요구했다면 돈을 준다는 핑계로 만나거나 해서 추적할 수도 있다.

하지만 상대방은 그런 걸 요구하지도 않았다.

그저 편지만 보냈을 뿐이다.

그것도 이제는 완결.

'이렇게 둘 수는 없어.'

이대로 두면 자신은 끝장이다.

그는 떨리는 손으로 전화기를 들었다.

"해 줄 일이 있다."

노형진은 엠버와 함께 시골로 향하는 길목에 서 있었다.

그는 잘 안 보이는 곳에서 휑하게 뚫려 있는 길을 물끄러미 바라볼 뿐이었다.

"확실하게 움직일까요?"

"움직일 수밖에 없을걸요."

노형진은 나지막하게 말했다.

"그는 제가 자신의 모든 비밀을 알고 있다고 생각합니다. 그리고 제가 요구한 건 없고요. 더는 편지가 오지 않을 걸 알게 된다면, 과연 어떻게 생각할까요?"

"신고할 거라고 생각하겠네요."

"네. 중요한 건 증거죠."

"증거?"

"이 상황에서 그가 생각하는 가장 확실한 증거가 뭘까요?"

"아!"

바로 시신이다.

'내가 보낸 글은 거기서 딱 멈췄지.'

아마 그는 '협박범'이 시신이 있는 곳에 경찰을 끌고 들이닥칠 거라 생각할 것이다.

그러니 어떻게 해서든 시신을 감추려고 할 것이다.

"문제는 그럴 만한 능력이 있다는 거죠."

그때였다.

그들 앞에 설치해 둔 화면에서 한 대의 회색 밴이 농장에서 나오는 것이 보였다.

"확인해 보세요."

"음…… 확실히 지금까지 농장에 출입하던 차량은 아니에요."

노형진은 미국에 온 후 해당 농장에 출입하는 모든 차를 확인했다.

그런데 저 차는 그에 해당되지 않았다.

"들어간 시간이 새벽 1시경이네요."

"그리고 지금 시간이……."

노형진은 어둠 속에서 시계를 흘끗 바라봤다.

새벽 4시.

"모두 잘 시간이네요. 그런데 저 차는 왜 이 시간에 농장에 들어갔다가 나올까요?"

노형진의 말에 엠버의 얼굴이 딱딱하게 굳었다.

"당신 말대로네요. 살인 사건의 가장 큰 증거는 다름 아닌 시신이지요."

경찰은 사유지에 마음대로 들어가지 못한다.

하지만 합당한 증거와 영장이 있다면 들어갈 수 있다.

"그는 제가 증거를 가지고 있다고 생각하죠."

글을 보냈으니까.

그러면 그는 그 시신을 감춰야 한다.

"그가 직접 왔을까요?"

"그건 힘들 겁니다. 그러면 완전히 대박이겠지만요."

그는 나이가 있다.

지팡이를 짚고 다니는 처지다.

운전도 쉽지는 않을 것이다.

"하지만 누군가를 보낼 거라 예상했습니다. 바로 저런 사람들을요."

돈을 받고 시신을 감춰 주는 것은 어려운 일이 아니다.

로엘 호머의 회사쯤 되면 그런 사람들도 있을 테고, 누구인지 모를 시신을 옮겨 주는 것은 간단한 일 중 하나다.

'생각처럼 그리 간단하지는 않을 거다.'

노형진은 씩 웃으면서 전화기를 들었다.

"나야. 준비는 어때?"

—차량이랑 다 준비해 놨어. 적절한 위치에 오면 사고를 낼 거야.

"경찰은?"

—보안관 한 명 구해 놨어.

사고가 나면 보안관이 올 테고, 보안관은 사고 현장을 조사해야 한다.

그리고 보안관이 있으면 경찰이 올 때까지 그들은 기다릴 수밖에 없고.

"그런데 도망간다면, 뭐가 켕긴다는 거지."

노형진은 씩 웃었다.

"그러면 멋진 사고를 일으켜 봐, 후후후."

⚖

로버트는 뒤 칸을 보면서 눈을 찌푸렸다.

몇 시간 동안 땅을 판 탓에 몸에서는 흙먼지가 풀풀 날렸다.

이것이 법이다

"영 찝찝한데."

"뭐가?"

운전하던 동료의 말에 그는 다시 몸을 앞으로 향했다.

"시신을 옮긴다는 게 좀…… 그렇잖아."

"죽은 놈인데 뭐가 찝찝해?"

"시신이 너무 멀쩡한데……. 누구야, 근데?"

"내가 알아?"

자신들에게 부여된 임무는, 해당 장소에서 시신을 파내서 아무도 모르는 장소에 가져다 버리거나 아예 태워 버리는 것이었다.

"나무는 다 준비된 거래?"

"그럴걸."

그들은 사막으로 시신을 가지고 가서 소각할 예정이었다.

한 줌 재만 남기고 모조리 태우면, 남은 것들은 사막의 짐승들이 알아서 처리해 줄 것이다.

"그나저나 이런 일은 처음인 것 같은데."

약점을 찾거나 린치를 가하거나 협박한 적은 여러 번 있었지만 이번처럼 시신을 옮기는 건 처음이었던 그는, 찝찝한 기색을 감추지 못했다.

"처음은 아니지."

"응?"

"아, 넌 모르겠구나."

"뭐야?"

"모르면 모르는 대로 있어."

로버트는 그냥 입을 다물었다.

'뭐, 이런 건 물어봐야 도움되는 거 없지.'

자신은 이 패거리에 늦게 합류한 편이다.

그러니 이들이 전에 뭘 했는지는 모른다.

'사업을 하다 보면 더러운 일도 있으니까.'

로엘 호머가 착한 인간은 아닌 만큼, 무슨 비밀이 있는지 는 모른다.

알려고 해 봐야 도리어 탈만 난다.

"빨리 가서 정리하자고."

"그래."

그들은 느긋하게 운전했다.

사실 미국의 땅은 어마어마하게 넓기 때문에 도시 바깥으로 나오면 다른 사람을 마주칠 일이 없다.

특히나 농장 같은 곳은 더더욱 외곽이고, 미국의 농장은 한국과 다르게 어마어마한 크기를 자랑하는지라 진짜로 이 야밤에는 누군가를 마주칠 일이 없다.

'보통'은 말이다.

"아, 진짜 빨리 가서 이 먼지 좀 털어 내고 싶드아아악!"

갑자기 옆에서 튀어나온 차량에 들이박힌 그들의 차가 빙 글 돌면서 차선을 이탈했다.

살짝 부딪혔지만 그 충격으로 차가 휙 돌았기 때문이다.

"이런 염병할!"

차선 바깥으로 튕겨 나간 후 그들이 갑작스러운 근육통에 비명을 지를 때, 갑자기 튀어나온 차량에서 몇몇 사람이 내려서 다가오는 것이 보였다.

"괜찮아요?"

"어디 다친 곳 없습니까?"

"니미 씨발."

하필이면 상대가 타고 있던 차는 대형 차량이었고, 거기서 내린 사람은 족히 여덟 명은 되어 보였다.

여기에는 고작 세 사람이 타고 있는데 말이다.

"괜찮아요?"

구석에 처박혀 버린 차에 다가온 남자는 걱정스럽게 물었다.

로버트는 애써 대충 둘러댔다.

"걱정하지 마세요……. 네…… 괜찮습니다."

"죄송합니다. 제가 실수를……."

상대 차량을 운전했던 사람인 듯, 남자는 미안해하며 재차 사과했다.

"후우, 괜찮습니다. 괜찮아요."

세 사람은 애써 상대를 진정시키면서 말했다.

하지만 그 뒤에서 들리는 목소리에 절로 욕이 나왔다.

"차가 안 괜찮은데?"

"뭐? 이런!"

로버트는 내려서 차 상태를 보고 눈살을 찌푸렸다.

살짝 박힌 것은 사실이지만 옆쪽을 들이받는 바람에 차의 철판이 움푹 들어가 있었다.

"잠시만요. 보험회사에 전화 좀 하겠습니다."

"경찰도 불러."

웅성거리는 사람들.

세 사람은 눈을 찌푸렸다.

최악의 상황이었다.

"아니요. 경찰은 안 부르셔도 됩니다."

"아닙니다. 차가 이 꼴이 났는데."

세 사람은 당혹감을 감출 수가 없었다.

'하필이면…….'

그렇다고 말릴 수는 없다.

미국에서는 뺑소니에 대한 처벌이 무척이나 강하다.

저들이 경찰을 안 불렀다간 뺑소니 처벌을 받게 될 수도 있다.

그러니 저들로서는 무조건 경찰을 부를 수밖에.

"죄송합니다. 보험 처리해 드릴게요."

상대 차량을 운전했던 남자가 당혹감을 감추지 못하는 사이, 세 사람은 차에서 내려 서로의 눈치를 살폈다.

"어쩌지?"

이것이 힘이다

"뛰어야 하나?"

"여기서 뛰면 이상해지잖아."

"그렇다고 그냥 여기에 있어?"

"저거 다 죽여야 하나?"

"여덟 명을? 너 미쳤냐?"

단순히 나쁜 일을 몰래 하는 것과 여덟 명을 죽이는 것은 전혀 다른 문제다.

만일 후자를 선택하면 평생을 경찰에게 쫓길 수밖에 없다.

"글렀어. 차에 블랙박스가 있다고."

"뭐?"

운전을 하던 남자는 차 쪽을 보고 눈을 찌푸렸다.

그러는 사이 저들은 신고까지 하는 것 같았다.

"할 수 없다. 뛰자."

"뛰자고?"

"아니면 여기 계속 있을 거야?"

"그건…… 그러네."

물론 이상하게 생각할 수는 있다.

하지만 이번 사건의 과실은 저쪽에 있으니, 저들이 굳이 신고할 거라고는 생각되지 않았다.

"조심스럽게 차 쪽으로 움직여. 차에 올라타는 대로 뛰어 나가는 거야."

그들이 바로 뛸 준비를 하는 그때, 저 멀리 들려오는 사이

렌 소리가 그들의 머릿속을 진탕 흔들었다.

"염병."

"어째서 여기에 보안관이 있는 거야?"

보안관.

미국의 보안을 담당하는 직책 중 하나.

그런 그가 와서 이 현장을 보면, 당연히 정식으로 경찰이 올 때까지 기다릴 수밖에 없다.

앵앵.

요란한 소리를 내면서 다가오는 보안관의 차량.

"무슨 일이야, 엘버트?"

"아, 보안관님. 사고가 좀 있었어요."

"사고? 무슨 사고?"

거기에다 서로 대화하는 소리를 들어 보니, 아무래도 보안관과 그 사고를 낸 사람이 아는 사이인 듯했다.

'망했다.'

이러면 결코 좋지 않다.

경찰이 와서 뒷문을 여는 순간 자신들은 끝장이다.

"당장 차 빼! 어서!"

보안관이 차를 살피기 전에 도망가야 한다는 생각에 다급하게 외치는 로버트.

그리고 그들의 차는 바로 현장을 벗어나기 시작했다.

"어어어?"

갑작스럽게 도주를 시작하는 차량에, 보안관은 기가 막혀서 말이 안 나왔다.

"저거 왜 도망가?"

"글쎄요."

보안관은 그걸 보고 눈을 찌푸렸다.

'미리 이야기는 들었지만.'

사실 그가 들은 것은 의심스러운 행동을 보이면 붙잡아 두라는 정도의 이야기뿐이었다.

이처럼 명백하게 피해자인 입장에서 다급하게 도망가는 것은, 이상하다 못해서 '나는 수상한 사람입니다.'라고 인정하는 꼴이다.

결국 그런 상황에서 보안관이 할 행동은 결정되어 있었다.

"거기 서라!"

무서운 속도로 달려 나가는 차량과 다급히 쫓아가는 보안관.

"거기 서!"

졸지에 텅 빈 도로에서 질주가 시작되었다.

보안관은 다급하게 경찰에게 지원을 요청했다.

"젠장! 빨리 좀 떨궈!"

"어떻게 해 봐!"

"염병, 이건 밴이라고! 스포츠카가 아니야!"

물론 밴이라고 해서 느린 건 아니다.

하지만 추격전을 감안하여 만들어진 보안관의 차량보다는

느릴 수밖에 없다.

"총으로 쏴!"

"뭐? 미쳤어?"

법 집행관에 대한 공격.

그건 절대로 가벼운 문제가 아니다.

하지만 이들에게는 다른 선택 사항이 없었다.

"그러면? 여기서 잡힐 거야?"

"……."

그들은 입을 다물었다.

차 안에는 시체가 있다.

그것도 다른 사람도 아닌, 로엘 호머의 명령으로 실은 시체가.

"더 들어가면 도시가 나와! 그게 무슨 뜻인지 몰라?"

여기는 도시 외곽이라 경찰차가 없다.

하지만 도시에 접근하면 수십 대의 경찰차가 달려 나올 것이다.

"방송 타고 싶어?"

그러한 추격전은 종종 방송국 헬기로 중계되기도 한다.

그 꼴을 당하기 싫으면 어떻게 해서든 지금 저 보안관을 떨궈 내야 했다.

"젠장!"

결국 로버트는 창문을 열고 총을 내밀었다.

추격전에 능한 보안관은 순간 뒤로 휙 붙으면서 총알을 피했다.

투타타타!

작은 기관단총에서 연사되어 나가는 총소리.

순간 안전을 위해 보안관의 차량이 거리를 두고 떨어졌다.

"염병! 제대로 좀 쏴 봐!"

"이 엿 같은 게 마음대로 되냐고!"

그들의 비명이 도로에 울려 퍼졌다.

⚖

"총을 쐈다고?"

노형진은 자신도 모르게 혀를 끌끌 찼다.

─그래. 기관단총을 쏜 모양이야.

"미쳤군."

아무리 총기 소지가 자유로운 국가라고 하지만 기관단총은 이야기가 다르다.

─그게 문제가 되는 거야? 흔한 게 총이잖아.

"흔한 게 총이지. 하지만 연사가 되는 총이라면, 문제가 심각해져."

미국에서 파는 총기는 많다.

하지만 민수용에서 절대 허락되지 않는 기능이 있으니, 바로 연사 기능이다.

연사 기능은 대량 살상에 초점이 맞춰져 있기 때문에, 툭하면 총기로 인한 대량 살상 사건이 벌어지는 미국에서는 절대 허락되지 않는다.

"소위 말하는 대량 살상 사건에서도 대부분 단발성 총기가 사용되지, 연발성 총기는 사용이 안 돼."

당장 학교에 가서 단발성 총기로 무장하고 총기 사건을 일으켜도 서른 명이 넘는 사망자가 발생한다.

그런데 연발성 총기로 무장하고 들어간다고 생각하면, 실로 끔찍해진다.

학급 하나를 다 죽이는 데 채 30초도 안 걸릴 테고 대피할 틈도 없이 반마다 돌아다니면서 학살할 테니, 최소 사망자가 백 단위는 가뿐하게 넘어갈 것이다.

"심각하군요."

엠버도 얼굴이 딱딱하게 굳었다.

총을 꺼낼 거라 생각은 했지만 기관총일 줄은 그녀도 몰랐던 것이다.

지금도 그렇다.

단발성이면 경찰에게 큰 위협이 되지 않는다.

소총의 명중률은 최악이니까.

하지만 연발이면 그중 한 발은 맞을 가능성이 높다.

그래서 떨어질 수밖에 없는 거고.

"그들로서는 그 차량만 떨구면 된다고 생각했겠지요."

노형진은 피식 웃었다.

"하지만 그들이 생각 못 한 건, 이게 함정이라는 겁니다. 그리고 이곳의 도로는 일직선이지요."

물론 해당 차량이 도로를 벗어나서 달릴 수도 있다.

하지만 주변이 거친 지형인 이곳을 밴으로 주행하는 건 무리다.

"결국 앞으로 가는 수밖에 없지요. 다른 도로가 나올 때까지."

그들의 목적은 바로 그것일 것이다.

하지만.

"준비는 어때?"

-다 해 놨어.

"오케이. 그곳에서 만나자고."

손채림의 말에 노형진은 미소를 지었다.

"내일부터 주식이 쭉쭉 떨어질 겁니다, 후후후."

⚖️

손채림은 기다리고 있었다.

이 지역에 있는 유일한 도로, 그곳의 한구석에 차를 세워 둔 손채림과 다른 직원들.

손채림은 전화를 끊자마자 다른 직원들에게 눈짓했다.

"차단선을 세워요!"

"지금요?"

"어차피 우리는 안 보일 겁니다."

차량은 도로 옆에 숨겨 놨다.

"도리어 우리가 도로 주변에 얼쩡거리면 의심할 수도 있어요. 거기에다 그들은 기관총으로 무장하고 있다잖아요."

"알겠습니다."

다들 고개를 끄덕거렸다.

혹시 몰라서 이들도 무장하고 있기는 하지만 권총 정도다.

사막은 탁 트여 있기 때문에 기관총이 엄청난 위력을 발휘할 것이다.

"빨리빨리!"

사람들은 서둘러 도로를 가로질러서 타이어 펑크용 쇠못이 박혀 있는 차단선을 쫘악 깔아 놨다.

컴컴한 새벽인지라 멀리서는 그 차단선이 보이지 않았다.

"어서 숨어요!"

사실 설치라고 해 봐야 쭈욱 당겨서 펼쳐 둔 것뿐이기 때문에 그다지 어렵지는 않았다.

그들은 재빨리 바위 뒤로 몸을 숨겼다.

그리고 한 5분쯤 지났을까?

어마어마한 속도로 달려오는 차량 한 대가 보였다.

"경찰이랑 방송국에는 연락했지요?"

"네."

"방송국이 올까요?"

"오면 좋지만, 안 와도 어쩔 수 없지요."

손채림은 어깨를 으쓱했다.

아마 오는 방송국은 초대박을 터트리게 될 테지만…….

그 순간.

펑펑!

연달아 뭔가 터지는 소리.

그와 함께 차가 휘청거리면서 좌우로 격하게 흔들렸다.

전복은 면했지만 도로에서 이탈하는 것도 피할 수는 없었던 그 차는 그대로 사막으로 틀어박혔다.

차 주변에서 먼지가 확 퍼져 나왔다.

"나이스!"

손채림은 주먹을 불끈 쥐었다.

이제 저들은 독 안에 든 쥐였다.

⚖️

"헬기! 헬기!"

"아니, 무슨 헬기야?"

헬기라는 말에 기가 막혀, CNK방송국의 부장은 아나운서 헬라를 바라보았다.

"헬기요! 당장! 지금 특종이라잖아요!"

"그 도로에서 벌어진 추격전? 그게 무슨 특종이야? 아무도 관심 안 가져."

부장은 코웃음을 치면서 말했다.

"도심지도 아니고 사막 한복판에서 벌어지는 추격전이잖아. 그걸 누가 봐?"

헬기가 뜨는 데 들어가는 비용은 절대 싼 게 아니다.

더군다나 이들이 가진 헬기는 이 지역에 없다.

즉, 급하게 민간 헬기를 수배해야 한다는 건데, 그러면 가격이 더 뛸 수밖에 없다.

"동네 축제 촬영에는 동원하면서 추격전에는 왜 배당 안 하는데요?"

"헬기가 무슨 택시인 줄 아나? 얀마, 쓸 거면 미리미리 신청해야 할 거 아냐!"

"아나, 미치겠네."

아나운서인 헬라는 돌아 버릴 지경이었다.

"부장님, 총격전까지 벌어졌다잖아요! 지금 경찰 내부 정보 못 들으셨어요? 스와트까지 출동했다는데!"

"그게 어디 한두 번이야? 사막에서 벌어지는 일에는 별 관심이 없다고, 다들."

도심지에서 추격전이 벌어졌을 때 사람들이 관심을 가지는 건 혹시나 그 불똥이 자신에게 튈까 봐서였다.

그러나 아무것도 없는 사막에서는 피해 입을 사람조차도 없다.

"그 도로는 주유소도 없는 곳이야."

"압니다."

"그런데 무슨 헬기야?"

짜증스럽게 말하는 부장.

헬라는 자신에게 따로 전화한 동창 엠버의 말이 생각났다. 물론 비밀로 해 달라는 이야기가 있었지만.

"부장님."

"아, 진짜 안 된다니까 그러네."

"그 차량이 어디서 나온 건지 아세요?"

"뻔한 거 아냐? 뭐 대마나 엑스터시 같은 걸 판매하는 데서 나온 거겠지."

흔하다 못해서 너무나 당연한 일상이 되어 버린 마약상과 경찰의 추격전은 그다지 이슈가 안 되는 사건이었다.

하지만 그다음 말에 부장은 움찔했다.

"그거 로엘 호머의 농장에서 나온 거래요."

"뭐?"

"로엘 호머요! 그 억만장자! 뭔가 이상하지 않으세요?"

"으음······."

로엘 호머의 농장에서 나온 차량이 어째서 총격전까지 해가면서 경찰과 추격전을 벌여야 했을까?

부장은 왠지 등골이 서늘해지는 느낌이 들었다.

"확실한 거야?"

"그 차랑 사고가 난 차에 제 친구가 타고 있었어요. 거기서 나오는 걸 봤대요."

"그래? 이 시간에?"

"네. 생각해 보세요. 다른 사람도 아닌 로엘 호머예요. 뭐가 걸릴지 모르지만 그거 찍었을 때, 그리고 그게 특종일 때 들어올 돈이 얼마일지!"

부장은 침을 꿀꺽 삼켰다.

"특종……."

"전국으로 송출될 수도 있어요. 특종 영상! 얼마나 받을까요?"

"아……."

한국과 미국 방송의 다른 점 중 하나가, 바로 저작권 인식이다.

한국에서는 어디서 쓰면 개나 소나 다 퍼 가서 쓰고 심지어 민간인이 찍은 것도 서슴없이 퍼 가는 반면, 미국에서는 이런 특종 영상에 말 그대로 어마어마한 저작권 사용료가 붙는다.

소위 파파라치라는 존재가 그러한 사용료를 노리고 들러붙는 사람들이고 말이다.

"거기에는 파파라치도, 카메라맨도 없지요. 만일 로엘 호머와 모종의 관계가 있다면……."

헬라가 말을 채 끝내기도 전에 부장은 잽싸게 전화기를 들었다.

"야! 헬기 들여와! 뭐? 지금 동네 축제가 중요해? 로엘 호머잖아! 로엘 호머! 안되면 당장 민간 헬기라도 섭외해! 빨리 하라고! 지금이라도 체포당하면 우리는 닭 쫓던 개가 된다고! 서둘러! 헬라, 너는 카메라 팀이랑 짐 챙겨서 헬기장에서 대기해! 오는 대로 바로 움직여!"

헬라는 승리의 미소를 지으면서 몸을 돌려 자신의 자리로 뛰어갔다.

전국으로 진출할 수 있는 기회였다.

⚖

"니미……."

로버트는 죽을 것 같았다.

허공에서는 헬기가 그들을 따라다니고 있다.

몇 번 사격을 했지만 헬기는 떠나지 않았다.

그 헬기가 왠지 시체를 노리고 빙빙 도는 독수리 같다는 생각에 그들은 침을 꿀꺽 삼켰다.

"어쩌지?"

그들을 포위하고 있는 몇 겹의 경찰들.

그리고 그 뒤에서 투입을 기다리고 있는 스와트 팀.

"망할⋯⋯."

갑자기 타이어에 펑크가 나는 바람에 차가 도로를 이탈했고, 바위를 들이박으면서 그대로 미끄러져 버렸다.

그들은 도망치고 싶었지만, 바로 뒤로 보안관이 추적해 왔고 뒤이어 헬기도 따라왔다.

그 후 순식간에 경찰들이 몰려와 그들을 포위했다.

"항복해야 하는 거 아냐?"

"미쳤어!"

"지금 달리 무슨 방법이 있어? 여기서 어떻게 도망갈 건데! 어?"

"그건⋯⋯."

그들은 두려움에 아무런 말도 못 했다.

항복하자니 로엘 호머가 가만두지 않을 테고, 이대로 버티자니 총격전 끝에 사살될 게 뻔했다.

그들이 아무리 노력해도, 일반 경찰도 아닌 스와트 팀 상대로는 이길 수가 없으니까.

"젠장!"

지금도 저격이 무서워서 창문이 있는 운전석이 아닌 창고 칸에 숨어 있는 세 사람은 절망적인 상황에 고개를 푹 숙였다.

"도대체 이게 뭐라고⋯⋯."

그들은 고개를 숙여서 바짝 말라 버린 미라를 보면서 눈을 찌푸렸다.

이것이 법이다

누군지 알 수도 없는 시체.

사막이라는 특성 때문에 말라 버린 그 시체 때문에 자신들이 이 꼴을 당할 줄이야.

"어쩔 수 없어……. 항복해야 해."

로버트는 진지하게 말을 꺼냈다.

"그럴 수는 없어. 우리가 무슨 꼴을 당할 줄 알고?"

로버트는 눈을 찌푸렸다.

'그건 네놈들 잘못이고.'

안다.

저들은 추가 조사를 거쳐서 지금까지 저지른 다른 죄까지 추궁받게 될 것이다.

하지만 자신은…….

'걸릴 게 없지.'

약간의 협박과 린치를 가하기는 했지만, 큰 죄는 아니다.

이번 건도, 살인이 아니라 그저 돈을 받고 시체를 옮긴 것뿐이다.

'길어 봐야 6개월이겠지.'

하지만 저들은 아니다.

아까도 잠깐 이야기했지만 저들은 살인까지 저질러 봤을 가능성이 높다.

그러면 최하 30년 형, 최악의 경우 사형일 것이다.

'난 죽을 수 없어.'

그걸 알기에 그들은 버티는 거다.

하지만 그럴수록 자신만 불리해진다.

사실 이 안에서 손해를 보는 사람은 로버트뿐이다.

"난 항복하겠어."

결국 로버트가 먼저 일어났다.

그는 짐칸에서 시체를 잠깐 보다가 몸을 돌려서 나가려고 했다. 하지만 그 순간 등 뒤에서 들리는 철컥 소리.

"개자식. 나가면 내 손에 죽어."

동료 중 한 명이었다.

로버트가 코웃음을 쳤다.

그도 또 나름 간땡이가 부었다는 소리를 듣던 범죄자다.

그리고 지금 동료에게 죽지 않아도 어차피 이대로 계속 버티면 경찰의 총에 죽는다.

"쏴 봐."

"뭐?"

"총소리가 나면 경찰이 그냥 기다릴 것 같아? 이 차가 벌집이 되도록 총을 갈기면서 달려오겠지."

"……."

맞는 말이다.

경찰이 아직 돌입하지 않은 이유는, 혹시나 안이 보이지 않는 차량의 뒤 칸에 민간인이 있을까 하는 우려 때문이었다.

"너희가 총을 쏘는 순간 그들에게는 선택권이 없지."

그들은 방패를 들이밀고 달려 나오는 수밖에 없다.

"그리고 내가 나가도 너희는 선택권이 없고."

로버트가 나가면 민간인이 없다는 사실을 알게 될 테고, 경찰은 더 이상 총기 사용을 꺼리지 않을 것이다.

"퍼킹!"

총을 들었던 녀석은 욕설을 내뱉었다.

"날 쏘든가, 아니면 날 따라 나와."

로버트는 더 이상 말하지 않고 그대로 몸을 돌려서 바깥으로 나왔다.

"항복하겠습니다!"

그는 손을 하늘로 들고 소리 질렀다.

그 와중에도 그의 심장은 미친 듯이 뛰고 있었다.

'경찰이 쏘면 어쩌지? 저 미친놈들이 등 뒤에서 쏘면 어쩌지?'

허세는 떨었지만, 죽는 건 두려웠다.

그가 침을 꿀꺽 삼키면서 몇 걸음 앞으로 나오자 경찰차 뒤에서 이쪽을 포위하고 있던 경찰들이 슬금슬금 앞으로 나오기 시작했다.

"손은 하늘로 올리고 무기는 바닥에 내려놓은 후 이쪽으로 발로 찬 다음 엎드려!"

로버트는 고개를 돌렸다.

그리고 자신의 뒤에서 무기를 내려놓는 두 동료를 보고 피식 웃었다.

'살았다.'

그는 안도의 한숨을 내쉬면서 바닥에 납작 엎드렸다.

⚖

헬라는 방송에서 계속 이야기를 하고 있었다.

그녀는 하늘을 날아갈 것 같았다. 지금 이 순간에도 그녀가 헬기에서 촬영한 영상이 전 미국으로 송출되고 있기 때문이다. 자신의 방송국이 담당하는 작은 지역이 아니라, 전 미국으로 말이다.

그럴 수밖에 없었다.

"두 시간의 대치 끝에 체포된 그들은 현재 묵비권을 행사하고 있습니다. 하지만 그들의 차량에서 발견된 시신에 대해 연방 경찰은 수사에 들어갔습니다. 현재 해당 시신은 20년 전 실종된 것으로 알려진 로엘 호머의 아내 크리스틴 호머로 추정되고 있습니다. 실종 당시 입고 있었다고 알려진 옷과 동일한 옷을 입고 있으며, 경찰은 그녀의 동생과 유전자를 비교하여 사망자의 신원을 확인할 계획입니다."

그녀가 하늘을 나는 기분을 만끽하면서 최고의 스포트라이트를 받고 있을 때, 반대로 로엘 호머는 지옥으로 떨어지고 있었다.

"으음……."

어떤 채널을 돌려도 그 이야기뿐이었다.

방송에서는 끊임없이 대치 상태의 영상이 나왔고, 계속해서 그녀가 실종되었을 때의 복장에 대해 설명하고 있었다.

"후우⋯⋯."

그는 뉴스를 껐다.

'당했군.'

그는 자신이 당했다는 것을 알아차렸다.

자신을 협박한 상대방이 누군지도 모르는 채로, 가장 강력한 증거를 자신이 경찰에 가져다 바친 꼴이다.

'그래⋯⋯ 싸움이라⋯⋯.'

그의 머릿속이 오랜만에 차가워졌다.

'누군지 모르지만⋯⋯.'

지팡이를 쥐고 있는 그의 손에 힘이 들어갔다.

'아직 나는 돈을 쥐고 있다.'

그리고 그 돈이면 정부를 움직이는 것도 불가능한 건 아니었다.

그는 천천히 인터폰을 들었다.

"변호사들 준비해. 최고로, 돈 아끼지 말고."

그는 그렇게 말하고 인터폰을 끊었다.

그리고 깊은 한숨을 내쉬었다.

'증거는 없다. 그리고 내게는 돈이 있지.'

그는 이길 자신이 있었다.

돈 VS 법

"역시나 이렇게 나오네."

노형진은 로엘 호머가 초호화 변호인단을 구성했다는 이야기를 듣고 고개를 끄덕거렸다.

사실 그런 식으로 반응하지 않는 게 이상한 일이다.

돈이 있는데 무서울 게 뭐가 있겠는가?

"시체가 발견되었잖아. 그런데 변호를 한다고?"

"엄밀하게 말하면 시체만 발견된 거지."

"시체만? 그게 다른 거야?"

"다른 거지. 시체가 발견된 거지, 로엘 호머가 죽었다는 증거는 없잖아."

"그게 달라? 어차피 그의 땅에서 발견된 거잖아?"

"전혀 달라."

아 다르고 어 다른 게 법이다.

"그의 땅에서 발견된 거지, 그가 죽여서 묻었다는 증거는 없으니까."

"하지만 그 땅에서 발견됐다는 것 자체가 그가 죽였다는 소리잖아!"

"아니야. 그 농장에 들어가는 건 사실 어렵지 않은 일이거든."

"뭐?"

"미국 농장이 한국 농장이랑 비슷하다고 생각하면 안 된다."

어마어마하게 넓다.

그걸 다 지킨다는 건 사실상 불가능하다.

"누군가 거기에 들어가는 걸 완전히 막을 수는 없어."

애초에 담장도 있는 곳에만 있다.

"그러니 다른 누군가가 거기에 묻은 거라고 할 수도 있지. 그런 말이 먹히는 것도 사실이고."

"그렇게 뻔하게 보이는 거짓말에 속아 준다고?"

"속아 주는 게 아니야. 속을 수밖에 없는 거지."

노형진은 어깨를 으쓱하며 말했다.

"전에 말한 미국 속담이 있잖아. 천국과 지옥이 싸우면 누가 이긴다?"

"지옥이 이긴다."

변호사들이 죄다 지옥으로 가 있기 때문이다.

"마찬가지야. 저들은 분명히 그렇게 변론할 거야. 문제는 그 시기를 특정할 수 없다는 거지."

시기를 특정해야 그게 거짓이라는 걸 증명할 수 있다.

하지만 시기를 특정할 수 없기 때문에 그게 거짓이라는 걸 증명할 수 없다.

"시체가 발견되었다고 하지만 이미 말라서 미라 상태가 되어 버렸어. 그런 시신은 부검해도 신원을 밝혀내기가 힘들지."

"아…… 곤란하네."

그러면 그는 다시 풀려날 것이다.

물론 그가 불리하다는 생각에 주식이 미친 듯이 날뛰고 있지만 말이다.

"더군다나 우리는 거기에 나설 수도 없잖아."

"맞아."

자신들은 아예 미국 변호사 자격도 없다.

드림 로펌이 사건을 수임하기는 했지만 증거에 한계가 있다.

"그게 문제지."

회귀 전에도 마이크에 대고 내가 죽였다고 말하지 않았다면 아마 그는 처벌을 받지 않았을 것이다.

'확실히 그 부분이 문제이기는 해.'

원래 판례에 따르면 그 당시 그는 분노에 휩싸여 감정을 조절하지 못하고 아내의 목을 졸라서 살해했었다.

'도구를 쓴 게 아니니 증거도 없을 테고.'

결국은 법원의 판단을 기다려야 한다.

문제는, 불리한 것은 검사라는 거다.

"일단은 엠버가 제대로 이야기해 보기를 바라야지."

엠버는 해당 검사를 만나러 갔다.

이번 사건에 관해서 검사가 제대로 준비만 하면 이길 수 있다.

하지만 상대방 역시 어마어마한 숫자의 변호사들을 데리고 오는 만큼 사실 검사 입장에서는 불리할 수밖에 없는 싸움.

"그가 받아들일지 모르겠지만 말이야."

노형진은 자신도 모르게 살짝 눈을 찡그릴 수밖에 없었다.

⚖️

다행히 엠버는 담당 검사와 이야기를 잘 끝냈고, 담당 검사는 노형진과 만나는 데 동의했다.

"노형진입니다. 이번 사건을 추적하고 있습니다."

"존 힉스턴입니다. 이야기는 들었습니다. 그들을 쥐고 흔든 게 미스터 노라면서요?"

"뭐, 그렇기는 합니다만."

"도움을 주겠다고 하셨다고 들었는데, 감사합니다. 아무래도 저희가 불리한 싸움이었거든요."

검사는 머리를 절레절레 흔들며 말했다.

"많이 불리한가요?"

"많이 불리한 정도가 아닙니다. 미국에서 몸값이 비싼 변호사는 죄다 이쪽으로 오고 있습니다."

로엘 호머는 최고의 변호사들로만 팀을 구성하고 있었는데, 그 비용만 벌써 100억이 넘게 들었다고 한다.

"그에 반해 저희는 시신 말고는 증거가 없습니다."

"시신이 발견된 장소에 대한 증언은요?"

"그들이 묵비권을 행사하고 있습니다."

"흠……."

"문제는 그게 먹힌다는 거죠."

그들이 크리스틴 호머를 죽였을 가능성은 제로에 가깝다.

그들은 그 당시에 어린 나이였으니까.

결국 이 상황에서 분명한 것은, 그들이 누군가의 사주를 받고 시신을 옮겼다는 것뿐인데.

"그건 처벌이 그다지 강하지 않죠."

"네."

그게 누군지는 뻔하게 예상되지만, 그 이상으로 보상해 줄 수 있는 방법이 정부에는 없다.

"아마도 그들이 나오면 100만 달러쯤 안겨 줄 겁니다."

"하지만 정부는 10만 달러도 못 줄 테고요."

"현실이죠."

더군다나 그들이 저지른 경찰과의 총격전은 큰 죄이지만,

시체 이송은 아니다.

그건 아무리 노력해도 피할 수가 없다.

"결과적으로 말해서 그들은 입을 다무는 게 더 이익인 셈입니다."

"법과 돈의 대결인 셈이군요."

그리고 노형진의 경험상, 이런 경우 승자는 대부분 돈이었다.

"마음 같아서는 종신형을 때리고 싶지만……."

존 힉스턴 검사는 고개를 흔들었다.

"힘들 겁니다."

총격전이 있었던 건 사실이지만, 애초에 피해자도 없고 심지어 차에 맞은 것도 없었다.

그들이 쏜 총은 엉뚱한 방향으로만 날아갔고, 경찰은 혹시나 내부에 있을지 모를 민간인 때문에 쏠 수가 없었다.

"그런 경우 길어 봐야 3년입니다."

그것도 시체 유기와 합쳐서 말이다.

"물론 다른 죄를 캐 볼 수는 있겠지만……."

"아무리 그래도 그걸 가지고 로엘 호머의 뒤를 캘 수는 없겠지요."

그 어떤 처벌도 그가 내미는 보상 또는 보복보다는 약할 수밖에 없을 테니까.

"미스터 노에게 무슨 방법이 있다고 들었는데요."

사실 존이 노형진을 만나기로 한 것은 그에게 어떤 방법이 있다고 들었기 때문이다.

그렇지 않다면 그가 노형진을 만날 이유가 없다.

"이 건은 정부 입장에서도 중요합니다, 아시겠지만."

"부자에 대한 처벌이 약해지면 정부 입장에서도 부담되겠지요."

미국은 한국과 다르다.

한국은 부자들에게 극단으로 처벌을 하지 않는다.

전형적인 유전 무죄, 무전 유죄 형식이다.

국민들이 저항할 방법이 없기 때문이다.

"물론 이걸로 폭동까지 가지야 않겠지만……."

하지만 미국은 총기 허용 국가이자 수차례 폭동을 겪은 나라다.

"그런 불만이 쌓여서 폭동의 이유가 되기도 하지요."

노형진은 안다는 듯 고개를 끄덕거렸다.

"그 전에, 아시겠지만 저는 완전하게 배제하셔야 합니다."

"배제하다니요?"

"저라는 사람에게서 도움을 받았다는 걸 인정하시면 안 됩니다."

"보상은요?"

미국은 외부의 전문가를 초빙해서 도움을 받는 시스템이 잘되어 있다.

그래서 누군가가 도와준다면 그에 따른 보상을 해 주는 것이 정상이었다.

"전 필요 없습니다."

노형진은 선을 그었다.

'뭐, 그 보상이 많은 것도 아니고.'

차라리 자신의 신분을 감추고 뒤에서 주식을 가지고 장난을 치는 게 훨씬 더 많이 벌 수 있다.

물론 도와준 기록이 있다면 혹시나 귀화하거나 할 때 도움을 받을 수 있겠지만.

'귀화할 일이 있겠어?'

아니, 다 필요 없이 그냥 자신이 미다스라는 것만 발표해도 전 세계의 어떤 나라든 두 손 들어 환영할 것이다.

"뭐, 그렇게 요구하신다면요."

존 검사는 고개를 끄덕거렸다.

"그러면 뭘 어쩌면 됩니까? 그가 범인이라는 증거를 찾아야 할 텐데요."

"범인이라는 증거는 없습니다."

그건 확실하다.

회귀 전에도 그가 자백한 영상과 음성이 나가서 걸린 거지 증거는 없었다.

"결국 자백시키면 되는 거죠."

"하지만 어떻게요? 그가 자백할 생각이 있었다면 벌써 했을 겁니다."

하지만 그는 시신이 자신의 땅에서 나온 건 인정하면서도 자신은 그걸 몰랐다는 주장을 하고 있다.

"함정수사를 하는 겁니다."

"함정수사?"

"네. 미국에서는 함정수사가 상당히 활성화되어 있지 않습니까?"

"음…… 그건 시간이 좀 걸릴 텐데요."

"그건 그렇습니다만."

한국에서는 함정수사가 그다지 활성화되어 있지 않다.

일단 한국에서 함정수사는 없는 죄를 만들어 뒤집어씌우는 데 많이 사용되었기 때문이다.

'사실 그건 함정이지 함정수사가 아니지.'

그 차이는 미묘하다.

함정을 파는 건 말 그대로 상대방을 속여서 죄를 뒤집어씌우는 게 목적이고, 함정수사를 하는 건 범죄를 저지르려고 하는 자에게 기회를 만들어 줌으로써 증거를 확보함과 동시에 피해를 최소화하는 것이 목적이다.

전자는 불법이지만 후자는 합법이다.

예를 들어 운전자가 술을 마시고 들어간 것을 안 경찰이 전화해서 다짜고짜 차를 빼 달라고 한 적이 있었다.

운전자는 잠결에 나와서 차를 빼려고 했고, 경찰은 그런 그를 음주운전으로 체포했다.

이 경우는 명백하게 함정을 판 것이다.

운전사는 운전의 의사가 없었는데 강제로 운전하도록 만들었으니까.

하지만 마약 상인이 마약을 팔려고 하는데 경찰이 마약 딜러로 위장해서 접근한 경우에는 함정수사를 한 것이기 때문에 합법이다.

"우리는 그에게 범죄의 기회를 만들어 주는 겁니다."

"어떻게요?"

"그가 지금 두려워하는 게 있지요."

로엘 호머는 누군가가 자신의 범죄 내역을 소상하게 알고 있다는 것을 알고 있다.

누군가가 편지를 보냈으니까.

노형진은 그걸 존에게 이야기했다.

물론 대충 소설을 써서 보낸 것이라고 덧붙였다.

"우리는 그 '누군가'를 제공하는 겁니다."

"그 누군가?"

"네. 로엘 호머는 그 누군가가 그 당시 증거를 가지고 있다고 생각하고 있습니다."

하지만 그는 돈을 요구한 것도, 복수를 표명한 것도 아니다.

그저 담담하게 그 당시 있었던 일을 적어 보낸 것뿐이다.

"그런데 만일 그가 경찰 쪽에 등장한다면 어떻게 될까요?"

존의 얼굴이 딱딱하게 굳었다.

"죽이려고 하겠군요."

자신의 치명적인 약점을 쥐고 있는 누군가의 등장.

"사실 애초에, 그는 자신이 시신을 옮기려고 한 것 자체가 함정이었음을 알아차렸을 겁니다."

로엘 호머가 나이를 먹어 감정적이 되고 판단력이 흐려진 것은 사실이나, 그렇다고 해서 무능해진 것은 아니다.

지금쯤 자신이 함정에 빠진 것이었음을 알 거다.

"도리어 너무 유능한 탓에 함정에 빠지게 되었던 거죠."

"무슨 뜻인지 알겠습니다."

자신이 유능하다고 생각하는 사람일수록 자신에 대한 확신이 강하다.

그래서 실수를 많이 한다.

"하지만 무슨 수로 그를 함정에 빠뜨리죠? 다짜고짜 증인 신청을 할 수는 없을 것 같은데요. 더군다나 그가 확실하게 의심할 만한 그런 사람이 누가 있는지도 모르겠고요."

노형진이 씩 웃었다.

"그는 로엘 호머입니다."

로엘 호머는 탁자를 두들겼다.

막대한 보석금을 내고 나올 수는 있었지만, 자신을 함정에 빠트린 그 누군가가 어떤 놈인지 좀처럼 감을 잡지 못하고 있었다.

"그놈은 확실하게 알고 있어."

단순히 자신이 범인이라는 것만 아는 수준이 아니라, 그날 그 장소에서 어떤 식으로 범죄가 저질러졌는지 확실하게 알고 있는 그 누군가.

그 존재가 로엘 호머는 꺼림칙했다.

"함정을 판 놈도 그놈일 거야."

그런데 어째서 그놈은 나타나지 않는 것일까?

어째서 자신에게 아무것도 요구하지 않는 것일까?

그는 그렇게 고민했다.

모든 것은 기브 앤드 테이크다.

그가 원하는 게 없다면 자신을 건드릴 이유도 없다.

'정의감?'

정의를 원했다면 자신에게 편지를 보내는 게 아니라 경찰로 갔을 것이다.

"도대체 누구지?"

그렇게 그가 고민하는 그때였다.

누군가 안으로 들어와서 조용히 그에게 말을 건넸다.

"보스, 존 힉스턴 검사가 증인 보호 신청서를 냈습니다."

"뭐? 증인 보호 신청?"

"네."

"등급은?"

"최고 등급입니다."

로엘은 눈을 찌푸렸다.

증인 보호 신청도 여러 가지다.

재판이 끝날 때까지 보호하는 경우도 있고, 정해진 기간 내에 보호하는 것도 있다.

하지만 최고 등급이라면…….

"아예 누군가의 본래 신분을 지워 버리겠다?"

"그런 것 같습니다."

법정에서 증언한 후, 그 증인에 대한 모든 것을 지운다.

이름, 나이, 생일, 주소, 학교까지.

그리고 전혀 새로운 신분으로 완전히 새로운 삶을 시작하게 하는 것이 최고 등급이다.

"으음…….."

최고 등급 보호 신청은 그냥 나오는 게 아니다.

그 사건이 그만큼 중요하고 보복당할 가능성이 100%일 때에만 진행된다.

당장 당사자도 인생 자체를 포기하고 전혀 다른 삶을 살아가게 되기 때문이다.

"누군지 알아냈어?"

"아니요. 그저 보호 신청을 냈을 뿐입니다."

"그럴 만한 사건은?"

"보스의 사건뿐입니다."

로엘 호머는 심호흡을 했다.

그 말은, 그 보호 신청이 자신과 관련이 있을 가능성이 높다는 뜻이다.

자신이라도 보복을 하려고 할 테니까.

"누군지 알아내."

"알겠습니다, 보스."

지금 그에게 딱 생각나는 것은 한 명뿐이었다.

그날 있었던 일을 알고 있는, 자신에게 편지를 보내고 함정에 빠트린 그 '누군가'.

"어떤 놈인지, 면상을 보자."

로엘 호머의 얼굴이 흉하게 일그러졌다.

"샘 피어스라고 합니다."

"샘 피어스? 도대체 어떤 놈이야?"

보호 신청의 대상이 된 사람은 낯선 이름이었다.

자신에게 원한을 가질 만한 놈이 아닐 수도 있다.

'아니지. 저마다 원하는 건 다 다른 거니까.'

그에게는 철천지원수가 될 수 있지만, 자신에게는 별게 아닐 수도 있는 법.

그런데 그 존재에 대해 들었을 때 로엘 호머는 기가 막혔다.

"파파라치입니다."

"파파라치?"

"네, 보스께 접근 금지 명령을 받았던……."

"접근 금지? 언제?"

"20년 전쯤입니다."

"끄응…… 그때는……."

부자들의 삶이 단순히 편한 것은 아니다.

할리우드 스타들만큼은 아니라고 하지만, 그래도 적지 않은 수의 파파라치들이 달라붙는다.

회장의 추문 하나만 잡아내면 신문사에 팔든 수습하고자 하는 본인에게 협박을 하든, 상당한 돈을 벌 수 있기 때문이다.

"한두 명도 아니고……."

"그놈, 자택 침입으로 처벌받고 접근 금지 명령이 떨어졌습니다."

로엘은 얼굴을 와락 찡그렸다.

"자택 침입?"

"네. 카메라를 설치하려고 했습니다."

"미친놈. 그게 가능할 리……."

말을 하던 로엘 호머는 입을 다물었다.

사건이 일어난 장소와 시간, 현장에서 벌어진 일 등, 사소한 것 하나까지 알고 있는 누군가.

'만일 가능했다면? 그런데 내가 몰랐다면?'

실제로 집에 몰래카메라를 설치하려고 했던 질 나쁜 파파라치들이 없었던 것도 아니다.

아니, 널리고 널렸다.

그때는 망원렌즈의 성능이 지금처럼 좋은 시절이 아니었으니까.

그 당시 로엘의 친구는 딸의 친구와 침대에서 뒹굴다가 걸려서 창피란 창피는 다 당했을 정도였다.

'그것 때문에 적지 않은 돈을 썼다고 했지?'

하필이면 딸의 친구인 데다가, 미성년자.

미성년자 성범죄에 대한 처벌이 강한 미국이었기 때문에 그는 그 파파라치에게 적지 않은 돈을 줘야 했다.

'만일…… 카메라 설치에 성공했다면? 그리고…… 그걸 찍었다면?'

그러면 자신이 당한 모든 것이 설명된다.

그렇다면 어째서 20년이 지나도록 그걸 써먹지 않았을까?

'젠장.'

모를 일이다.

자신이 무서워서일 수도 있다.

그걸 알았다면, 자신이 죽으려고 들었을 수도 있으니까.

아니면 나중에, 결정적인 순간을 노리고 기다렸던 것인지도 모른다.

이유는 모르지만 확실한 건, 검사에게 결정적인 증거와 증인이 있다는 거다.

'카메라…… 카메라……. 젠장!'

로엘 호머는 얼굴을 와락 찡그렸다.

"찾을 수 있겠나?"

"아무래도 증인 보호 신청이 들어간 이상……."

지금이야 중간에 어찌어찌 찾아낼 수 있겠지만, 그가 완전히 잠적해 버린다면 아무리 로엘 호머라고 해도 찾는 것은 쉽지 않다.

"찾아내. 어떻게 해서든 찾아내. 그리고 당장 증거 목록을 확인해."

만일 자신이 예상한 것이 맞는다면, 그 안에 필름이 있을 수밖에 없다.

"네, 알겠습니다."

부하는 고개를 끄덕거렸다.

얼마 후 올라온 부하의 보고에, 로엘 호머는 입술이 바짝바짝 타들어 가기 시작했다.

"필름이 있습니다."

"필름이 있어?"

"네. 증거 목록에 따르면 검사가 신청한 자료 중에 소형 카메라 필름이 있습니다."

로엘의 얼굴이 사정없이 일그러졌다.

소형 카메라 필름.

그 당시에 작은 카메라를 작동시킬 때 쓰던 물건.

"망할! 그거 어디 있어! 증거품 보관소에 있어?"

"검사가 별도로 보관한다고 합니다."

"큭."

증거품 보관소가 있는데도 불구하고 검사가 별도로 보관한다.

그건 그만큼 확실한 증거이기에 훼손에 대비한다는 뜻이다.

그리고 때맞춰서 등장한 샘 피어스라는 작자.

하나의 그림이 그려졌다.

20년 전 촬영된 영상, 이유는 알 수 없지만 그걸 쥐고 쓰지 않은 샘, 그리고 이제 와서 증거로 나타난 필름까지.

"망할 놈들."

어쩐지 그 장소에서 갑자기 보안관이 튀어나왔다 싶었다.

그 지역은 무척이나 넓은데 그 사막 한가운데를 새벽에 보안관이 지나가다가 사고 현장에 딱 등장할 가능성이 얼마나 되겠는가?

"필름은 어렵지 않게 해결할 수 있어."

그걸 보관하는 곳은 그 검사의 집일 것이다.

그곳을 막강한 자기력으로 쓸어버린다면 어지간한 필름은 못 쓰게 되어 버릴 것이다.

"문제는 그 샘이라는 놈인데……."

증인 보호 프로그램에 들어가면 제아무리 로엘 호머라 해도 어떻게 알아낼 수가 없다. 철저하게 보호가 되는 대상이라, 심어 둔 사람이 알아낼 수가 없는 것이다.

심지어 그 기록에 접근하면 그 또한 무조건 기록으로 남기 때문에 접근조차도 불가능하다.

"출석일을 알아볼까요?"

"출석일?"

"네. 위험부담이 있기는 하지만."

"으음……."

확실히 그렇다. 증인으로 출석하려면 밖으로 나올 수밖에 없고, 법원으로 가는 길은 하나뿐이다.

"사고를 조작하는 것도 가능합니다만."

사고로 조작해서 죽인다.

"유일한 카드인 것 같군."

로엘 호머는 눈을 찌푸렸다.

⚖️

"이야…… 이런 창의적인 새끼들."

노형진은 거덜이 나 버린 가전제품을 보고 혀를 내둘렀다.

"저도 이런 건 생각도 못 했습니다. 이 정도 자기력으로 아파트를 통째로 쓸어버리다니."

자기력을 발생시키는 장비는 많다.

로엘은 그런 장비를 가지고 와서 비어 있던 옆집에서 쏴 버렸다.

돈만 주면 집을 잠깐 빌리는 건 어려운 일이 아니니까.

그 결과, 검사의 집에 있던 대부분의 가전이 고장 나 버렸다.

"이거…… 수리비는 나오려나요?"

기가 막힌지, 검사는 이게 과연 산재로 인정되는지 걱정부터 했다.

"글쎄요…… 모르겠네요. 그나저나 진짜 돈이 있으니 별걸 다 하네요."

노형진도 설마 자기력을 쏴 버릴 줄은 몰랐다.

기껏해야 불을 지른다거나 도둑인 척 들어와서 훔쳐 가는 정도만 생각했지.

"돈 없는 놈은 꿈에도 생각 못 할 일이네요."

"돈이 있으니까 가능한 겁니다."

자기력은 레이저 같은 게 아니다.

자신이 원하는 대로 일직선으로 나가지 않는다.

그 결과, 아파트 주위에 있던 모든 전자 기기들까지 통째로 고장 나 버렸다.

"이런 걸 한국에서는 소 뒷걸음치다가 쥐 잡는다고 하지요."

노형진은 빈집에서 나오는 작은 카메라를 보면서 한숨을 쉬었다.

"이거 완전히 실패인데요."

원래 계획은 이 집으로 유인해서 카메라를 설치하고, 그들이 불을 지르든 도둑질을 하든 하는 것을 다 촬영하는 것이었다.

옆집이 빈집이라 움직이기 쉬우니 당연히 그들이 빈집을 쓸 거라 생각했기 때문이다.

물론 쓰기는 했다.

하지만 당연하게도 자신들이 설치한 카메라 역시 고장 나 버렸다.

"임대 서류에도 이름은 가짜로 되어 있습니다. 지불 방식도 현금이고요."

"이건 예상하지 못한 부분이기는 한데……."

노형진은 곰곰이 생각에 빠졌다.

애초에 존재하지도 않는 필름을 증거 목록에 올린 것이니 피해는 없다.

그러나 그들을 엮을 다른 증거가 사라져 버렸다.

"아무래도 남은 카드는 그 증인뿐이군요."

"하지만 어떤 식으로 접근할까요?"

"사람이라는 존재에 대한 접근은 하나뿐입니다."

죽은 자는 말이 없다는 말이 그냥 생긴 게 아니다.

조용히 있던 손채림은 걱정스러운 얼굴이 되었다.

"어떤 식으로든 죽이려고 할 거라는 거네?"

"그래. 죽으면 증언을 못 하니까."

"하지만 누군지 알고?"

"그건 중요하지 않아. 중요한 건 그가 증언한다는 거지."

"응?"

"어디에 있는지 그들은 모를 거야. 그렇지요?"

"그건 확실합니다."

존은 고개를 끄덕거렸다.

모를 수밖에 없다.

존재하지 않는 사람이니까.

물론 샘 피어스라는 사람이 주거침입으로 접근 금지 명령을 받은 것은 사실이다.

노형진이 기록을 뒤져서 찾아낸 거니까.

하지만 진짜 샘은 이미 암으로 죽은 지 오래다.

중요한 것은, 누군가 카메라를 설치했고 범행 장면이 찍혔을 거라는 의심을 하게 만드는 것.

"없는 주소를 그들이 알아낼 수 있을 리 없지요."

"그러면 아침을 노리겠군요."

"아침?"

"법원에는 와야 증언할 수 있으니까."

노형진은 차분하게 말했다.

"물론 그건 극단적인 선택이기는 해. 하지만 그때가 아니면 기회가 없는 것도 맞지."

실제로 법원에 출석하던 증인이 습격당해서 죽는 건 흔한 일이다.

습격이 벌어지면 그 습격을 또 증명해야 하는 것이 검사의 일이니까.

물론 대부분은 그걸 증명해 내지 못한다.

하지만 노형진에게는 해당 사항이 없었다.

"위험한 건 아니지?"

손채림은 걱정스럽게 말했다.

"조금은 위험할지도 모르지."

상대방이 죽이겠다고 덤벼들 것이다.

그런데 위험하지 않을 리 없다.

"하지만 지피지기면 백전불태라고 했어."

적을 알고 나를 알면 백 번 싸워도 위태롭지 아니하다는 말.

"그리고 나는 로엘에 대해 충분히 알고 있지."

조용한 새벽.

아직 출근하는 차들이 없는 시간.

그 새벽에 세 대의 차량이 조용히 달려 나가고 있었다.

그들의 목적지는 다름 아닌 법원.

그리고 그들을 기다리는 누군가도 있었다.

"여기서 털고 바로 움직이는 거야. 알았어?"

"예스, 보스!"

"차로 들이받고 무차별적으로 갈긴다. 알았나!"

"예스, 보스!"

"작전대로 한다!"

"예스, 보스!"

몇 번이나 확답을 받은 갱단의 두목은 침을 꿀꺽 삼켰다.

다른 대상도 아니고 정부의 차량을 습격하는 것은 떨리는 일이다.

하지만 그 대가를 생각하면 못 할 것도 없다.

'이번 한 번만 하면 된다. 이번 한 번만 하면.'

이 일을 해 주고 받을 돈이면 조직을 충분히 키울 수 있고 그 망할 인탱클 놈들을 죽여 버릴 수도 있을 거라는 생각에, 그는 쥐고 있는 무기를 꽉 잡았다.

"온답니다!"

"그래?"

그들은 각자 무장을 확인하고 마스크를 썼다.

"작전대로 한다!"

일단 차로 밀어붙인 후에 무차별적으로 총기를 난사한다.

그리고 도망가서 총이고 옷이고 모조리 소각한다.

그걸 다 하는 데에는 한 시간이면 충분하다.

이미 도주 준비까지 다 해 놔서, 문제가 생길 일은 없다.

이 지역에는 카메라도 없으니.

"시동 걸어!"

'부르릉' 하는 거친 엔진음.

그리고 모두 긴장하는 그때.

"어어? 저거 뭐야?"

트럭의 앞을 가로막는 커다란 트럭.

정확하게는 트럭의 컨테이너 부분.

"뭐 하는 새끼들이야!"

그들은 갑작스러운 상황을 받아들이지 못하고 분노를 토해 냈다.

그 차들을 들이받기 위해서는 가속도가 필요하다.

그런데 길을 막아 버리면 가속은커녕 접근도 못 한다.

"당장 가서 저거 끌어내! 당장 안 움직이면……!"

말을 하던 보스는 순간 말문이 턱 막혔다.

그 트럭만 있는 게 아니었던 것이다.

앵앵앵!

요란한 소리를 내면서 달려오는 스와트 팀의 차량들.

"어…… 어떻게……?"

그걸 보고 당혹감을 감추지 못하는 그와 부하들.

스와트 팀뿐만이 아니었다.

수십 대의 경찰차와 그리고 그 뒤의 구급차까지, 그들은 순식간에 포위되었다.

"너희들은 포위되었다! 항복해라!"

바깥에서 경찰이 외치는 소리.

보스는 당혹감을 감추지 못한 채로 부하들을 바라보는 것 말고는 할 수 있는 게 아무것도 없었다.

"어떻게 안 겁니까?"

엠버는 줄줄이 잡혀 들어가는 갱단을 보면서 신기하다는 듯 물었다.

습격이 있을 건 예상했다지만 시작도 하기 전에 잡아낼 줄은 몰랐다.

"어렵지 않은 겁니다. 결국 경우의수니까요."

"경우의수요?"

"간단하게 생각해 보세요. 증인 호송용 차의 옵션이 어떻게 되지요?"

"그거야 방탄 차량이지요."

"그걸 일반 차량으로 습격할 수 있을까요?"

과거에는 일반 차량으로 급격해서 총을 갈기는 것이 보통이었다.

하지만 시대가 바뀌자 호송용 차량은 방탄 차량으로 바뀌었다.

"일반 차량을 타고 와서 총을 쏘거나 하는 건 무리죠."

그렇다고 유리를 다른 것으로 깬다?

그건 불가능하다.

그게 그렇게 쉽게 깨질 거면 방탄이라고 하지도 않는다.

"결국 방탄화되어 있는 차량의 방어를 무너트리기 위해서는 어느 정도 이상의 충격이 필요하지요."

"아하!"

엠버는 고개를 돌려서 트럭을 바라보았다.

트럭이나 대형 밴 정도면 필요한 만큼의 충격이 나올 것이다.

문제는 역충격.

"밴도 그 정도의 충격을 줄 수 있지만, 반대로 밴이 받는 충격도 있지요."

방탄 차량은 튼튼한 만큼 역충격이 적지 않다.

"그리고 이런 호송 차량은 보통 세 대가 붙어 다닙니다."

물론 딱 붙어 다니지는 않는다. 습격에 대비하기 위해서다. 그리고 그러한 동료 호송 차량의 무장은 상상 이상으로 뛰어나다.

"영화에서처럼 권총으로 방어하지는 않지요."

영화는 영화일 뿐이다.

호송하는 호송대는 샷건과 기관총으로 무장하고 있다.

"당연히 세 대를 한꺼번에 무력화시켜야 합니다. 이 이른 아침에 트럭 세 대가 나란히 서서 뭔가를 기다리고 있는 장면이 흔할까요?"

"아…… 그렇군요."

엠버는 확실히 알 것 같았다.

그들은 나름 안전을 위한 대비책을 준비했을 테지만, 정작 그게 눈에 띄리라는 것은 생각하지 못한 것이다.

결국 그들은 기다리다가 순찰하던 순찰조에게 발각되었고, 그 후에는 일사천리였다.

"자, 그러면 저들이 무슨 소리를 하는지 두고 보자고, 후후후."

물론 저들은 처음에는 무죄를 주장할 것이다.

하지만 노형진은 갱단의 성격을 안다.

아무리 로엘 호머라고 해도, 더러운 잡일을 해 주는 몇 명은 데리고 있을 수 있을지언정 갱단을 키우지는 못한다.

즉, 저들은 로엘 호머에 대한 충성심이 없다는 소리다.

'그리고 저런 놈들은 나중에 대비하는 편이지.'

노형진은 그들이 말하지 않아도 그 대비라는 것이 무엇인지 알 수 있다.

"일단 경찰서에 가서 면담을 한번 해 볼까요? 후후후."

－로엘 호머 씨, 경찰에 대한 습격을 지시한 것이 사실입니까?

－아내분이신 크리스틴 호머를 죽인 걸 인정하시나요?

－이로 인한 막대한 피해에 대해 어떻게 배상하실 겁니까?

로엘 호머는 결국 처벌을 피할 수가 없었다.

노형진은 그들과 대화를 하는 척하면서 그들의 기억을 읽었고, 그들 중 보스가 통화 내역을 녹음해 둔 것을 알아차렸다.

심지어 돈을 받는 장면을 몰래 다른 부하를 시켜 촬영까지 해 놨다.

물론 대신 움직였던 부하가 없는 건 아니었지만 연방 차량, 그것도 증거 호송 차량에 대한 처벌은 무겁기 그지없었기에 그는 형량 협상을 통해 사실을 인정할 수밖에 없었다.

"끝났군."

결국 로엘 호머는 자신이 저지른 모든 죄를 인정할 수밖에 없었다.

증거가 나왔고 그 사건을 무마하기 위해 증거를 조작한 것도, 내부의 사람을 통해 주요 정보를 캐낸 것도 드러난 탓이다.

"지금 관련 주가가 요동을 치고 있어."

로엘 호머와 관련된 주가들은 폭락을 면치 못하고 있었다.

그에 반해 그에 대응되는 주식들은 미친 듯이 뛰고 있었다.

"와…… 이게 얼마야? 못해도 조 단위는 벌어들이겠는데."

손채림은 미친 듯이 올라가는 돈을 보면서 혀를 내둘렀다.

자신들이 샀던 주식들은 지난 사흘간 벌써 40%가 올랐다.

지금 이 순간도 주가가 10분 단위로 상승 중이었다.

"진짜는 이제부터야."

"이제부터라고?"

"로엘 호머에게 기대고 있었던 사업이라고 해서 다 나쁜 건 아니거든."

도리어 그는 사업가로서는 무능하지 않았다.

그런 그가 쥐고 있던 사업이 나쁜 아이템일 리 없다.

"그가 가지고 있던 주식들을 쓸어 담을 거야."

그건 대부분 미래에 크게 성장하는 주식들일 것이다.

아이러니하게도 로엘 호머가 물러나면서 억압적이고 통제적인 문화가 바뀌어서, 몇몇 기업이 더욱 빠르게 성장하게 되니까.

"어마어마하네."

손채림은 혀를 내둘렀다.

단 며칠 사이에 1조가 넘는 돈을 벌여들었고, 시간이 지나면 진짜로 10조 단위도 가뿐하게 넘을 상황이었던 것.

"사건 하나가 이렇게 세상을 흔드나?"

"뭐, 간단한 거지."

노형진은 어깨를 으쓱했다.

"이제부터 시작인데 뭘 그래."

그의 머릿속에서는 수많은 미국 부자들의 판례가 떠오르고 있었다.

다음 권으로 이어집니다

200평 초대형 24시 만화방

수면실 (침대식) ─ 사우나석

다인석 ─ 샤워실

세탁기 ─ 신간100%

📖 수원 인계동점

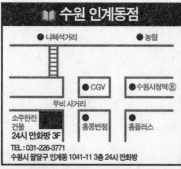

● 니헤석거리   ● 농협

● CGV   ● 수원시청역⑧

무비 사거리

소주한잔건물
24시 만화방 3F
● 홍콩반점   ● 홈플러스

TEL : 031-226-3771
수원시 팔달구 인계동 1041-11 3층 24시 만화방

📖 의정부점

의정부역④⑤   흥선지하도

◀서울방향

진성약국   던킨도넛츠

24시 만화방 3F

TEL : 031-856-3971
경기도 의정부시 의정부동 197-13 3층

📖 주안점

주안남부역

◀제물포   민병철어학원   간석동▶

25시 만화방 6F

TEL : 032-426-2871
인천광역시 주안남부역 지하상가 4번 출구 GS25시 건물 6층

📖 안양점

● 안양역   육교

◀관악역   명학역▶

농협
24시 만화방 2F
안양일번가

TEL : 031-466-3771
경기도 안양시 안양동 674-163 조이당구장건물 2층

다보多寶 신무협 장편소설

피도 눈물도 없는 낭인
천하제일 남궁세가 가주가 되다!

반백의 인생을 무림맹의 개 같은 낭인으로 살다
가족을 잃던 흉변의 그 순간으로 회귀한다

"뭐, 일단 가주가 될 수 있을지 증명부터 하라고?"

모용의 자객, 제갈의 간자, 화산의 위협……
어느 하나 만만한 상대가 없다
하지만 이번에는 절대 도망치지 않는다!

내 가족이 흘린 단 한 방울의 피도 잊지 않겠다
하나씩 되갚아 주마!

퍼펙트 라이프

진유호 현대 판타지 장편소설

완벽하게 망가졌던 이 남자, 완벽해져 돌아왔다?
꼴찌 가장 진동수, 인생의 행복을 붙잡아라!

실패한 사업가, 무능한 사원, 가족들에게 무시받는 가장,
그리고…… 담도암 말기
오열하는 모습까지 SNS에 퍼져 전 국민의 비웃음거리가 되고
실패로 점철된 인생이 나락으로 치달은 그 순간,
벼락 한 방에 모든 게 뒤바뀌었다!

사라진 암세포, 강철 체력, 명석해진 두뇌
밑바닥 인생 진동수에게 남은 일은 이제 성공뿐!
그런데 이 능력……
혼자만 잘 먹고 잘 살라는 건 아닌 것 같다?
눈앞의 붉은 선을 따라가면 위험에 빠진 사람들이!

나의 행복도, 남의 안전도 놓치지 않는다!
화랑천 울보남의 국민 영웅 등극기!